中国古典诗歌的动态演变探究

动态演变探究

战琳 著

北方文艺出版社
·哈尔滨·

图书在版编目（CIP）数据

中国古典诗歌的动态演变探究 / 战琳著. -- 哈尔滨：
北方文艺出版社，2024. 7. -- ISBN 978-7-5317-6336-9

Ⅰ. I207.22

中国国家版本馆CIP数据核字第20240TH841号

中国古典诗歌的动态演变探究

ZHONGGUO GUDIAN SHIGE DE DONGTAI YANBIAN TANJIU

作　　者/战　琳
责任编辑/宋雪微　　　　　　　　　　装帧设计/沈加坤

出版发行/北方文艺出版社　　　　　邮　　编/150008
发行电话/（0451）86825533　　　　经　　销/新华书店
地　　址/哈尔滨市南岗区宣庆小区1号楼　网　　址/ www.bfwy.com

印　　刷/北京亚吉飞数码科技有限公司　开　　本/ 710mm×1000mm 1/16
字　　数/ 234千　　　　　　　　　　印　　张/ 14.75
版　　次/ 2025年1月第1版　　　　　印　　次/ 2025年1月第1次印刷

书　　号/ ISBN 978-7-5317-6336-9　　定　　价/ 92.00元

前　言

　　中国古代文学，作为中华文明的核心构件，承载着深厚的历史底蕴与丰富的文化内涵。其源远流长的发展历程中，凝聚了无数古人的智慧与心血，取得了举世瞩目的辉煌成就。这些成就不仅体现了中国历史与文化的博大精深，更展现了古代中国人独特的人文精神风貌。而在这绚烂多彩的文学宝库中，中国古典诗歌无疑是一颗璀璨的明珠。它以其深邃的思想、优美的语言和独特的艺术魅力成为中国古代文学的重要组成部分，也为后人留下了无数珍贵的文化遗产。在其数千年的发展历程中，古典诗歌不断开拓创新，取得了令人瞩目的成就，为中华文化的传承与发展做出重要贡献。

　　中国古代诗歌，犹如一条横亘古今、星光熠熠的诗河，流淌着源远流长的文化血脉。这条诗河滥觞于先秦的悠远岁月，于唐宋时期达到辉煌的巅峰，至明清时期仍保持着不息的创新活力。在这漫长的历史长河中，诗歌如同繁星般闪耀，形成了各具特色的诗歌流派与深邃的诗歌理论，无数有名或无名的诗人以他们的才情与心血，创作出浩如烟海的诗歌佳作，既生动描绘了古代社会的风貌与人们的精神世界，又为人们带来了无尽的艺术熏陶与享受。因此，中国古代诗歌深受历代中国人民的热爱与推崇，其魅力也跨越国界，赢得了国外人士的广泛赞誉。对古代诗歌的发展历程进行细致的梳理与总结不仅能帮助现代人领略中华民族过去的辉煌，更能让我们在现代社会中，从古代诗歌中汲取营养与精华，为现代人文的发展与现代文明的建设提供深厚的文化滋养。基于此，作者在广泛参阅相关著作文献的基础上，结合中国古代诗歌的发展与创作实际，精心撰写了本书。

　　本书共包括六章内容，以时间为线索，分别对先秦两汉时期、魏晋南北朝时期、隋唐时期、宋元时期及明清时期的诗歌创作进行研究。通过对各个历史时期、不同流派、代表性诗人的作品进行深入剖析，揭示了中国古典诗歌在形式、内容、风格等方面的变化轨迹。期望通过本书的呈现，读者能够更深入地了解中国古代诗歌的璀璨成就，感受其独特的艺术魅力，从而在欣赏与学习中得到心灵的滋养与启迪。

　　本书在撰写的过程中，参考了大量中国古典诗歌方面的著作，也引用了许多专家和学者的研究成果，在此一并表示衷心的感谢。由于时间仓促，作者水平有限，书中存在不足之处在所难免，恳请广大读者多提宝贵意见，以便本书日后的修改与完善。

锦州市锦州中学　战琳

2024年3月

目　录

第一章

小苹初相见
先秦两汉时期古典诗歌的创作探究

在探索中华民族悠久文学史的征途上，先秦两汉时期的古典诗歌创作是不可或缺的重要篇章。这一时期，诗歌不仅是文学表达的主要形式，更是文化传承与思想交流的重要载体。它们在继承并发扬上古诗歌传统的同时，开创了新的诗歌风格，深刻影响了后世的文学发展。

第一节 原始歌谣与诗歌的产生

我国的原始歌谣，这份古老而深邃的文化遗产，实际上诞生于我们勤劳智慧的祖先们辛勤的生产劳动之中。这些歌谣，作为口头文学的一种形式，是他们在进行生产劳动时吟唱出来的，原始歌谣既是对生活的真实写照，又是对劳动的赞美与歌颂。

自从人类出现以来，最基本、最原始的活动就是为了生存而进行的劳动。在远古时代的生产力水平还十分低下，特别是在农业生产还未被发明之前，人们为了获取食物，不得不依靠集体的力量共同劳作。在这样的背景下，劳动不仅仅是一种生存的手段，更是一种团结协作、共同面对困难的象征。

在长期的集体劳动中，人们逐渐发现，通过一种有节奏的声响，可以有效地减轻劳动的疲劳，协调统一动作，提高劳动效率。这种声响，就像现代的劳动号子一样，充满了力量和节奏感。而这种有节奏的声响，其实就是我国最早诗歌韵律的雏形。

随着时间的推移，人们开始在这种有节奏的声响中加入简短的语言，表达他们的情感、描述劳动的场景、歌颂自然的美丽。这些简短的语言与有节奏的声响相结合，就形成了我国最早的诗歌。这些诗歌，既具有实用性，能够协调劳动、减轻疲劳；又具有艺术性，能够表达情感、传递文化。

从现存的那些比较接近于原始形态的歌谣来看，我们不难发现，歌谣的产生确实与劳动有着密不可分的关系。这些歌谣往往源自劳动生活，是人们在劳作时自然而然发出的声音和语言的结合，既具有实用性，又富含艺术性。

例如，在《吴越春秋·勾践阴谋外传》中，就记载了一首名为《弹歌》的歌谣："断竹，续竹，飞土，逐宍。"这首简短的歌谣，却生动地描绘了远古时代人们制作弹弓和狩猎的场景。其中，"断竹，续竹"描述的是制作弹弓的过程，人们砍伐竹子，将其截断并续接起来，制成狩猎的工具；"飞土，逐宍"则描绘了狩猎时的情景，人们用弹弓发射土丸，追逐猎物。

这首《弹歌》不仅展示了劳动生活的真实场景，也体现了人们对劳动的热爱和对生活的向往。在劳作中，人们不仅创造了物质财富，也创造了精神财富，歌谣就是其中的一种。这些歌谣通过口头传唱的方式，代代相传，成为我们民族文化的重要组成部分。

《礼记·郊特牲》中记载了一首伊耆氏的《蜡辞》，这是一篇古老而庄重的祝祷词，用于进行蜡祭这一古代祭祀仪式。虽然这首"辞"并非直接描绘劳动的场景，但其背后却与劳动生产有着千丝万缕的联系。

在这首《蜡辞》中，人们向土地、水源、昆虫及草木发出虔诚的祝祷，祈求它各安其位，秩序井然。这些自然界的元素与劳动生产息息相关。土地是劳动的基础，水源是生命的源泉，昆虫与草木则是生态平衡的重要组成部分。人们希望这些自然元素能够和谐共处，为劳动生产创造一个良好的环境。

这种祝祷背后，蕴含着人们对劳动生产的深深期望。他们希望通过祈求自然界的和谐，使得农业生产能够顺利进行，粮食丰收，生活安定。这种愿望反映了人们对劳动的尊重和对生活的热爱，也体现了他们与自然的亲密关系。

在大约编定于西周前期的《周易》这部古老而深刻的经典中，也珍藏着一些非常接近原始歌谣形态的作品。这些作品不仅为我们揭示了古代人们的生活面貌，还让我们领略到了他们丰富的想象力和生动的生活情趣。

甲骨卜辞的发现为我们揭示了远古时期劳动人民生活的珍贵一手资料。这些卜辞，虽然简短，却蕴含着丰富的历史信息和文化内涵。其中，《卜辞通纂》三七五上的卜辞，就是一首充满生活气息的劳动歌谣。

这首卜辞以"今日雨"开头，简洁明了地表达了人们对天气的关注。接着，它用四个重复的句式，询问雨水将从哪个方向而来："其自西来雨？其自东来雨？其自北来雨？其自南来雨？"这种重复的句式，不仅增强了歌谣的节奏感，也体现了人们对雨水来源的好奇和期盼。

这种简单朴素的句式，以及后四句的重复，正是民间歌谣的显著特点。它们以口语化的表达方式，传递着劳动人民对生活的真实感受和情感。这首卜辞，与汉乐府诗《江南》有着异曲同工之妙，都展现了民间歌谣的朴实自然和生动活泼。

通过这首卜辞，我们可以想象到远古时期劳动人民在劳作之余，聚在一起吟唱这些歌谣的场景。他们或许在田间地头，或许在村落的某个角落，用歌声来表达对自然的敬畏、对生活的热爱和对未来的期盼。这些歌谣，不仅是他们情感的宣泄，也是他们文化的传承。

诗歌最初只存在于人们的口头流传之中。最初时诗歌常常与原始的音乐、舞蹈紧密结合，共同构成了人们生活中不可或缺的一部分。在那个尚未有文字的时代，诗歌通过口口相传的方式，在人们之间流传着，承载着他们的情感、愿望和信仰。

随着文字的诞生和发展，逐渐有人开始将诗歌记录下来。这样诗歌得以更加长久地保存下来，并为后人所传颂。在《吕氏春秋·古乐篇》中，我们可以看到关于古代音乐与诗歌相结合的生动描述：

　　昔葛天氏之乐，三人操牛尾，投足以歌八阕：一曰载民，二曰玄鸟，三曰遂草木，四曰奋五谷，五曰敬天常，六曰达帝功，七曰依地德，八曰总禽兽之极。

其中提到葛天氏之乐，那是一种三人手持牛尾、踏着节拍歌唱的音乐形式。他们共唱了八首歌曲，每首歌曲都有其独特的主题，如赞美人民、歌颂玄鸟、祈求草木茂盛、五谷丰收、敬畏天命、颂扬帝功、依赖地德及总括禽兽之美。这些歌曲不仅富有韵律，更蕴含着深厚的文化内涵。

同样地，《河图玉版》也为我们描绘了古代越地祭祀防风神的场景：

　　古越俗祭防风神，奏防风古乐。截竹长三尺，吹之如嗥，三人被发而舞。

在那里，人们演奏着防风古乐，用三尺长的竹子吹奏出嘹亮的声音。同时，还有三人披散着头发，随着音乐的节奏起舞。这样的场景充满了神秘与庄重，展现了古代人们对神灵的敬畏与崇拜。

这两部古籍所介绍的古乐都包含了歌、乐、舞三个元素，它们共同构成了古代人们生活中不可或缺的一部分。葛天氏之乐的歌曲更是有八首之多，每首都围绕着不同的中心内容展开。我们可以想象，这些歌曲中一定包含了许多优美的歌词，可惜由于历史的变迁，它们没有能够完整地传承下去。

通过以上的分析，我们可以清晰地看到，我国诗歌文学的源头正是远古的歌谣。这些歌谣并非凭空而来，而是深深植根于远古人类的生产劳动之中。在远古时代，歌谣不仅是人们劳动时的伴唱，更是他们生活情感的直接表达。这些歌谣广泛而真实地反映了当时人类生活的方方面面，从狩猎、农耕到祭祀、娱乐，无不体现出人类与自然、与社会的紧密联系。

这种密切关注社会现实生活的精神，正是我国诗歌文学得以生生不息、历久弥新的重要原因。从远古的歌谣到后代的诗歌创作，这种正视社会现实的优良传统得以一脉相承。无论是描述山水田园的静谧，还是抒发个人情感的细腻，抑或是反映社会矛盾的尖锐，古典诗歌都以其独特的艺术手法和深刻的思想内涵，展现了时代的风貌和人民的心声。

作为远古时期的文学形式，原始歌谣也具有一些原始文学的特点。具体如下。

第一，原始歌谣具有口头性和集体性。首先，原始歌谣具有鲜明的口头性。这些歌谣并非出自某一位诗人或歌者的独立创作，而是在广大劳动人民的集体生活中自然产生并流传开来的。在远古时代，文字尚未出现，人们主要通过口头语言来交流思想和情感。原始歌谣便以口耳相传的方式，在劳动人民的集体中广泛传播。这种口头性不仅使得原始歌谣具有生动鲜活的特点，也赋予了它极强的生命力和传承性。即使经过岁月的洗礼，这些歌谣依然能够保持其原始的风貌和韵味，为我们提供了了解古代社会的珍贵窗口。其次，原始歌谣还具有集体性的特点。在远古时代，人们为了生存而共同劳作，这种集体劳动的形式为原始歌谣的产生提供了土壤。在劳动过程中，人们为了协调动作、减轻疲劳、抒发情感，往往会集体歌唱。这些歌谣反映了集体的意志和情感，体现了集体的力量和智慧，我们可以说，原始歌谣是集体智慧的结晶，是集体生活的真实写照。

第二，原始歌谣在形式上显得尤为简单，这与其所处的时代背景密切相关。在远古时期，人们的文化水平普遍不高，尚未形成复杂的文字系统和艺术表达手法。原始歌谣往往采用直白的语言、简单的节奏和旋律，以最直接的方式传达情感和思想。这种简单的形式使得原始歌谣易于被广大劳动人民所理解和接受，也更容易在口头传播中保持其原始的风貌。原始歌谣具有很强的实用功利性。在远古时期，社会生产力水平低下，人们的主要任务是生存和繁衍。原始歌谣往往被用于描绘劳动内容，如狩猎、农耕、采集等，以指导人们的生产活动。原始歌谣还常被用于宗教祭祀活动，以祈求神灵的庇佑和丰收。在这些场合下，原始歌谣不仅具有娱乐功能，更承载着人们对美好生活的向往和追求。

这种实用功利性使得原始歌谣在远古社会中扮演着重要的角色。它们不仅是人们劳动生活的伴侣，也是人们精神生活的重要组成部分。通过原始歌谣，人们可以表达对自然的敬畏、对劳动的热爱及对生活的期待。这些情感和思想在原始歌谣中得到了充分的体现和传承，为我们了解远古社会提供了宝贵的线索。

第三，原始歌谣的独特之处在于其诗、乐、舞三者紧密结合的特点。在远古时代，文字尚未产生，人们主要通过口头传唱和肢体语言来表达内心的情感和思想。原始歌谣最初是以口头形式流传的，并与原始的音乐和舞蹈紧密地结合在一起。

这种结合并非偶然，而是源于人类对于情感和表达方式的自然追求。原始歌谣中的诗歌部分，以其独特的韵律和节奏，传达着人们的情感和思想。这些诗歌往往简洁明快，富有想象力，能够直接触动人们的心灵。而音乐部分则通过声音的起伏和变化，为诗歌增添了丰富的情感和色彩。舞蹈部分则通过身体的动作和姿态，将诗歌和音乐中的情感和思想进一步具象化，使得整个表演更加生动和形象。

在远古的祭祀、庆典或劳动场合中，人们往往会聚集在一起，共同演唱原始歌谣，并伴随着音乐和舞蹈的表演。这种集体性的表演形式，不仅增强了原始歌谣的感染力和传播力，也使得人们在共同参与中加深了彼此之间的情感联系和认同。

随着文字的产生和发展，人们开始将原始歌谣记录下来。这使得原始歌谣得以更加长久地保存下来，并为后人所传承和研究。尽管文字的出现使得原始歌谣的传播方式发生了改变，但其诗、乐、舞紧密结合的特点仍然得以保留和传承。

第二节　《诗经》与楚辞的创作

一、《诗经》

《诗经》是中国古代文化的一颗璀璨明珠，被誉为我国第一部诗歌总集，具有深远的历史意义和文化价值。这部作品不仅汇聚了众多优美的诗篇，更是以诗歌的形式生动展现了公元前11世纪到公元前6世纪这五百多年间的社会风貌。

（一）《诗经》的名称和组成

《诗经》这部作品，其名字并非一开始便定为《诗经》。在古代它更常见的称呼是《诗》，这个简洁的名字既体现了它的诗歌属性，又蕴含了深厚的文化内涵。有时，人们也会根据其所收录的诗歌数量，亲切地称之为《诗三百》。随着历史的演进，这部作品在后世得到了更为崇高的地位。到了汉朝时期，儒家学派逐渐兴起，推崇礼仪、道德和经典，将古代的文化遗产视为民族的瑰宝。在这一背景下，《诗》因其深刻的思想内涵和优美的艺术表现形式，被儒家学者尊奉为经典之一。为了彰显其经典地位，儒家学派将其更名为《诗经》。

这一更名不仅是对《诗》的极高赞誉，也体现了汉朝时期儒家文化对于经典的推崇与传承。自此以后，《诗经》这一名称便流传至今，成为中国文学史上的重要篇章。

《诗经》分为风、雅、颂三部分。

1. 风

"风"这一称谓，在《诗经》中，特指那些流传于各地民间的独特曲调。这些曲调承载了不同地域、不同文化的精髓，宛如一幅幅生动的民俗风情画卷。它们共有十五国风，总计一百六十篇，每一首都充满了浓厚的地方色彩和民族风情。

在这十五国风之中，周南、召南、豳风，它们不仅仅是曲调的名称，更是代表着特定的地域。周南、召南，分别指的是周朝南方的两个地区，这里的民歌旋律悠扬，歌词朴实，反映了当地人民的淳朴和热情。而豳风，则源于古老的豳地，那里的民歌深沉而庄重，充满了历史的厚重感。

王风所指的，乃是东周王畿洛阳一带的民歌。洛阳作为当时的政治、文化中心，其民歌自然带有一种高雅而庄重的气质。而其余的邶风、鄘风、卫风、郑风、齐风、魏风、唐风、秦风、陈风、桧风、曹风、豳风，则分别代表了各个诸侯国的民歌。这些诸侯国各具特色，因此它们的民歌也各有千秋，或激昂、或柔美、或粗犷、或细腻，共同构成了《诗经》中风这一部分的丰富多样性。

这些国风不仅反映了当时各地人民的生活状态和情感世界，也为我们今天了解和研究古代文化提供了宝贵的资料。通过欣赏这些国风，我们可以感受到古代人民的智慧和创造力，也可以领略到不同地域文化的独特魅力。

2. 雅

"雅"一词，在《诗经》中象征着"正"，它所指的是周王畿所在地的独特曲调。这一部分的诗歌共有一百零五篇，不仅数量上占据了相当比重，更在内容和风格上展现了其独特的魅力。

雅，进一步细分为大雅和小雅。大雅共计三十一篇，其中大部分作品诞生于西周初年，正值国家繁荣昌盛之际，诗中所反映的多为对先祖功业的颂扬和对国家未来的美好憧憬。其中的一小部分则创作于西周末年，那时社会动荡不安，诗歌中透露出一种忧国忧民的情怀。

小雅共有七十四篇，其中绝大多数作品产生于西周末年。那个时期，周王朝逐渐走向衰落，社会矛盾日益尖锐，小雅中的诗歌更多地反映了人民生活的疾苦和对社会现实的批判。当然，也有一小部分作品可能创作于东周时期，它们虽然继承了小雅的传统，但在内容和风格上又有了新的发展和变化。

关于大雅和小雅的区别，历代的学者都有过深入的探讨。宋代的朱熹在《诗集传·小雅序》中提出了自己的观点，他认为小雅主要是用于宴享之乐，诗歌内容多涉及日常生活中的欢聚和娱乐；而大雅则更多用于会朝之乐，诗歌中充满了对国家和民族的庄重与崇敬。

另一种观点则认为，大雅与小雅的区别不仅在于使用场合的不同，更在于它们所反映的时代背景和主题内容。大雅更多地指向了较早的时代，以歌颂为主,赞美先祖的伟业和国家的昌盛;而小雅则更多地反映了较晚时代的民歌和一般贵族的雅乐,其中既包含了对社会现实的批判,也有对人民生活的深情描绘。

无论是哪种观点,都足以说明大雅和小雅在《诗经》中的重要地位。它们不仅代表了不同时代、不同场合下的音乐文化,更通过诗歌的形式,生动地展现了古代人民的生活和情感世界。

3. 颂

"颂"在《诗经》中,特指那些与宗庙祭祀紧密配合,并伴随着舞蹈的曲调。这些曲调不仅承载着深厚的宗教情感,更是对祖先功德及政教成果的赞颂。在《毛诗序》中,对"颂"的定义尤为明确:"颂者,美盛德之形容,以其成功告于神明者也。"这意味着,颂诗是古人用以向神灵报告先祖的崇高品德及政教成果的诗歌形式,它们是对祖先功绩的赞美,也是对神明的虔诚告祭。

另一种关于"颂"的解释认为,"颂"即"容",意指舞容,也就是我们现在所说的舞蹈的样子。这进一步说明了颂诗不仅包含乐曲,还有与之相配的舞蹈动作。颂可能是一种独特的舞曲,通过音乐和舞蹈的结合,生动地展现了对祖先的崇敬和对神明的敬畏。随着时间的推移,这些舞蹈音乐逐渐失传,只留下了歌词部分,使得我们只能通过文字来感受颂诗的韵味和内涵。

颂诗在《诗经》中共有四十篇,其中周颂三十一篇,专为周天子在祭祀宗庙时使用。这些诗歌庄严肃穆,充满了对先祖的敬仰和对国家繁荣昌盛的祈愿。鲁颂四篇,则是鲁国国君在祭祀时所用,它们体现了鲁国独特的文化和历史。商颂五篇,由宋国国君使用,它们反映了商朝时期的文化特色和精神风貌。这些颂诗各具特色,既是对祖先的崇敬和纪念,也是对国家政教成果的展示和颂扬。

(二)《诗经》的思想内容

具体来说,《诗经》的思想内容可以分为以下几类。

1. 以描写祭祀活动为主要内容的祭祀诗

在周代,诗不仅仅是人们表达情感、描绘生活的工具,更承载了深厚的宗教文化内涵。诗的一个重要功能便是祭祀，它在宗教仪式中发挥着不可替代的作用。每当周天子或诸侯举行祭祖祭天的庄重仪式时，诗便被用来演唱，以表达对祖先和神灵的敬意与祈求。

因此，《诗经》这部古老的诗歌总集中，保存了大量的祭祀诗，这些诗歌大多集中在颂诗和大雅两个部分。例如，《时迈》这首诗歌，便是用来祭祀山川的。诗中描绘了山川的壮丽与神圣，表达了古人对大自然的敬畏与感激之情。又如《我将》这首诗歌，用来祭祀天地的。诗中通过对天地的赞美，展现了古人对宇宙万物的敬畏与虔诚。

《丰年》也是一首典型的祭祀诗，它描绘了丰收后的喜悦与感激，是人们在丰收后祭祀祖先时所演唱的。这首诗以生动的语言和丰富的想象，展现了古人对祖先的敬仰与对丰收的庆祝。

这些祭祀诗大多产生于西周初年社会相对稳定的时期。当时人们安居乐业，对祖先和神灵的信仰也格外虔诚。这些诗歌以歌颂祖先、赞颂神灵为主题，以虔诚的态度颂扬了鬼神的恩典和祖先的功德，不仅反映了殷商时期的历史图景，更揭示了人们敬天祭祖的宗教观念。

这些祭祀诗虽然多以歌颂和赞美为主，但其中蕴含的丰富历史信息与文学价值却是不容忽视的。在众多的祭祀诗中，那些追叙周族创业过程，并带有一定史诗性质的作品尤为引人注目。这些诗歌不仅是对周族祖先伟业的颂扬，更是一部生动的历史画卷，展现了周民族从萌生到发展壮大，直至最终建立国家的全过程。

大雅中的《生民》《公刘》《绵》《皇矣》《大明》五篇作品，被公认为是周族的史诗。它们以生动的笔触，赞颂了后稷、公刘、太王、王季、文王、武王等周族领袖的业绩，勾勒出一幅幅波澜壮阔的历史画面。这些诗歌不仅系统地叙述了周民族的发展历程，还反映了周人征服大自然的伟大功绩、社会制度的变革，以及推翻商代统治的斗争。

其中《生民》一诗，深情地讲述了周族始祖后稷的诞生及他艰苦创业的过程。通过这首诗，我们可以曲折地窥见周代的开国历史，感受到祖先们的艰辛与智慧。《公刘》则描绘了后稷三世孙公刘带领周人迁徙、开垦荒地、建设家园的情景，展现了周部族在公刘的领导下逐渐走向兴盛的历程。《绵》一诗讲述了公刘九世孙古公亶父因受外族逼迫而带领周人迁徙至岐山，并在那里艰苦创业的故事。这首诗生动地展现了古公亶父的英明领导和周人的坚韧不拔，为周族后来的繁荣奠定了坚实基础。《皇矣》一诗歌颂了太王、王季的德业，以及文王在战争中取得的辉煌胜利。这首诗以磅礴的气势，展现了周族在文王领导下逐渐走向强大的过程。而《大明》则从王季娶妻生子说起，一直写到武王牧野誓师伐商，最终成为天下共主的历史壮举。这首诗以生动的叙事和细腻的描绘，展现了周族从兴起到建立国家的全过程。

这些祭祀诗虽然都在歌颂祖先的崇高美德与光辉业绩，但并非空洞无物的赞歌，通过具体的事件和场景，生动地讲述了祖先们的修德、勤政和取得的功绩。这使得这些诗歌不仅具有深厚的历史意义，还充满了现实主义的人文精神。它们让我们能够更加真实地感受到祖先们的伟大与崇高，也让我们更加深刻地认识到周族历史文化的丰富与厚重。

2. 以描写君臣及亲朋欢聚宴飨为主要内容的宴飨诗

宴飨诗，作为贵族生活礼仪诗中的重要组成部分，以其独特的魅力，展现了古代上层社会生活中的一种和谐融洽、欢快热烈的氛围。这些诗歌，不仅仅是文字的堆砌，更是周代礼乐文化的直接体现，通过这些诗歌我们可以窥见那个时代的社会风貌和人文精神。

宴飨诗多数诞生于西周初期，那是一个社会繁荣、和谐融洽的时代。在这样的时代背景下，宴飨活动成为贵族们社交的重要场合，而宴飨诗则成为这一场合中不可或缺的文化元素。这些诗歌以描写君臣及亲朋欢聚宴飨为主要内容，通过细腻的笔触，生动地再现了当时宴会的盛况和人们的情感交流。

《小雅·鹿鸣》便是一首典型的周天子宴飨群臣嘉宾之诗：

呦呦鹿鸣，食野之苹。我有嘉宾，鼓瑟吹笙。吹笙鼓簧，承筐是将。人之好我，示我周行。

呦呦鹿鸣，食野之蒿。我有嘉宾，德音孔昭。视民不恌，君子是则是效。我有旨酒，嘉宾式燕以敖。

呦呦鹿鸣，食野之芩。我有嘉宾，鼓瑟鼓琴。鼓瑟鼓琴，和乐且湛。我有旨酒，以燕乐嘉宾之心。

诗歌以鹿鸣起兴，描绘了一幅和谐美好的宴饮图景。在宴会上，群臣嘉宾欢聚一堂，觥筹交错，笑语盈盈。周天子则以鹿鸣为喻，表达了对群臣嘉宾的欢迎和赞赏，同时也展现了自己作为君主的仁爱和威严。

这首诗歌不仅反映了周初社会的繁荣和和谐，更体现了周代礼乐文化的精髓。在宴会上，人们遵循着严格的礼仪规范，表达着对彼此的尊重和敬意。诗歌中的欢快热烈气氛也传达出了人们对美好生活的向往和追求。

周代的统治者所举行的宴飨活动，绝非仅仅为了个人的欢愉和享受。实际上，这些宴飨活动背后蕴含着深刻的政治目的，它们是周代统治者维系社会稳定和推动政治发展的重要手段。

周代是一个以农业为基础，宗法制为核心的社会。在这样的社会结构中，宗族间的紧密联系成为维系社会稳定的重要纽带。周代的国君、诸侯和群臣，大多数都是同姓子弟或是通过婚姻关系紧密相连的家族成员。这种血缘和姻亲关系构成了周代政治和社会的基础，而宴飨活动正是强化这种关系的重要途径。

在宴飨中，宗族成员齐聚一堂，共享美食，畅谈家常，通过这样的亲密交流，他们之间的天伦亲情得以加深。这种亲情的加深，不仅有助于家族内部的团结和和谐，更能在整个社会中形成一股强大的凝聚力，使得社会更加稳定，国家更加富强。

周代的礼仪制度中规定了严格的等级制度，君臣上下尊卑有着明确的界限。然而，在宴飨活动中，这种等级制度得到了一定程度的缓和。在宴席上，君臣可以共同举杯畅饮，谈笑风生，这种亲密无间的交流有助于消除政治对立，增进相互理解和信任。

宴飨活动在周代社会中扮演了重要的角色，它不仅是人们享受生活、交流感情的方式，更是统治者维系社会稳定、推动政治发展的重要手段。通过宴飨，周代的统治者成功地加强了宗族间的联系，缓和了君臣矛盾，为社会的稳定和繁荣奠定了坚实的基础。

3.以描写农事活动为主要内容的农事诗

我国拥有着源远流长的农业历史，早在远古时代，我们的祖先就开始在这片肥沃的土地上辛勤耕耘，播撒希望的种子。进入周代，农业更是成为社会和经济生活的核心，是国家稳定、人民安宁的基石，更是文化繁荣、国家昌盛的重要支撑。

　　周人对农业有着深厚的情感和极高的崇敬。在他们心中，土地是孕育万物的母亲，农业生产则是一种神圣而庄严的仪式。他们对待土地和农业生产的态度，几乎达到了宗教般的虔诚。这种情感在《周颂》中的祀神诗中得到了充分的体现。

　　在周人的祀神诗中，他们向神灵表达着深深的敬意和感激。农人祈求神灵赐予风调雨顺、五谷丰登的恩赐，让劳动成果得到丰厚的回报。当丰收的季节到来时，农人更是怀着虔诚的心，感谢神灵的庇佑和恩赐。

　　这些祀神诗不仅反映了周人对神灵的崇拜和敬畏，更揭示了西周时代农业生产的真实景况。通过这些诗歌，我们可以了解到当时的劳作方式、生产规模及生产力水平。我们可以看到，周人采用了先进的耕作技术和农具，使得农业生产得以高效地进行。他们还有着严格的农事制度和仪式，这些制度和仪式不仅规范了农业生产的过程，更体现了周人对农业生产的重视和尊重。

　　这些祀神诗还反映了周人与农事相关的思想观念。他们认为，农业生产不仅是一种经济活动，更是一种与神灵沟通、祈求庇佑的宗教活动。这种思想观念使得周人在农业生产中更加虔诚、更加用心，也使得他们的农业生产更加具有神圣性和庄严性。

　　《诗经》中的很多作品不仅在道德观念和审美情绪上深深打上了农业文明的烙印，更以其独特的艺术魅力，为我们展现了一幅幅生动鲜活的农业生产生活画卷。在这些作品中，直接描写农业生产生活的农事诗尤为引人注目，它们以朴实的语言、真挚的情感，再现了古代农夫们的辛勤耕耘和生活的艰辛。

　　在众多农事诗中，内容与艺术方面水平最高的当属《豳风·七月》：

　　　　七月流火，九月授衣。一之日觱发，二之日栗烈。无衣无褐，何以卒岁！三之日于耜，四之日举趾。同我妇子，馌彼南亩。田畯至喜。

　　　　七月流火，九月授衣。春日载阳，有鸣仓庚。女执懿筐，遵彼微行，爰求柔桑。春日迟迟，采蘩祁祁。女心伤悲，殆及公子同归。

　　　　七月流火，八月萑苇。蚕月条桑，取彼斧斨，以伐远扬，猗彼女桑。七月鸣鵙，八月载绩。载玄载黄，我朱孔阳，为公子裳。

　　　　四月秀葽，五月鸣蜩。八月其获，十月陨蘀。一之日于貉，取彼狐狸，为公子裘。二之日其同，载缵武功。言私其豵，献豜于公。

五月斯螽动股，六月莎鸡振羽。七月在野，八月在宇，九月在户，十月蟋蟀入我床下。穹窒熏鼠，塞向墐户，嗟我妇子，曰为改岁，入此室处。

六月食郁及薁，七月亨葵及菽。八月剥枣，十月获稻。为此春酒，以介眉寿。七月食瓜，八月断壶，九月叔苴。采荼薪樗，食我农夫。

九月筑场圃，十月纳禾稼。黍稷重穋，禾麻菽麦。嗟我农夫，我稼既同，上入执宫功。昼尔于茅，宵尔索绹。亟其乘屋，其始播百谷。

二之日凿冰冲冲，三之日纳于凌阴。四之日其蚤，献羔祭韭。九月肃霜，十月涤场。朋酒斯飨，曰杀羔羊。跻彼公堂，称彼兕觥，"万寿无疆"！

这首诗歌以其细腻的笔触和深刻的内涵，成为风诗中的翘楚。全诗共8章88句，长达380字，是风诗中最长的一篇。它以季节的先后为依据，对农夫一年间的艰苦劳动过程进行了生动叙述，让我们仿佛穿越时空，看见西周农人的劳作与生活。

在《豳风·七月》中，我们可以看到农夫们从春天的播种开始，到夏天的耕耘、除草，再到秋天的收割、打场，每一个环节都充满了艰辛与不易。他们早出晚归，辛勤劳作，只为了能够在来年有一个好收成。生活的艰辛并不仅仅体现在劳作上，更体现在他们对自然界的敬畏和对生活的无奈上。在面对风雨雷电、干旱洪涝等自然灾害时，人类显得如此渺小和无助，只能祈求神灵的庇佑和恩赐。

除了对农夫劳作过程的生动叙述外，《豳风·七月》还全面而深刻地反映了西周农人的生活状况。诗歌中描绘的农夫们的生活是艰苦而单调的，他们除了劳作外，几乎没有其他的娱乐活动。他们的饮食简单粗陋，衣物破旧不堪，住房简陋破旧。尽管生活如此艰辛，他们却依然保持着对生活的热爱和对未来的憧憬。他们相信只要辛勤劳动，就一定能够换来一个美好的未来。

4. 以描写战争和徭役对人民的伤害为主要内容的战争徭役诗

从西周后期至春秋时期，战乱频繁，烽火连天，徭役沉重，民不聊生。这样的历史背景之下，以描写战争与徭役给人民带来的无尽痛苦为主要内容的战争诗和徭役诗，如雨后春笋般涌现。

在《诗经》中，我们能看到一些战争诗从正面歌颂的角度进行描绘。它们或是赞颂统治者的赫赫武功，展现其英勇善战、威震四方的雄姿；或是表达团结御侮的坚定意志，抒发军民一心、共御外侮的豪情壮志。这些诗歌写得情调激昂，词气慷慨，读来令人热血沸腾。例如《大雅·常武》一诗，便以雄浑的笔触，描绘了统治者率领军队出征的壮观场景，展现了其威武之势和英勇之姿。

尽管这些战争诗中有正面的歌颂，但更多的还是流露出对战争的深深厌倦和对和平生活的无限向往。那些描绘战争残酷、徭役繁重的诗篇，更是令人痛心疾首，以沉痛的笔触揭示了战争给人民带来的巨大灾难，展现了徭役给百姓带来的沉重负担。在这些诗歌中，我们可以听到人民对战争的控诉，对和平的渴望，对安宁生活的向往。最有代表性的诗篇是《小雅·采薇》：

采薇采薇，薇亦作止。曰归曰归，岁亦莫止。靡室靡家，猃狁之故。不遑启居，猃狁之故。

采薇采薇，薇亦柔止。曰归曰归，心亦忧止。忧心烈烈，载饥载渴。我戍未定，靡使归聘。

采薇采薇，薇亦刚止。曰归曰归，岁亦阳止。王事靡盬，不遑启处。忧心孔疚，我行不来！

彼尔维何？维常之华。彼路斯何？君子之车。戎车既驾，四牡业业。岂敢定居？一月三捷。

驾彼四牡，四牡骙骙。君子所依，小人所腓。四牡翼翼，象弭鱼服。岂不日戒？猃狁孔棘！

昔我往矣，杨柳依依。今我来思，雨雪霏霏。行道迟迟，载渴载饥。我心伤悲，莫知我哀！

这首诗以沉痛的笔触，细腻地描绘了战争给人民带来的巨大灾难。诗中，战士们远离家乡，踏上战场，历经风霜雨雪，饱受战争之苦。他们思念亲人，渴望和平，但战争的残酷却让他们无法回归故土。诗中的"采薇采薇，薇亦作止。曰归曰归，岁亦莫止"一句，便道出了战士们无尽的哀愁和无奈。

《小雅·采薇》也展现了徭役给百姓带来的沉重负担。在那个动荡的时代，徭役繁重，百姓们不堪重负。他们不仅要为战争提供物资和人力，还要承受失去亲人的痛苦。诗中的"靡室靡家，玁狁之故。不遑启居，玁狁之故"一句，便揭示了百姓们因战争而失去家园、无法安居乐业的悲惨境遇。

在这首诗中，我们可以清晰地听到人民对战争的控诉，对和平的渴望，以及对安宁生活的向往。战士们的哀怨、百姓的苦难，都成为对战争的有力控诉。而诗中对和平生活的向往，则成为人们对未来的美好期许。

5. 以描写爱情婚姻生活为主要内容的爱情婚姻诗

《诗经》这部古老的诗歌集，如同一部跨越时空的情感史诗，其中不乏许多反映爱情婚姻生活的诗作，它们大多集中在国风之中，展现了丰富多彩的情感世界。这些诗作情感取向各异，既有深沉的哀怨，也有欢快的喜悦，更有对自由爱情婚姻的热烈追求，它们共同构成了《诗经》中最为精彩动人的篇章。《周南·关雎》便是一首脍炙人口的爱情诗篇：

关关雎鸠，在河之洲。窈窕淑女，君子好逑。

参差荇菜，左右流之。窈窕淑女，寤寐求之。

求之不得，寤寐思服。悠哉悠哉，辗转反侧。

参差荇菜，左右采之。窈窕淑女，琴瑟友之。

参差荇菜，左右芼之。窈窕淑女，钟鼓乐之。

这首诗以清新脱俗的笔触，描绘了一对青年男女在河畔相遇、相互倾慕的美好场景。诗中，"关关雎鸠，在河之洲。窈窕淑女，君子好逑"的句子，仿佛将我们带入了那个充满浪漫气息的时代。男子对女子的赞美与倾慕之情溢于言表，而女子则羞涩地回应着男子的情意，两人之间的情感在诗中得到了完美的呈现。

除了《周南·关雎》之外，《诗经》中还有许多其他反映爱情婚姻生活的诗作。有的诗篇描绘了婚姻的不幸，抒发了作者的幽怨和哀愤之情；有的诗篇则展现了结婚和夫妻家庭生活的甜蜜与幸福；还有的诗篇反映了青年男女对自由爱情婚姻的热烈追求，他们不惧世俗眼光，勇敢追求真爱，展现了人类情感的伟大与纯真。

这些诗作不仅展现了古代人们丰富的情感世界，也为我们提供了了解古代社会风俗和文化的珍贵资料。它们以诗歌的形式，将爱情与婚姻的美好与复杂展现得淋漓尽致，让我们在欣赏诗歌的同时，也能感受到古代人们的情感与智慧。

6. 以针砭时政为主要内容的怨刺诗

自西周中叶开始，王室的权威逐渐减弱，朝纲的废弛使得诸侯们开始僭越本分，周王朝陷入了前所未有的生存危机。到了西周末年和东周初期，天下更是乱成一团，天子失去了对国家的控制，诸侯们为了争夺天下而纷争不休。整个国家的政治和社会环境变得动荡不安，民众深受其害，生活在水深火热之中。

在这个动荡的时代背景下，统治者的暴虐行为对人民造成了极大的压迫。他们为了满足自己的私欲，不顾百姓的死活，横征暴敛，使得人民的生活陷入了绝境。无休止的战争也让人民饱受其苦。人们生活在恐惧和绝望之中，对未来充满了迷茫和不安。

在这样的历史背景下，大量反映丧乱、针砭时政的怨刺诗应运而生。这些诗歌以生动的笔触描绘了当时社会的黑暗面，揭示了统治者的残暴和人民的苦难，或愤怒地控诉统治者的罪行，或深情地表达对逝去亲人的思念，或沉痛地描述战争的残酷和人民的痛苦。这些诗歌不仅是对当时社会的真实写照，更是对人性、对正义、对和平的深刻反思。

《诗经》中的怨刺诗，是古人对于社会不公与统治者恶行的有力控诉，它们大多保存在国风和"二雅"之中，每一首都如同一面镜子，映射出那个时代的种种弊端。例如国风中的《魏风·硕鼠》和《陈风·株林》，大雅中的《板》和《桑柔》，以及小雅中的《节南山》和《巧言》等，这些诗歌如同锋芒毕露的利剑，直指社会黑暗面。

这些怨刺诗的内容丰富多样，有的深刻揭露了当时赋税苛重、民不聊生的现实。在那个时代，统治者为了满足自己的私欲，不断加重赋税，使得百姓生活在水深火热之中。《魏风·硕鼠》便以生动的比喻，将统治者比作贪婪的硕鼠，无情地剥削着百姓的劳动成果，令人愤慨不已。

有的诗歌则毫不留情地揭露了统治者的无耻与丑恶。他们荒淫无度，不顾百姓死活，只知道追求个人的享乐。《陈风·株林》便是对这种丑恶行径的有力讽刺，通过描述统治者的荒淫生活，展现了他们的无耻嘴脸。

还有的诗歌针砭社会弊端，感叹身世遭遇。它们或是对社会不公的控诉，或是对个人命运的无奈叹息。《小雅·节南山》便是一首充满悲愤之情的诗歌，诗人借南山之高峻，比喻社会弊病的深重，表达了对社会现实的强烈不满。

由于这些怨刺诗的作者身份各异，他们的创作背景和经历也不同，所表现出的内容和抒发的情感也有很大差异。国风中的怨刺诗多出自下层劳动人民之手，身处社会底层，深受统治者压迫和剥削，因此诗歌的内容更多的是对统治者恶行的辛辣揭露和嘲讽，言辞激烈，情绪愤慨。如《魏风·硕鼠》便以直白的语言，将统治者的贪婪和残暴展现得淋漓尽致，令人读之感到愤慨不已。

大雅中的怨刺诗，往往出自周代贵族中地位显赫的人物之手。这些贵族们，身为宗法制度的受益者和维护者，他们的命运与国家的兴衰荣辱紧密相连。当国家政治出现弊端，统治者施政失当，他们自然会心生怨刺，以诗歌的形式表达不满和忧虑。这些怨刺诗在谴责统治者的苛政酷刑时，虽然言辞犀利，但并非毫无节制。他们深知自己的身份和地位，也明白宗法制度的约束和限制，因此在表达不满时，往往带有规谏之意。他们希望通过自己的诗歌，提醒统治者关注民生，纠正错误，回到治国的正途。例如，《大雅·民劳》便是一首充满规谏之意的怨刺诗，诗人以深沉的笔触描绘了百姓的疾苦和国家的危机，转而谴责统治者的失政和贪婪。但诗人的目的并非仅仅发泄不满，他更希望通过这首诗，唤起统治者的良知和责任感，引导他们反思自己的行为，重振国家的繁荣与稳定。

小雅中的怨刺诗，其作者虽然同样属于统治阶级的一员，但与大雅中的贵族诗人相比，他们的身份地位显然要低得多。这些诗人可能身处等级社会的较低层次，甚至有时也会受到来自上层统治者的压迫和束缚。他们的怨刺诗在表达上更显得直率而深刻，充满了对政治黑暗的指斥和对国家命运的深深忧虑。

这些诗人通过诗歌，毫不留情地揭露了当时政治的黑暗面。诗人看到了统治者们的荒淫无度、不恤民情，看到了官僚们的腐败贪婪、鱼肉百姓。诗人的诗歌中充满了对这一切的愤怒和不满，用词犀利，直指问题的核心。同时，这些诗人也深深悲悼着周王朝的国运已尽。诗人见证了王朝的衰落和覆灭，感受到了国家命运的沉痛和无奈。诗人的诗歌中，充满了对过去辉煌的怀念和对未来命运的担忧，流露出一种深沉的悲怆之情。

在这些怨刺诗中，诗人们还将自己不幸的命运与国家的兴衰紧密联系在一起。诗人感叹自己的身世遭遇，抒发内心的愤慨和不满。诗人的诗歌中，既有个人的哀怨和叹息，也有对国家和民族的深深忧虑和关切。

《小雅·雨无正》便是这样一首充满讽刺意味和批判精神的怨刺诗。诗人以雨为喻，揭示了当时社会的混乱和黑暗。通过描述雨的狂暴和无序，暗示了政治的混乱和失序；通过描绘百姓在雨中的挣扎和苦难，表达了对统治者无能和腐败的强烈控诉。诗人也将自己的命运与国家的命运紧密相连，抒发了对国家未来的深深忧虑和关切。

（三）《诗经》的艺术成就

《诗经》被誉为中国文学史上的璀璨瑰宝，其在文学发展史中的地位举足轻重，其主要成就可概括为以下几点。

1.伟大的现实主义精神

《诗经》作为中国古代文学的瑰宝，其创作手法深植于现实主义的沃土之中。特别是在那些精湛的民歌作品中，创作者们以其敏锐的观察力和深刻的思考，真实且生动地刻画了当时奴隶社会的各个侧面。这些民歌不仅仅是文学作品，更是历史的镜子。它们透过朴实无华的语言，生动地描绘了奴隶在古代社会中的悲惨遭遇：生活上的压迫、经济上的剥削及为了争取自由和尊严而进行的不屈不挠的反抗和斗争。这些作品中充满了对自然的描绘，对平民生活的关注，以及对种种恶行的揭露与批判。例如，《豳风·七月》不仅仅描述了农事活动，还隐喻了人民对于劳作成果被掠夺的无奈和对公正社会的渴望。《魏风·伐檀》与《魏风·硕鼠》通过具体的场景和情境，形象地展现了社会不公与人民疾苦。《鄘风·墙有茨》则以其独特的风格，通过比喻和象征手法，传达了民众对于社会阴暗面的认识和揭露统治者荒淫无耻的行径。

《诗经》民歌中的现实主义更体现在它为我们呈现了一幅幅鲜活而富有生活气息的人物画卷。这些人物形象并非简单的抽象符号，而是源于生活、高于生活的艺术创造。他们各有各的个性，各有各的情态，仿佛就生活在我们周围，触手可及。以《召南·行露》中的姑娘为例，她面对强暴不屈不挠，性格坚强如钢。诗中描绘了她面对困境时的决绝与勇敢，让人感受到她内心的坚定与力量。这种性格的刻画并非凭空而来，而是基于对生活的深刻洞察和提炼。在《郑风·将仲子》中，我们又看到了另一种截然不同的女性形象。描绘的姑娘性格胆怯软弱，面对爱情和生活的压力，她显得犹豫不决、顾虑重重。诗人通过细腻入微的描写，将她内心的挣扎与无奈展现得淋漓尽致。这种形象的塑造，既是对现实生活中人物的真实反映，也是对人性复杂性的深刻揭示。

值得一提的是，《诗经》民歌中人物形象描写的现实主义精神还体现在诗人们对历史条件和背景的深刻把握。他们并非孤立地描写人物，而是将人物置于特定的历史背景和社会环境中，使人物的性格和命运与时代背景紧密相连。这样的人物形象不仅具有鲜明的个性特征，还具有一定的典型性，能够代表某一类人或某一时代的普遍特征。以《郑风·将仲子》中的姑娘为例，她的胆怯和软弱并非单纯的个人性格缺陷，而是与她所处的社会环境和历史条件密切相关。在那个时代，女性地位低下，受到诸多束缚和限制，这使得她们在面对爱情和生活时往往显得缺乏自信和勇气。因此，这位姑娘的形象不仅真实可信，而且具有一定的典型性，能够引发我们对那个时代女性命运的深思。

2.赋比兴手法的运用

诗之"六义"，是古人对诗歌艺术的深刻总结，其中风、雅、颂与赋、比、兴，各自承载着不同的艺术内涵。风、雅、颂，是依据诗歌的音乐性质来划分的，它们分别代表着不同的音乐风格与诗歌形式。而赋、比、兴，则是从诗歌的修辞方法出发，为我们揭示了诗歌创作的奥秘。

赋，其本质在于陈述与铺叙。当诗人想要直接描述某一事物或情景时，便会采用赋的手法。它如同画家用画笔细细勾勒，将事物的形态、色彩、情感一一呈现于读者眼前。在雅诗与颂诗中，这种手法尤为常见，诗人们借此将心中的崇敬与赞美之情，通过具体而生动的描绘传达出来。

比，即比喻。它是诗歌创作中一种极为生动且富有表现力的手法。诗人通过寻找两个看似不同但实则相通的事物，用一物来比喻另一物，从而揭示出事物的本质特征。在《硕鼠》一诗中，诗人将剥削者比作大老鼠，这种生动的比喻不仅形象地揭示了剥削者的寄生虫本质，还使诗歌具有了强烈的讽刺意味。

兴，则是一种更为含蓄而富有象征意味的手法。诗人在诗歌的开头，先用一两句话描写其他事物，这些事物或许与诗歌的主题并无直接关联，却能引发读者的联想与想象，为诗歌营造出一种特定的氛围或情感基调。在《关雎》一诗中，诗人以"关关雎鸠，在河之洲"为兴，这两句诗虽然并未直接描述淑女与君子的爱情，却通过雎鸠的鸣叫声和河洲的景象，为下文的爱情描写奠定了浪漫而深情的基调。

赋、比、兴这三种手法，是劳动人民的智慧结晶。它们不仅加强了诗歌的形象性，使诗歌更具画面感和感染力；还增强了诗歌的战斗性，使诗歌成为揭露社会黑暗、表达人民心声的有力武器；这三种手法还为诗歌增添了丰富的感情色彩，使诗歌成为传递情感、沟通心灵的桥梁。

3. 语言丰富多彩、生动形象、凝练有力

第一，《诗经》的语言形式丰富多变，主要以四言诗句为主轴，却又不乏其他多种形式的穿插与点缀。这种语言的多样性，不仅展示了诗歌的韵律之美，更凸显了古人对诗歌艺术的深厚造诣。

以《静女》一诗为例，其主要语言形式为四言，这种整齐划一的句式结构，使得诗歌读来朗朗上口，节奏感强。在这四言为主的基础上，诗人巧妙地穿插了五言句子，使得整首诗在保持整体和谐的同时，又增添了几分灵动与变化。这种变化不仅丰富了诗歌的句式结构，也使得诗歌的意境更加深远，情感表达更加细腻。

再如《伐檀》一诗，其语言形式的变化更为丰富。在这首诗中，诗人不仅运用了四言、五言，还加入了六言、七言、八言等多种句式。这些不同长度的句子相互交织，使得诗歌的节奏感更加鲜明，旋律更加优美。这种多变的句式也使得诗歌的内容更加丰富，能够更好地展现诗人的思想感情和创作意图。

第二，《诗经》中，重章叠句的运用，如同乐章中的反复旋律，给诗歌增添了独特的韵味。重章，即诗中某一章节的重复出现，这种手法在《诗经》中屡见不鲜。以《芣苢》为例，全诗共分为三章，每章四句，共计十二句。虽然每章的句子结构相同，但诗人巧妙地通过更换六个动词——采、有、掇、捋、袺、襭，来展现妇女们采集芣苢的不同阶段和心情变化。这种重复与变化的结合，使得诗歌在保持统一性的同时，又充满了生动的变化，仿佛一幅流动的画卷，展现了妇女们勤劳的身影和欢愉的心情。

叠句的运用，更是为诗歌增添了独特的魅力。在《静女》中，"静女其姝""静女其娈"等叠句的出现，不仅强调了女子的美丽与温柔，更在诗歌中形成了一种回环往复的美感，使得诗歌的节奏更加鲜明，旋律更加优美。这种叠句的运用，不仅便于读者的记忆和朗诵，更使得诗歌的意境更加深远，情感表达更加细腻。

《诗经》中还大量运用了叠字、双声、叠韵等修辞手法。叠字如"坎坎""采采"等，使得诗歌的语言更加凝练，节奏感更加强烈；双声如"参差""辗转"等，通过声母的相同，使得诗歌的发音更加和谐，听起来更加悦耳；叠韵如"窈窕"等，则通过韵母的相同，使得诗歌的韵律更加优美，读起来更加朗朗上口。

重章叠句和叠字、双声、叠韵的运用，不仅为《诗经》增添了丰富的艺术手法，更使得诗歌在形式和内容上达到了高度的统一。这些手法不仅便于读者的记忆和朗诵，更增加了诗歌的节奏感和音乐美，使得诗歌的表现力得到了极大的加强。

第三，在《诗经》的众多诗篇中，有些诗歌，尤其是那些充满生活气息的民歌，采用了群歌互答的形式，使得诗歌的表现力更加生动丰富，充满了民间艺术的独特魅力。以《芣苢》为例，这首诗描绘了一群劳动妇女在采集芣苢时的欢快场景。她们并非孤独地劳作，而是相互间用对答、合唱的形式，共同唱出了这首充满生活气息的歌谣。这种群歌互答的形式，不仅展现了劳动妇女们的团结协作精神，更使得整首诗充满了欢快的节奏和韵律。此外，群歌互答的形式还赋予了《芣苢》独特的艺术风格。它使得诗歌的节奏更加明快，旋律更加优美，充满了民间艺术的自然与淳朴。这种形式也体现了古代人民对生活的热爱和对艺术的追求，展现了他们丰富多彩的精神世界。

4. 叙事诗的萌芽

《诗经》作为中国古代诗歌的源头，以其丰富的抒情性质而闻名，但在其中也不乏叙事的雏形。其抒情性主要体现在对人物情感的直接表达和对自然景物的生动描绘，而叙事性则潜藏在这些抒情诗中，通过描绘特定场景和事件来展示人物性格和故事情节。叙事诗在《诗经》中虽然不多，但预示了中国文学叙事传统的开始，这些叙事诗往往不追求完整的故事线索，而是更注重用一个片段来折射人物心态，以及通过这些片段场景来反映社会现象和人情世态。

《东门之枌》便是这样的一篇作品，它虽然不像后来的长篇叙事诗那样有完整的故事情节，却通过对一幅场景的描写，让读者感受到了人物的内心世界。诗中通过对东门之美及其修饰的细节描述，反映了女性的美丽及那个时代女性装饰自己的社会风尚，也显露出人物可能的社会地位和内心情感。

这种叙事手法，虽然简约，却极具深意。它不仅仅展现了一个静态的画面，更通过这个画面传达了一种动态的情感和社会背景。这正是《诗经》民歌中叙事诗萌芽阶段的特点，以抒情为基础通过对具体场景的描写，逐渐发展出叙事的雏形，对后世文学的发展产生了深远的影响。

5. 抒情诗的成熟

《诗经》中的抒情诗以其真挚的情感和独特的艺术手法，为我们展现了古代人民丰富的内心世界。其中的多数民歌都是作者直接抒发内心强烈的思想感情，如同泉水般涌流不息，让人深感其情感之真挚与热烈。以《魏风·硕鼠》为例，这首诗歌通过三章的形式，展现了作者感情的三次变化。每一章的情感都比前一章更为强烈，如同海浪般层层推进，让人感受到作者内心的激荡与澎湃。这种情感的递进，不仅展示了作者高超的抒情技巧，也使得诗歌更加具有感染力和震撼力。《诗经》民歌的抒情技巧有时也表现得婉转隐约、含蓄蕴藉。这种抒情方式如同细雨润物，虽不张扬却深入人心。以《周南·卷耳》为例，这首诗的构思极为巧妙曲折。诗人通过细腻的笔触，将思妇怀夫和征夫忆妇的双重内容集于一篇之中。这种构思不仅展示了诗人高超的艺术造诣，也使得诗歌的情感表达更加深邃而丰富。在诗歌中，我们既能看到思妇对远方丈夫的深深思念，又能感受到征夫对家中妻子的无尽眷恋。这种双重情感的交织与碰撞，使得诗歌的情感表达更加立体而饱满。

二、楚辞

（一）楚辞概述

"楚辞"二字，初听之下，似乎只是简单的两个汉字组合，其背后所蕴含的深意与历史文化背景，却远非表面所见。其本意，是指那些源自楚地的歌辞，这些歌辞犹如一颗颗璀璨的明珠，镶嵌在战国时期的文化长河之中。而当我们提及"楚辞"，更是指代以屈原为代表所创作的那种独特的诗歌样式，它们仿佛是一幅幅绚丽多彩的画卷，展现出鲜明的楚国地方色彩。

关于"楚辞"这一名称的由来，我们可以追溯到西汉汉武帝时期。在《史记·酷吏列传》中，有这样一段记载："庄助使人言买臣，买臣以'楚辞'与助俱幸，侍中，为太中大夫，用事。"这段文字，为我们提供了最早提及"楚辞"的文献资料。"楚辞"已经不仅仅是一种诗歌样式，它更成为一种专门的学问，与"六经"并列，被当时的文人墨客所推崇与研究。

到了汉成帝时期，刘向这位伟大的学者，将战国末年楚国人屈原、宋玉的作品，以及汉代人模仿这种体裁所写的作品，进行了精心的汇辑，并定名为《楚辞》。这里的"辞"，是指文辞之意，有时也写作"楚词"。"楚辞"不仅代表了那种独特的诗歌样式，更是一部诗歌总集的名字，它收录了众多优秀的作品，成为后世研究楚国文化的重要资料。

对于"楚辞"的特点，宋代的黄伯思给出了一个精准的定义。他在《翼骚序》中云："屈宋诸骚，皆书楚语，作楚声，纪楚地，名楚物，故可谓之'楚辞'。"这也就是说，楚辞是以具有楚国地方特色的乐调、语言、名物为创作基础，它们或婉约或豪放，或深沉或明快，都充分展现了楚国的风土人情和文化底蕴。

由于屈原的《离骚》在楚辞中占据着无可替代的代表性地位，其深邃的思想、瑰丽的辞藻及独特的艺术风格，使得后世文人纷纷将其视为楚辞的典范。在文学史上，人们习惯将楚辞称为"骚体"，以此来表达对屈原及其作品的敬意与推崇。这一称呼不仅凸显了楚辞与《离骚》之间的紧密联系，也体现了楚辞在文学领域的独特地位。

在汉朝时期，楚辞又被赋予了"赋"这一名称。这一转变并非偶然，而是源于楚辞与赋在文体上的相通之处。司马迁在《史记·屈原贾生列传》中称屈原"乃作《怀沙》之赋"，这里的"赋"是指楚辞的一种表现形式。班固在《汉书·艺文志·诗赋略》中也提道："大儒孙卿及楚臣屈原，离谗忧国，皆作赋以风，咸有恻隐古诗之义。"这里，班固将屈原的作品与"赋"相提并论，进一步强调了楚辞与赋之间的关联。

由于屈原在楚辞创作中的卓越成就和深远影响，他的作品也被单独称为"屈赋"。这一称呼既是对屈原个人才华的肯定，也是对其作品在楚辞发展中的贡献的认可。屈赋以其深沉的情感、瑰丽的辞藻和独特的艺术手法，成为楚辞中不可或缺的一部分，也为后世文人提供了宝贵的创作灵感和借鉴。

（二）楚辞的内容

1. 屈原的楚辞创作

屈原，字平，据传是湖北秭归的杰出人物。他大约出生于楚宣王三十年，即公元前340年，而他的生命历程终结于楚顷襄王二十一年左右，即公元前278年。身为楚王室的远支宗亲，屈原天赋异禀，才华横溢，起初深受楚怀王的器重，被任命为左徒这一显要职务。

屈原的改革理念与措施触动了旧贵族集团的利益，引起了他们的强烈反对和恶意的诬陷。不幸的是，楚怀王昏庸无能，竟然听信谗言，对屈原产生了疏远。屈原被迫离开了繁华的郢都，被流放到遥远的汉北。

尽管后来屈原曾一度被重新起用，但命运多舛，他再次遭到他人的谗害，被放逐至江南，永远无法再回到他深爱的郢都。他的"美政"理想，那个曾让他满怀激情与期待的理想，最终彻底破灭。

在无尽的失落与绝望中，屈原最终选择了投汨罗江自尽、以死明志，他的离去，不仅是他个人的悲剧，更是楚国文化的巨大损失。

激烈的社会冲突、凄惨的个人命运，加之渊博的学问与对民间诗歌风格的深入理解与借鉴，共同铸就了屈原开创性的楚辞诗体。在这一独特文学形式的浇铸下，屈原挥毫泼墨，留下了众多传世的诗作佳品。下面就对屈原的《离骚》《九章》《九歌》分别进行介绍。

《离骚》不仅仅是屈原的代表作，更是楚辞之冠，被誉为中国文学宝库中永恒的辉煌之作。这首长诗以其独特的艺术魅力和深邃的哲理内涵，在古代文学史上占据了极其重要的地位。全诗共计373句，字数达到2490字，以其宏伟的篇幅和深刻的政治抒情内容，成为我国古代文学中篇幅最长的一篇抒情诗作。

在中国古代文学的传统分类中，以"风"代表《诗经》，以"骚"代表《楚辞》，这样的并称彰显了二者在文学史上的重要性和独特地位。"风"体现了《诗经》的民歌风采，而"骚"则是对《楚辞》特有情感表达方式的概括，显示了屈原在楚辞中对传统诗歌形式的革新与超越。

《离骚》一词中的"离"，通常解释为受困、遭遇困顿的意思，而"骚"则指心中的忧愁和不安。整首《离骚》可以被理解为诗人遭遇忧患的自我表露。在这部作品中，屈原结合了楚国当时的政治局势和自己所经历的不公正对待，借助丰富的神话元素、奇异的幻想场景和深邃的哲学思考，表达了对理想国家的向往和对现实政治的深刻批评。

诗中，屈原不仅仅描写了自己的遭遇与理想，还通过精妙的比兴手法和丰富的象征意象，深刻地展现了个人身份的困惑、道德的追求与精神的探寻。《离骚》因此不只是屈原个人情感的宣泄，更是他哲学思想和政治理念的集中体现，被后人誉为屈原精神世界的真实写照，乃至被看作是他的心灵自传。

《离骚》的影响力穿越千年，不仅对后世文学创作产生了深远影响，更在文化心理和民族精神上留下了不可磨灭的印记，不仅是一篇诗作，更是一面镜子，反映出一个时代的文化面貌，记录了一个伟大诗人的内心世界和对美好社会的无限憧憬。

《九章》是屈原创作的一组重要作品，由《惜诵》《涉江》《哀郢》《抽思》《怀沙》《思美人》《惜往日》《橘颂》和《悲回风》九篇组成。这组作品的总题目《九章》，据说是西汉刘向在编辑《楚辞》时所加的，意在将屈原这九篇风格独特、内涵深刻的作品集结在一起，以便后世读者能够更方便地领略屈原的文学魅力与思想精髓。

关于这些篇章的具体写作年代和地点，学术界至今尚未有定论。但无论何时何地创作，这些作品都深刻地展现了屈原浓厚的思乡爱国之情和对昏君佞臣黑暗政治的痛恨。这种情感与《离骚》是一脉相承的。

与《离骚》相比，《九章》在表现屈原思想上有着独特之处。《离骚》是一部较为系统地表现屈原思想的自传式抒情诗，全面地展示了屈原的生平、理想、追求及遭遇的种种挫折。而《九章》则更像是对屈原片段式的生活思想的抒写，它选取了屈原生活中的某些特定场景或情感片段，进行深入描绘和剖析。在某些特定的点上，《九章》往往比《离骚》描写得更为细致、生动。

《九章》也是研究屈原思想、生活及艺术风格的重要材料。通过对这组作品的深入解读，我们可以更加全面地了解屈原的生平事迹、思想倾向及文学风格。《九章》中的丰富意象和深刻寓意也为后世文学创作提供了宝贵的启示和借鉴。

《九歌》是一组充满神秘色彩与浪漫情感的抒情诗，其创作灵感来源于古老的神话故事及当时流传的巫觋祭歌。这些诗歌不仅是对古老传说的再现，更是屈原内心深处情感与思想的真实写照。

《九歌》这个古曲名，在多部古籍中都有所提及，如《山海经》《左传》《离骚》及《天问》等，都留下了它的影子。这组诗歌共包含11首诗篇，分别是《国殇》《东皇太一》《云中君》《湘君》《湘夫人》《河伯》《山鬼》《大司命》《少司命》《东君》《礼魂》。令人好奇的是，尽管名为《九歌》，诗篇的数量却并不恰好为九。关于这一点，历来有着多种解释和猜测。现在人们普遍接受的观点是，"九"在古代常被用作代表多数，《九歌》并不局限于九篇，而是泛指一组诗歌。

这组诗歌的内容丰富多样，其中最为动人的是那些描绘神与神之间、人与神之间悲欢离合的恋爱作品。这些诗篇不仅展现了神秘莫测的神界情感，也映射出人间情感的复杂与深刻。例如，《山鬼》叙述了山林女神的爱情故事。女神怀揣着对爱情的憧憬，赴约去见她的情人，然而情人却未能如期出现。在这种情境下，女神的情感变得复杂而丰富，既有忧伤、怨恨，也有对爱情的执着与期盼。诗篇通过细腻的描绘，将女神的情感世界展现得淋漓尽致。《湘君》写湘水女神湘夫人思念她的恋人湘君的情景。湘夫人久候湘君不至，心中的思念与焦虑如潮水般涌来。诗篇通过湘夫人的视角，展现了爱情的苦涩与无奈。《湘夫人》则是从湘君的角度出发，写他对湘夫人的思念之情。诗篇中的情感缠绵悱恻，境界恍惚迷离，仿佛将读者带入了一个神秘而美丽的梦境之中。

这些诗篇不仅展现了屈原卓越的文学才华，也体现了他对爱情的深刻理解和独特感悟。通过《九歌》，我们可以窥见屈原内心的世界，感受他对爱情、对神界的向往与追求。

2. 宋玉的楚辞创作

关于宋玉的生平，尽管详细的记载已难觅其踪，但从一些零散的史料和作品中，我们仍可以窥见一二。他与屈原的人生轨迹似乎有着诸多相似之处，主要活跃在楚襄王的时代背景下。他出身贫寒，仕途之路充满了坎坷与挫折，这些使得他壮志难酬，心中充满了失落与无奈。尤其是到了晚年，他更是遭遇了失职的打击，生活陷入了更为困顿的境地，最终带着满腔的遗憾离开了这个世界。

宋玉的作品，据《汉书·艺文志》的记载，共有十六篇。历经岁月的洗礼，现在我们能够确定为其亲笔所著的，主要收录在《楚辞》中的《九辩》，以及被选入《昭明文选》的《风赋》《高唐赋》《神女赋》《登徒子好色赋》和《对楚王问》等篇章。这些作品不仅展现了他的文学才华，也为我们了解他的思想情感提供了宝贵的线索。

《九辩》的思想内涵与屈原的《离骚》有着诸多相通之处。在这篇作品中，宋玉以深情的笔触，叙述了自己因坚守独立品格、不同流俗而遭受朝廷群臣的排挤与打压，最终流离失所，过着凄苦生活的经历。他通过个人的遭遇，深刻揭露了楚国当时黑暗的政治环境，展现了一个正直文人在乱世中的无奈与挣扎。

尽管在思想性方面，《九辩》相较于屈原的作品可能略显贫弱，但在对秋景的描写上，宋玉却展现出了卓越的才华。他笔下的秋景，既有萧瑟凄凉之感，又有深情厚谊之韵。无论是秋风瑟瑟中的落叶纷飞，还是秋雨绵绵中的孤灯独影，都被他描绘得如诗如画，令人心醉神迷。

这种对秋景的动人描写，不仅成为《九辩》的一大亮点，也成为后世文人经常引用的永恒主题。每当文人墨客在秋天来临之际，感受到那份特有的寂寥与悲凉时，他们总会想起宋玉在《九辩》中对秋景的深情描绘，从中汲取灵感，为自己的作品增添一抹别样的色彩。

《高唐赋》与《神女赋》这两篇作品，无疑在后世诗歌创作中留下了深远的影响。两篇的内容虽然相似，却各有侧重，展现出了宋玉卓越的文学才华与深邃的艺术思考。《高唐赋》中，宋玉以细腻的笔触描绘了高唐的景物风光，其文字如行云流水，将高唐的山川河流、草木花卉及那缥缈的云雾都呈现得栩栩如生。他通过对自然景色的铺陈，营造出了一个神秘而迷人的世界，使读者仿佛身临其境，感受到了那种远离尘世喧嚣的宁静与美好。而《神女赋》则更侧重于对神女美丽的描摹。宋玉以独特的视角和细腻的笔触，将神女的形象刻画得栩栩如生。他笔下的神女，不仅容貌绝美，更有着一种超凡脱俗的气质。宋玉通过对神女形象的描绘，展现出了他对美的独特追求与理解，也表达了他对理想女性的向往与赞美。

这两篇作品虽然主题相似，但在表现手法上却各有千秋。《高唐赋》重在对景色的描绘，通过对自然风光的铺陈来展现其魅力；而《神女赋》则更重在对人物形象的刻画，通过对神女美丽的描摹来传达其情感与内涵。

《风赋》《登徒子好色赋》和《对楚王问》等作品历经千百年仍被历代文人传诵不衰。这些作品不仅继承了楚辞的创作精髓，更在文辞和形式等方面有所创新和发展，为中国文学的发展注入了新的活力。

在《风赋》中，宋玉巧妙地运用了问答体的形式，通过问答的方式，将风的形态、特性及给人的感受展现得淋漓尽致。这种形式的运用，不仅增加了作品的趣味性，也使得读者在欣赏作品的同时，能够更深入地理解和感受风的魅力。宋玉在文中对风的描绘也极为生动，他通过对风的形态、声音、气息等方面的细腻描写，将风的特点展现得栩栩如生，令人仿佛身临其境。

《登徒子好色赋》则是宋玉对人性中"好色"一面的深刻剖析。他通过幽默诙谐的笔触，对登徒子这一形象进行了生动的刻画，展现出了人性的复杂与多样。这篇作品在形式上也颇具创新，宋玉通过对事物的夸饰铺排、穷形尽相的描写，使得作品充满了想象力和艺术感染力。

《对楚王问》则是一篇充满智慧与思辨的作品。宋玉在文中通过对楚王的提问与回答，展现出了自己对于人生、政治、文化等方面的独到见解。这篇作品不仅具有深刻的思想内涵，更在形式上体现了宋玉对于文学创作的精湛技艺。

这些作品不仅继承了楚辞的哀怨缠绵的情感抒发，更在形式上比屈辞更为自由。它们既保留了楚辞的浪漫主义精神，又在文辞和形式等方面进行了创新和发展。这种创新与发展，为后代汉赋的创作提供了宝贵的经验和启示。

（三）楚辞的艺术特色

楚辞之所以被认为是一种新体诗，主要是因为它具有一些与以往诗歌不同的艺术特色，主要包括以下几方面。

第一，楚辞这一独特的文体是由我国伟大的诗人屈原所独创的。它不仅仅是诗歌的一种形式，更是文人情感与思想的载体，带有鲜明的个性特征。在楚辞中，强烈的政治性与浓郁的抒情性得以完美结合，使得每一篇作品都充满了深沉的情感与独特的思考。与之前的诗歌相比，楚辞有着显著的不同。过去的诗歌，大多是集体性的口头传承之作，其作者身份难以确定。这些诗歌虽然经过文人的加工与整理，但仍然保留了民歌的原始风貌，展现了人民的生活与情感。在楚辞中，我们依然可以看到一些与民歌相似的元素。以《九歌》为例，其中的一些诗篇仍然保留着歌、乐、舞结合的特点。这种特点，不仅体现在诗歌的节奏与韵律上，更体现在诗歌的情感与表达上。楚辞的作者在创作时，可能受到了民歌的启发与影响，将其中的元素融入自己的作品中，使得楚辞既有文人的深沉与独特，又有民歌的生动与活泼。

第二，楚辞在语言艺术上独具特色，其魅力不仅仅体现在深邃的思想内涵上，更在于其绚丽璀璨而又质朴无华的语言表达。这种语言艺术，一方面体现在其文采的丰富与多变上。在楚辞中，你可以看到那些辞藻华丽、绚烂夺目的语句，它们如同璀璨的宝石，闪烁着耀眼的光芒。这些语句往往通过比喻、拟人、夸张等修辞手法，将抽象的情感与思想具象化，使读者能够深刻感受到作者的内心世界。楚辞中也不乏质朴自然、简洁明了的语句。这些语句如同清泉般流淌，给人以清新脱俗之感。它们没有过多的修饰与雕琢，却能够准确地传达出作者的情感与意图。这种质朴的语言，与那些华丽的语句相互映衬，使得整篇作品既有华丽的外衣，又有坚实的内核。另一方面，楚辞在语言节奏上也有着独特的创新。它打破了传统的四言句两字一顿的单调格式，将不同节奏、字数不等的句子巧妙地穿插交错在一起。这种变化多端的句式结构，使得楚辞的音调更加丰富多变，读起来更加抑扬顿挫、富有韵律感。在楚辞中，五字句和六字句是其典型的句式特点。这些句子在节奏上有着不同的划分方式。五字句以"三二"为主，即前三个字为一个节奏单位，后两个字为另一个节奏单位；而六字句则以"三三"为主，即每三个字为一个节奏单位。这种节奏划分方式，使得句子在朗读时更加流畅自然，同时也增强了其音乐性。楚辞中还兼用其他节奏形式，使得句子的变化更加丰富多彩。比如，《离骚》这篇作品，其句式以六、七言为主，但其中也间或有少至三言、多至十言的句子。这种多样化的句式结构，使得整篇作品在节奏上既有规律可循，又不失灵活变化，给人以极大的审美享受。

第三，在楚辞中，虚词的使用频率极高，如"兮""之""于""而""乎"等，它们如同无形的纽带，将句子中的各个部分紧密地联系在一起，使得整篇作品在表达上更加流畅自如。"兮"字的使用尤为突出，它几乎贯穿于楚辞的所有篇章，成为其形式上的一个显著特征。在《离骚》这篇作品中，"兮"字的运用更是达到了炉火纯青的地步。通篇分为上下句，上句的句尾几乎都用"兮"字作为结束，这不仅使得句子在结构上更加匀称，也在音韵上产生了一种独特的节奏感。除了"兮"字外，楚辞中还大量使用了"之""于""而""以""其"等虚字来协调音节，增强语言的表达效果。这些虚字在句子中起到了很好的过渡和衔接作用，使得整个句子读起来更加流畅自然，同时也为作品增添了一种散文化的趋势。

尽管楚辞在语言表达上有着散文化的特点，但在其中也不乏规整的对偶句。这些对偶句以其工整的句式和优美的语言，为作品增色不少。例如，"余既滋兰之九畹兮，又树蕙之百亩"这样的句子，不仅结构对称，而且语言优美，具有很强的韵律美和节奏感。

第四，在楚辞中，无论是地理名物的描绘、风俗习惯的叙述，还是自然景色的勾勒，都深深地烙印着楚地的独特印记。这种地方特色，不仅让楚辞在文学史上独树一帜，更使其成为南方文化的璀璨代表。在楚辞中，诗人们大量吸收并运用方言俗语，使得作品的语言更加生动鲜活，充满了浓郁的乡土气息。这些方言俗语，不仅丰富了楚辞的表达方式，更使其具有了独特的地域文化魅力。通过这些方言俗语的运用，诗人们成功地将楚地的风土人情、社会习俗融入作品之中，使得读者在阅读时能够感受到一种身临其境的楚地风情。而楚辞的浪漫主义特质，更是其独特魅力的体现。在楚辞中，诗人们运用丰富的想象和大胆的幻想，将历史故事、古代神话与现实生活巧妙地结合在一起，创造出了一个充满奇幻色彩的文学世界。这种浪漫主义的表现手法，使得楚辞在情感表达、形象塑造等方面都达到了前所未有的高度。以《离骚》为例，诗人在这篇作品中大量运用历史故事和古代神话，通过丰富的想象和大胆的幻想，将抽象的情节具体化、形象化。为了充分表达诗人对于理想的不懈求索，对人生道路的艰难抉择，诗人驾驭龙凤，扣帝阍求佚女，展现出了一种超凡脱俗的浪漫主义情怀。这种表现手法，不仅使得《离骚》成为楚辞中的经典之作，更使其成为中国文学史上的璀璨明珠。

第五，楚辞在塑造形象的艺术手法上展现出了独特的魅力与深厚的功力。其中，《九歌》便是一个典型的例证。这部作品在描绘人物内心活动、动态神态时，都显得逼真传神、惟妙惟肖，使得读者仿佛能够目睹、亲身感受那些生动鲜活的场景与情感。《九歌》的一个突出特点，便是善于将景物、环境、气氛和人物的心理感情有机地融合在一起进行描写。这种融合不仅使得作品的意境更加深远使人物的情感更加饱满、立体。在《湘夫人》中，这种艺术手法得到了淋漓尽致的体现。诗人通过对湘夫人所处环境的细腻描绘，营造出了一个充满神秘与浪漫氛围的世界。湘夫人身处其中，她的情感与周围的环境相互呼应、相互映衬，形成了一种独特的艺术效果。同时，诗人还通过对湘夫人内心活动的深入挖掘，将她那复杂而微妙的情感展现得淋漓尽致。无论是喜悦、忧伤，还是期待、失落，都被诗人用细腻的笔触描绘得栩栩如生。

第六，楚辞在继承《诗经》的比兴传统的基础上，更进一步地发展和创新了比喻和象征手法，创造出了丰富多彩的意象世界。其中，《离骚》无疑是这一艺术特色的集大成者，其"香草美人"的意象更是成为楚辞中颇具代表性和创造性的象征。在《离骚》中，香草这一意象的运用可谓是匠心独运。它不仅仅是一种自然界中的植物，更是诗人心中美好品德和高洁人格的象征。诗人通过采集香草、以香草为装饰等场景，巧妙地将自己的高洁品格和良好修养展现出来。例如，"扈江离与辟芷兮，纫秋兰以为佩"和"朝饮木兰之坠露兮，夕餐秋菊之落英"这样的诗句，都生动地描绘了诗人以香草自喻，展现自己高洁不群的形象。香草在《离骚》中还有着更深层次的象征意义。香草与恶草相对，成为政治斗争的双方的隐喻。诗人借香草与恶草的对比，表达了自己对于政治斗争的鲜明态度和立场。如"民好恶其不同兮，惟此党人其独异。户服艾以盈要兮，谓幽兰其不可佩"这样的诗句，既揭示了政治斗争的残酷现实，又展示了诗人对于美好品质的坚守与追求。美人意象在《离骚》中的频繁出现，同样为作品增添了丰富的艺术内涵。诗人或以美人比喻君王，寄托自己的政治理想与抱负；或借美人自喻，彰显自身的高洁品质；或由此引发出君臣关系的探讨，将君王比作夫君，将自己比作被疏远的弃妇，表达了对于君臣关系的深刻反思。这些美人意象的运用，不仅丰富了作品的艺术表现力，也深化了作品的思想内涵。相较于《诗经》中相对简单的比兴手法，楚辞中的"香草美人"意象所构成的象征比喻系统无疑具有更为丰富的意旨和更强的艺术表现力。它不仅仅是一种文学手法的运用，更是诗人内心情感与思想的真实写照。通过这一象征比喻系统，诗人成功地将自己的政治理想、人格追求，以及对社会现实的深刻反思融入作品中，使得《离骚》成为一部充满艺术魅力与思想深度的伟大作品。

第三节 两汉乐府诗

一、乐府诗概述

现存的两汉乐府诗，其作者群体之广泛，实在令人惊叹。从高高在上的帝王，到平凡普通的平民百姓，各阶层人士都在这块文学的热土上留下了自己的印记。他们或抒发豪情壮志，或表达生活琐事，或吟咏自然风光，或诉说人间冷暖，共同构成了乐府诗丰富多彩的艺术世界。

其中不乏像司马相如这样的著名文人。他们不仅以卓越的才华和深厚的文学造诣，为乐府歌诗的创作注入了新的活力，更以其独特的视角和深刻的洞察力，丰富了乐府诗的内涵和表现形式。他们的作品，既体现了文人墨客的雅致与情怀，又融入了民间歌谣的质朴与生动，使得乐府诗既具有高雅的艺术品位，又不失生活的真实与亲切。

在汉武帝之后的几个时期，乐府搜集民歌的职能得到了延续。这一传统不仅使得更多的民间歌谣得以保存和传承，更为乐府诗的创作提供了源源不断的素材和灵感。这些民歌以其真挚的情感、生动的形象和朴实的语言，为乐府诗增添了浓厚的民间色彩和地域特色。

到了东汉时期，管理音乐的机关进行了调整，改为太子乐署和黄门鼓吹署。黄门鼓吹署尤为重要，实际上发挥了乐府的作用。它负责收集和保存大量的乐府诗作品，使得这些珍贵的文化遗产得以流传至今。我们现在所看到的汉代乐府民歌，大多数都产生于东汉时期。这些诗歌不仅反映了当时社会的风貌和人民的生活状态，更以其独特的艺术魅力，成为我们了解和研究汉代文学和文化的重要窗口。

汉代乐府采集的民歌，数量之庞大令人瞩目，共计达到了138首。这些民歌并非局限于某一地区，而是遍布全国，采地之广泛足以彰显乐府采集工作的规模之大。这些民歌每一首都如同一颗璀璨的明珠，闪烁着人民智慧的光芒，承载着各地风土人情的独特韵味。

经过精心装订成集后，这些民歌迅速在社会各阶层中传播开来。它们以其真挚的情感、生动的形象和朴实的语言，迅速赢得了人们的喜爱。渐渐地，乐府民歌替代了雅乐的地位，成为当时社会上最为流行的一种诗歌体式。无论是宫廷宴会还是民间聚会，无论是文人雅士还是平民百姓，都乐于吟咏这些充满生活气息的乐府民歌。

作为一种新诗体，乐府民歌自诞生之日起，便成为中国诗歌发展的生命源头。它继承了先秦民歌的优良传统，同时又注入了新的时代精神和艺术特色。乐府民歌关注现实生活，以人民的生活和情感为创作源泉，"感于哀乐，缘事而发"，使得诗歌的内容更加贴近人民、贴近生活。这种关注现实的创作态度，不仅丰富了中国诗歌的思想内容，也为后来的诗歌创作提供了宝贵的经验。

二、乐府诗的内容

乐府诗作为两汉时期广泛流传的一种文学形式，其创作灵感往往源于民间对生计、情感和社会现实的直接感受。生活的点点滴滴，无论是平凡琐碎还是重大事件，都能成为乐府诗人吟咏的源泉，激发出他们的创作热情。由此，乐府诗成为记录和反映两汉社会风貌的重要文献，它们以其生动的叙述、鲜明的情感和独特的视角，绘制出了那个时代生活的全貌，传达了各个社会阶层的愿景与诉求。具体来说，两汉乐府诗的内容涵盖了以下几个主要方面。

（一）描写士兵征战的悲哀

自汉武帝即位以来，对外战争便逐渐变得频繁起来。这些战争，有的源于对外来侵略的坚决抵御，保卫国家的领土和人民的安全；也有一些战争，却是出于开边拓土、炫耀武力的目的，为了满足统治者的扩张欲望和虚荣心。在这些战争中，无数的老百姓被迫踏上了疆场，他们的生命在硝烟与战火中消逝，最终化作了异乡之魂。

《战城南》这首诗，便是对这一时代战争残酷现实的深刻写照：

战城南，死郭北，野死不葬乌可食。

为我谓乌："且为客豪！野死谅不葬，腐肉安能去子逃？"

水深激激，蒲苇冥冥。

枭骑战斗死，驽马徘徊鸣。

梁筑室，何以南何以北。

禾黍不获君何食？愿为忠臣安可得？

思子良臣，良臣诚可思。

朝行出攻，暮不夜归！

诗中描绘了战场上的惨烈景象，士兵们浴血奋战，死伤无数。那些曾经鲜活的生命，在战争中变得如此脆弱，他们的尸骨被遗弃在异乡，成为无人认领的孤魂。诗歌中的每一句都透露出作者对战争残酷的深深痛恨和对那些无辜逝去生命的无限哀悼。

许多士兵尽管侥幸从残酷的战争中存活下来，当他们带着满身伤痕，步履蹒跚地回到那个曾经魂牵梦萦的家乡时，却未必能够享受到期待中的天伦之乐。以《十五从军征》为例，诗中的主人公便是一个典型的例子：

十五从军征，八十始得归。

道逢乡里人："家里有阿谁？"

"遥看是君家，松柏冢累累。"

兔从狗窦入，雉从梁上飞。

中庭生旅谷，井上生旅葵。

舂谷持做饭，采葵持做羹。

羹饭一时熟，不知贻阿谁。

出门东向看，泪落沾我衣！

他年少离家，投身军旅，历经了数十年的征战生涯。当他终于有机会回到那个熟悉而又陌生的家乡时，已是白发苍苍、步履蹒跚的老者。

诗的开篇两句，便以沉痛的笔触描绘了战争持续时间之长，以及战士内心深处无尽的痛苦。这不禁让人联想到，在那些年月里，国家的人口锐减，田野荒芜，生产力严重凋敝。每一场战争的背后，都是无数家庭的破碎和无数生命的消逝。

当这位老兵终于踏上故土，满心欢喜地期待着与亲人团聚时，眼前的一幕却让他心如刀绞。他看到的，不是亲人热情的迎接，而是亲人俱亡的凄凉景象；他触到的，不是熟悉而温暖的怀抱，而是坟茔累累的冰冷土地；他闻到的，不是家乡熟悉的气息，而是满庭荒草的凄凉气息。此时的他，孤苦伶仃，形单影只。那些曾经的美好回忆，如今只化为心头的无限凄楚。他站在那荒芜的庭院中，望着那些亲人的坟茔，心中充满了无尽的哀伤和无奈。这就是战争的后果，不仅摧毁了人们的家园，更摧毁了人们的心灵。

（二）描绘人生的苦难

这是两汉乐府诗中最为触动人心的部分，如《孤儿行》这首诗歌以其深沉的人道主义情怀和强烈的感染力，成为古代文学中的一颗璀璨明珠：

孤儿生，孤儿遇生，命独当苦。

父母在时，乘坚车，驾驷马。

父母已去，兄嫂令我行贾。

南到九江，东到齐与鲁。

腊月来归，不敢自言苦。

头多虮虱，面目多尘。

大兄言办饭，大嫂言视马。

上高堂，行取殿下堂，孤儿泪下如雨。

使我朝行汲，暮得水来归；手为错，足下无菲。

怆怆履霜，中多蒺藜；拔断蒺藜肠月中，怆欲悲。

泪下渫渫，清涕累累。

冬无复襦，夏无单衣。

居生不乐，不如早去，下从地下黄泉。

春气动，草萌芽，三月蚕桑，六月收瓜。

将是瓜车，来到还家。

瓜车反覆，助我者少，啖瓜者多。

"愿还我蒂，兄与嫂严，独且急归，当兴校计。"

乱曰：里中一何譊，愿欲寄尺书，将与地下父母：兄嫂难与久居。

全诗的结构严谨，情感层次丰富。从"孤儿生"至"命独当苦"的第一部分，孤儿以慨叹之语开启了全篇的基调，他感叹自己偶然而生，命运却如此苦不堪言。这种慨叹之情，使得全诗从一开始就笼罩在一种充满悲剧气氛的情境之中，让人为孤儿的命运感到心痛。接下来的"父母在时"至"当兴校计"的第二部分是诗歌的主体，详细叙述了孤儿在父母去世后所遭受的兄嫂的种种虐待和折磨。孤儿的生活状况被描绘得栩栩如生，他的痛苦与无助让人感同身受。这一部分用白描手法，语言朴素却感染力极强，让我们深刻体会到了孤儿所经历的辛酸与苦难。最后的"乱曰"至"兄嫂难与久居"的第三部分，以孤儿的绝望心绪作为全诗的结尾。他对于未来的迷茫与无助，既与第二部分的叙事相关联，又与第一部分的慨叹之词遥为呼应，使得全诗在情感上达到了高潮。

诗中的孤儿并非出身贫寒，然而当父母去世后，他却沦为兄嫂的奴隶，遭受无尽的欺凌与折磨。这既反映了当时社会亲情之薄，也揭示了奴隶生活的残酷与悲惨。这样的描写让人读后感慨不已，对于那个时代的社会现实有了更为深刻的认识。

（三）歌唱爱情

歌唱爱情一直是两汉乐府民歌中不可或缺的重要主题。随着封建礼教的逐渐加强，汉乐府民歌在描绘爱情时，往往无法摆脱一层深深的不幸与不祥的悲伤氛围。这种氛围，犹如一层无形的阴霾，笼罩在每一个爱情故事的上方，使得原本应该充满甜蜜与温馨的爱情，变得沉重而压抑。《有所思》便是这样一首充满悲伤与复杂情感的诗歌：

> 有所思，乃在大海南。
>
> 何用问遗君，双珠玳瑁簪，用玉绍缭之。
>
> 闻君有他心，拉杂摧烧之。摧烧之，当风扬其灰。
>
> 从今以往，勿复相思，相思与君绝！
>
> 鸡鸣狗吠，兄嫂当知之。
>
> 妃呼狶！秋风肃肃晨风飔，东方须臾高知之。

这首诗描绘了一位直率而多情的女子，在突遇爱情挫折时的痛苦心情和复杂心理。她原本满怀期待，准备赠给情人一份精心挑选的礼物——双珠玳瑁簪，甚至还特地用玉绍缭之，以表达她深深的爱意。当她一听到情人变心的消息，她的心情瞬间跌入谷底，那份原本美好的期待瞬间化为泡影。愤怒与绝望之下，她做出了一个惊人的举动——把精心准备的玳瑁簪拉杂摧烧，当风扬其灰。这一举动，无疑是她内心爱之深、恨之切的强烈感情的体现。她的爱，如同那熊熊燃烧的火焰，一旦遭受背叛，便会化作毁灭一切的怒火。

当怒火渐渐平息，她的心中又涌起了复杂的情感。她开始回忆起与情人幽会时的情景，那些甜蜜而温馨的记忆，让她感到既害怕又留恋。她害怕再次受伤，但又无法割舍那段曾经美好的感情。这种藕断丝连、不忍割舍的心理，真实而典型地凸显出了抒情主人公的情感世界。

（四）展现妇女命运

在两汉的封建社会中，妇女的地位可谓是卑微至极，她们的生活往往充满了无奈与痛苦。因此，表达弃妇的思想感情也成为两汉乐府民歌中一个不可或缺的重要主题。

《孔雀东南飞》便是这样一首令人痛心的叙事诗，它用细腻的笔触讲述了一个凄婉的婚姻悲剧。诗中的主人公刘兰芝和焦仲卿，原本是一对恩爱夫妻，他们的感情深厚，彼此相依为命。刘兰芝的婆婆却不喜欢她，将她视为眼中钉，肉中刺。在婆婆的逼迫下，焦仲卿无奈地将刘兰芝送回娘家。回到娘家后，刘兰芝的日子并没有变得好过。她的兄长为了家族的利益，逼迫她改嫁。面对这样的境遇，刘兰芝的内心充满了痛苦与挣扎。她既不愿意背叛自己与焦仲卿的爱情，又无法抗拒兄长的意志。最终在无尽的绝望中，她选择了与焦仲卿共同赴死，用死来捍卫他们的忠贞不渝的爱情。

这一故事不仅揭示了封建社会爱情婚姻问题的方方面面，更歌颂了坚贞的爱情观。刘兰芝和焦仲卿的爱情，如同孔雀东南飞一般，虽然短暂却绚烂夺目。他们用死来抗议封建礼教的束缚，用死来捍卫自己的尊严与自由。他们的行为，无疑是对封建社会的一种深刻批判。

（五）表达乐生恶死的愿望

两汉乐府诗以其独特的艺术魅力，深情地表达了人们对于生命的热爱与对死亡的厌恶。乐生和恶死，这两者看似矛盾，实则紧密相连，共同构成了人们对于生命与死亡的深刻思考。

乐生，是人类本能的向往与追求。生命的美好，生活的丰富多彩，都让人们对于生命充满了热爱与珍视。而两汉乐府诗人，更是将这种乐生的愿望表达得淋漓尽致。他们以细腻的笔触，描绘了大自然的美丽，人世的繁华，以及人们对于生活的热爱与追求。生命的短暂与死亡的必然，又让人们对于死亡充满了厌恶与恐惧。两汉乐府诗人，也毫不掩饰地将这种对死亡的厌恶之情传达出来。他们通过诗歌，表达了对生命流逝的无奈，对死亡来临的恐惧，以及对生命永恒的渴望。

《日出入》便是这样一首充满哲理与情感的诗歌：

日出入安穷，时世不与人同。

故春非我春，夏非我夏，秋非我秋，冬非我冬。

泊如四海之池，遍观是邪谓何？

吾知所乐，独乐六龙。

六龙之调，使我心若。訾，黄其何不徕下！

诗人从太阳的升降联想到人的个体寿命，将太阳与人的生命进行了鲜明的对比。太阳每天东升西落，循环往复，仿佛没有尽头，是永恒存在的象征。而人的生命却是有限的，从出生到死亡，就像太阳的升落一样，一瞬即逝。这种对比，让人们更加深刻地感受到了生命的短暂与宝贵。

为了寻求生命的永恒，诗人大胆地想象了太阳成为永恒存在物的原因。他认为，太阳之所以能够永恒运行，是因为它在另一个世界运行，那里的时间坐标与人世间截然不同。于是，诗人便产生了驾驭六龙在天国遨游，进入太阳运行的世界的幻想。这种幻想，既是对生命永恒的渴望，也是对死亡恐惧的逃避。

三、乐府诗的艺术特色

概括来说，乐府诗的艺术特色主要包括以下几方面。

第一，两汉乐府诗以其故事情节的完整曲折，为中国古代叙事诗的发展奠定了坚实的基础。在这些诗歌中，叙事诗的成就尤为显著，其成功之处很大程度上归功于详略得当的叙事手法。乐府民歌在叙事时，往往注重详细描绘事件的经过和中间过程，而对于抒情和首尾始末则相对简略处理，这种处理方式使得诗歌既能够突出故事的重点，又能够保持情节的紧凑和连贯。以《孔雀东南飞》为例，它是一首典型的叙事诗，完整地讲述了一个情节曲折、连贯有头有尾的故事。这并不仅仅是对一两个生活片段的简单描绘，而是展现了一个完整的故事发展脉络。从故事的开端到高潮，再到最终的结局，每一个环节都紧密相扣，使得整个故事充满了紧张感和吸引力。在这个故事中，时间线的设置也极为巧妙。故事发生的时间集中在短短的二十天左右，这样的时间跨度既保证了故事的紧凑性，又使得情节的发展能够充分展开。从刘兰芝被焦仲卿的母亲逼迫回家，到她被迫改嫁，再到她与焦仲卿双双赴死的悲剧结局，每一个情节都充满了戏剧性和冲击力。诗歌的结构也极为细密，裁减得当。作者通过巧妙的叙事手法，使得故事情节起伏跌宕，既有平静的叙述，也有激烈的冲突，既有温情的描绘，也有残酷的现实。这样的叙事艺术驾驭能力，使得《孔雀东南飞》成为一首脍炙人口的叙事佳作，也为后世叙事诗的创作提供了宝贵的借鉴和启示。

第二，两汉乐府诗以其丰富多彩的艺术表现手法，展现出独特的魅力。比喻、拟人和夸张等手法被诗人娴熟地运用，使得诗歌更加生动、形象，富有感染力。比喻是乐府诗中常见的艺术手法之一。它能够将抽象的情感、思想具象化，让读者通过具体的形象来感知和理解。例如，《悲歌》中，"心思不能言，肠中车轮转"这一句，诗人用"车轮转"这一有形体的动态比喻，形象地表达了主人公内心愁思的纷繁与沉重，让人仿佛能够感受到那种无法言说的痛苦与煎熬。而在《白头吟》中，"皑如山上雪，皎若云间月"的比喻，更是将女子爱情的纯洁与高尚展现得淋漓尽致。诗人用"山上雪"和"云间月"这两个纯净无瑕的自然景象，来比喻女子对爱情的坚守与执着，使得这种情感更加动人，更加深入人心。拟人手法的运用，则是乐府诗中另一大特色。尤其在寓言诗中，这种手法更是得到了充分的发挥。例如，《雉子班》《乌生》《董娇娆》等作品，诗人通过假托动植物之口，或者人与植物的对话，将动植物拟人化，赋予了它们人的情感和思想。这些诗歌以奇妙的想象，叙述了动植物自身惨遭戕害的命运，借此劝告世人谨于持身，爱惜生命。这种拟人化的表达方式，不仅让诗歌更加生动有趣，也使得其寓意更加深刻，更加能够引起读者的共鸣和思考。夸张手法的运用也是乐府诗的一大特色。通过夸张的表达方式，诗人能够突出事物的特点，增强诗歌的表现力。这种手法在乐府诗中得到了广泛的运用，使得诗歌更加生动有力，更加能够引起读者的关注和思考。

第三，两汉乐府诗在创作时，对生活镜头的选取尤为用心，体现了诗人对生活细节的敏锐洞察和深刻理解。在选择叙事对象时，诗人独具慧眼，擅长从日常生活中捕捉那些富有诗意的镜头，将其融入诗篇之中，使得诗歌既有生活的真实感，又充满了艺术的韵味。以《羽林郎》为例，诗人巧妙地叙述了当垆美女反抗强暴的故事。这个故事并非惊心动魄的大事件，而是发生在街头巷尾的一个生活片段。诗人却能够从这个普通的故事中挖掘出深刻的内涵，通过细腻的描绘和生动的对话，展现了当垆美女的勇敢和智慧，以及她对自由和尊严的坚定追求。这种对生活的敏锐观察和深刻理解，使得诗歌具有了强烈的感染力和深刻的启示意义。这种对生活镜头的精准选取和巧妙运用，使得诗歌既具有生活的真实感，又充满了艺术的张力。

第四，两汉乐府诗在塑造人物形象方面展现出了卓越的艺术才华，使得每一个角色都栩栩如生、各具特色，绝无雷同之处。这些人物形象不仅具有鲜明的个性特征，还深刻地反映了当时社会的风土人情和道德观念。以《陇西行》中的胡姬为例，她是一个充满凤烈坚贞气质的女性形象。面对羽林郎的调戏和侵犯，她并未选择忍气吞声，而是勇敢地站出来进行抵抗和拒绝。她用生命捍卫了自己的尊严和权利，展现出了强烈的反抗精神和悲剧主角的品格。胡姬的形象充满了力量和坚韧，令人敬佩。而《陌上桑》中的秦罗敷则是一个聪明多智的女性形象。面对向她求婚的使君，她并未直接拒绝，而是以机智的言辞进行戏弄，上演了一场幽默的喜剧。罗敷的聪明才智和巧妙应对使得她能够轻松地化解尴尬和困境，展现出了她的机智和幽默感。罗敷的形象充满了灵动和机智，令人喜爱。这两个女性形象虽然都是反抗强暴的代表，但她们的气质和性格却截然不同。胡姬的风烈坚贞和罗敷的聪明多智形成了鲜明的对比，使得这两个角色更加生动鲜明，各具特色。这种差异化的塑造方式不仅使得诗歌更加丰富多彩，也深刻地揭示了当时社会女性的不同面貌和境遇。

第五，两汉乐府诗不仅继承了《诗经》所开创的现实主义传统，更在直面现实、关注生活方面展现出了独特的魅力。这些诗歌用朴素自然、生动活泼的语言，抒发了人们内心的情感，叙述了生活的点滴，真实而具体地反映了当时的社会风貌和广大劳动人民的喜怒哀乐。乐府诗所描绘的生活场景丰富多彩，从战争的残酷、农民的辛劳，到爱情的甜蜜与苦涩，无一不展现出浓厚的生活气息。例如，《十五从军征》这首诗，便以一位老兵的经历为线索，讲述了战争的残酷和人民生活的艰辛。诗中描绘的老兵形象，既是对个体命运的深刻写照，也是对当时社会背景的生动反映。这样的描写不仅触动了人们的心弦，也引发了对战争与和平的深刻思考。乐府诗不仅关注生活现象，更深入挖掘生活的本质。它敢于揭露统治阶级的残暴统治和经济压迫，敢于为劳动人民发声。这种直面现实、敢于批判的精神，使得乐府诗具有了强烈的社会意义和历史价值。

第四节 《古诗十九首》和汉代文人五言诗

汉代文人的诗歌创作是古典诗歌发展历程中的重要一环。这一时期的诗歌，既继承了先秦诗歌的深厚传统，又展现出独特的时代精神，充分彰显了文人们的审美个性和对生命价值的追求。

在形式上，汉代文人诗歌承袭了先秦诗歌的韵律和格式，同时又有所创新。他们不仅熟练地运用四言、五言等诗歌形式，还大胆尝试七言诗篇的创作，使得诗歌的形式更加多样化和丰富化。这种创新不仅丰富了诗歌的艺术表现力，也为后世的诗歌创作提供了更多的可能性。

在内容上，汉代文人诗歌更是展现了鲜明的时代特色和个人情感。他们通过诗歌表达了对社会现实的关注，对人生哲理的思考，以及对生命价值的追求。其中，游子的羁旅情怀和思妇的闺愁成为诗歌的重要主题，这些主题不仅反映了当时社会的风土人情，也揭示了人们在特定历史背景下的情感世界。

进入东汉时期，文人诗歌创作更是呈现出新的气象。五言诗逐渐取代传统的四言诗，成为新的诗歌主流。这种变革不仅使得诗歌的表达更加灵活多变，也推动了诗歌艺术的进一步发展。此时完整的七言诗篇也开始出现，为诗歌创作注入了新的活力。

东汉时期的文人诗歌多数能够独立成篇，展现了文人们独立的创作精神和艺术追求。还有一些诗歌附在赋的结尾，作为赋的一部分而保存至今，这也为我们了解当时文人的创作环境和艺术风格提供了珍贵的资料。

《古诗十九首》是汉代文人五言诗的最高成就。这组诗歌以深挚的情感和精湛的艺术手法，主要抒发了游子的羁旅情怀和思妇的闺愁，深刻地再现了文人们在汉末社会思想大转变时期的心路历程。他们追求的幻灭与沉沦，心灵的觉醒与痛苦，都在这些诗歌中得到了淋漓尽致的展现。这些诗歌不仅是古代抒情诗的典范，也为后世的诗歌创作提供了宝贵的艺术经验和启示。

《古诗十九首》最早见于南朝梁代萧统所编的《文选》。这十九首五言诗，作者姓名不详，但它们的艺术魅力和历史价值却是不容忽视的。大约在魏末晋初的时期，这批诗篇开始广泛流传，它们既无题目，也不清楚具体的作者，这并没有影响到它们深受人们的喜爱和推崇。这些诗篇大多是抒情之作，以真挚的情感和细腻的笔触，展现了诗人的内心世界和对生活的独特感悟，不仅表达了对爱情、友情、离别等人生百态的深刻思考，还蕴含了对社会现实、人生哲理的独到见解。这种独特的表现手法和艺术风格，使得这些诗篇在文学史上独树一帜，被统称为"古诗"。在晋、宋时期，这批"古诗"更是被奉为五言诗的典范，受到了广大文人墨客的推崇和模仿。它们不仅为后世的诗歌创作提供了宝贵的艺术经验和灵感，也为中国古典诗歌的发展注入了新的活力和动力。

《古诗十九首》的作者群体，绝大多数都是那些漂泊在外的游子。他们或因仕途不顺，或因战乱流离，或因生活所迫，不得不离开熟悉的故土，踏上陌生的土地。无论身处何方，他们的心中都怀揣着对家乡的深深眷恋和无尽思念。在这些游子的心中，家乡不仅仅是一个地理位置的概念，更是一种情感的寄托和精神的归宿。他们身在他乡，却时刻思念着家乡的亲人、朋友和熟悉的一切。每当夜深人静时，他们总会仰望星空，默默思念着远方的故土。《涉江采芙蓉》一诗便生动地展现了游子的思乡之情。主人公在江边采摘芳草，打算送给远方的妻子。当他回头望向家乡的方向时，却只见长路漫漫，归期遥遥。这种"同心而离居"的无奈与忧伤，让人深感游子心中的痛苦与挣扎。而《明月何皎皎》一诗，则通过描绘游子在明月高照的夜晚忧愁难眠的情景，进一步表达了他们的思乡之情。诗人揽衣徘徊，深切地感到："客行虽云乐，不如早旋归。"他深知，天涯的芳草和他乡的明月，都无法填补游子心中的空虚和寂寞，反而只会更加激起他们难以遏制的思乡之情。

《古诗十九首》所描绘的思妇心态，如同一个纷繁复杂的画卷，展现了她们在期盼游子归来时的种种情感与心境。在这些诗篇中，思妇们无一例外地期盼着游子的早日归来，但面对盼归而不归的现实，她们的反应却呈现出丰富多样的面貌。有的思妇对婚姻极为珍视，对游子的爱恋深沉而执着。她们将远方捎回的书信视作珍宝，小心翼翼地保存着，每一个字迹都仿佛刻印在她们的心间，久久难以磨灭。正如《孟冬寒气至》一诗中所描绘的那样，思妇们对游子的思念如同孟冬的寒气，虽冷冽却持久。

也有思妇在漫长的等待中，开始觉察到游子可能不再归来的迹象。她们的内心充满了焦虑与不安，日感衰老、消瘦。在《行行重行行》一诗中，思妇们用"努力加餐饭"来宽慰自己，试图用食物来填补内心的空虚与寂寞，但内心的痛苦却难以言喻。

还有一些思妇，在春光明媚的季节里，经受不住寂寞的煎熬。她们渴望爱情的滋润，却无法得到游子的陪伴。她们发出了"空床难独守"的感叹，表达了自己内心的无奈与痛苦。这些思妇诗的作者虽然未必都是女性，也可能是游子揣摩思妇心理而作。无论是游子还是思妇，他们都以细腻的笔触，将思妇们的情感与心境描绘得情态逼真，如同出自思妇之手一般。

《古诗十九首》是古代抒情诗的典范。在抒情方式上，它并不直接宣泄情感，而是采取委曲婉转、反复低回的方式，让读者在品味中逐渐感受到诗人内心的波澜。这种抒情方式在《古诗十九首》的多篇诗篇中得到了生动的体现。如《涉江采芙蓉》一诗，诗人以涉江采芙蓉这一行为起兴，进而引出对远方游子的思念之情。芙蓉的美丽与芬芳，与诗人内心的孤独与思念形成了鲜明的对比，使得情感更加深沉而动人。同样，《庭中有奇树》也是一首典型的以具体物象起兴的诗篇。诗人通过描绘庭院中一棵奇特的树，表达了对时光流逝和人生无常的感慨，这棵树不仅成了诗人情感的寄托，也成了诗歌艺术表现的重要元素。《孟冬寒气至》和《客从远方来》等诗篇也巧妙地运用了起兴发端的手法。前者以孟冬时节的寒气为引子，引出对远方游子的思念与担忧；后者则以客人从远方带来消息为开端，进而展开对游子归期的期盼与焦虑。这些诗篇通过巧妙的起兴发端，将诗人的情感与具体物象或典型事件相结合，使得诗歌既具有深厚的情感内涵，又具有生动的艺术表现力。它们以委婉曲折的方式表达情感，让读者在品味中感受到诗人内心的波澜与挣扎，达到了情感共鸣的效果。

《古诗十九首》以其独特的情景交融、物我互化的笔法，展现了一个个浑然圆融的艺术境界。以《凛凛岁云暮》为例，诗篇中的思妇在岁暮之际，为远方的游子寄去御寒的衣被，同时也寄去了自己深深的思念。她的思绪如潮水般汹涌澎湃，既有对游子的担忧与牵挂，也有对相聚时光的渴望与期盼。诗中的景物与情感相互交融，构成了一幅凄美而动人的画面；《明月何皎皎》则以夜晚独宿为背景，展现了游子的思乡之情。诗人以明亮的月光为引子，将游子的内心情感展现得淋漓尽致。他们在异乡漂泊，面对皎洁的明月，无法抑制内心的思乡之情。诗中的明月、独宿的游子，共同构成了一个如幻如梦、朦胧而又深沉的意境。

《古诗十九首》中的抒情主人公绝大多数都在诗中直接出现，他们以第一人称的方式，直接表达自己的情感与心声。《迢迢牵牛星》却是个例外。在这首诗中，诗人通篇描写牵牛与织女两个星宿隔河相望而无法相聚的痛苦。虽然诗中无一句言及诗人自身的苦衷，但每一句都渗透着作者的离情别绪。诗人巧妙地借用了牵牛与织女的传说，将自己的情感与这一古老的故事相结合，使得诗歌的意境更加深远而动人。

《古诗十九首》的语言明白晓畅，又仿佛深藏着无尽的真情至理。它不求华丽辞藻的堆砌，而是用浅浅的言辞，寄寓着深深的情感。每一句诗，都像是诗人在深情款款地诉说着内心的故事，用意曲尽，却又造语新警，令人读来回味无穷。这种深衷浅貌的语言风格，正是《古诗十九首》的魅力所在。它既能让人在字里行间感受到诗人深厚的情感，又能让人在品味中领略到诗人独特的艺术匠心。这种语言风格的形成，离不开诗人对生活的深刻洞察和对情感的细腻体验。在《古诗十九首》中，还有一些诗篇在语言的运用上更是别出心裁。比如《青青河畔草》和《迢迢牵牛星》这两首诗，就巧妙地运用了叠字的手法。通过叠字的连用，不仅增强了诗歌的节奏感和韵律美，还使得诗歌的意境更加深远，情感更加浓郁。《客从远方来》一诗，则巧妙地运用了双关语。诗人在诗中通过一些具有双重意义的词语，既表达了表面的意思，又隐含了深层的情感。这种双关语的运用，使得诗歌更加含蓄而富有韵味，让人在品味中感受到诗人的匠心独运。

《古诗十九首》代表着文人五言诗的首批杰出成果，拥有着独特的艺术成就和无可替代的重要地位。这部作品以其深邃的思想内涵、精湛的艺术手法和优美的语言风格，赢得了历代文人的高度赞誉。刘勰，这位古代文学批评的巨擘，对《古诗十九首》给予了极高的评价，称其为"五言之冠冕"。这一赞誉不仅体现了《古诗十九首》在五言诗领域的卓越成就，更凸显了其在整个诗歌史上的重要地位。钟嵘这位文学评论家也对其赞不绝口，他称《古诗十九首》"惊心动魄""一字千金"。

《古诗十九首》的出现，标志着文人五言诗的成熟。在此之前，五言诗虽然已有一定的发展，但尚未形成完整的艺术风格和成熟的表达手法。《古诗十九首》以其独特的艺术魅力，为五言诗的发展树立了典范，也为后世的诗歌创作提供了宝贵的经验与启示。《古诗十九首》也揭开了我国诗歌发展新的一页，它以其深邃的思想内涵和精湛的艺术手法，为后世的诗歌创作提供了源源不断的灵感与动力。《古诗十九首》不仅推动了五言诗的发展，更为整个诗歌史注入了新的活力与生机。

第二章

日月掷人去
魏晋南北朝时期古典诗歌的创作探究

魏晋南北朝时期是中国历史上一个独特而多元的时代。这一时期政治动荡、社会变革、文化交融,为古典诗歌的创作提供了丰富的土壤。作为古典诗歌发展的重要阶段,魏晋南北朝时期的诗歌创作,不仅继承了前代诗歌的优良传统,更在内容与形式上进行了大胆的创新与拓展,为中国古典诗歌的发展注入了新的活力。

第一节 建安诗歌与正始诗歌的创作

一、建安诗歌的创作

建安时期的诗歌在吸纳和融会楚辞、乐府及汉赋等传统文学养分的基础上，实现了诗歌创作手法和主题内容的革新，进一步拓宽了诗歌的表现领域和审美功能。当时的文人——尤其是曹操、曹丕、曹植和"建安七子"，他们不仅经历了剧烈的社会动荡，目睹了战火纷飞下的沧桑巨变，而且赶上了思想文化相对开放的时代，从而得以尽情展现自己的文学才华和独到见解。建安诗歌的显著特色是其慷慨激昂的气势和明快果敢的笔触，它们直接而热烈地反映了诗人对现实的深切感受，用简练、质朴且明晰的语言表现出来。这样的创作不仅内容深刻，形式上也达到了和谐统一的境界，形成了一种深沉而笔力雄健的文学风格，后世尊称之为"建安风骨"。在建安诗歌的创作群体中，具有代表性的作家有三曹（曹操、曹丕、曹植）、"建安七子"和蔡琰，他们共同构成了这一时期文学创作的中坚。限于篇幅，这里主要对曹操和曹植的诗歌进行简要研究。

（一）曹操的诗歌创作

曹操，一位充满传奇色彩的历史人物，生于155年，逝于220年。他字孟德，小字阿瞒，出身于沛国谯（现今的安徽亳州）。尽管他的祖父曹腾是一位宦官，父亲曹嵩是曹腾的养子，这样的出身在当时的社会中或许显得微贱，但曹操却以他非凡的才华和胆识，书写了一段属于自己的辉煌历史。

曹操自幼便展现出豪放不羁的性格，他喜好权术，胸怀大志。在董卓之乱时期，他毅然投身讨伐董卓的战役，展现出强烈的正义感和坚定的决心。建安元年（196年），他成功迎请献帝迁都许昌，并自任大将军和丞相，以"挟天子以令诸侯"的方式，成为北方实际的掌权者。

曹操的一生充满了传奇色彩。他不仅拥有雄才大略，具备治国安邦的才能，而且在文学领域也有着卓越的成就。尤其是在诗歌创作方面，他更是独树一帜，成为建安诗歌的中心人物。尽管他留存至今的诗歌仅有二十多首，且都是乐府诗的形式，但这些诗歌却充满了创新精神，为后人留下了宝贵的精神财富。

从诗歌内容上来看，曹操的诗歌可被分为以下三大类。

第一，反映了汉末社会的动荡与人民苦难的诗，如《蒿里行》：

> 关东有义士，兴兵讨群凶。初期会盟津，乃心在咸阳。
> 军合力不齐，踌躇而雁行。势利使人争，嗣还自相戕。
> 淮南弟称号，刻玺于北方。铠甲生虮虱，万姓以死亡。
> 白骨露于野，千里无鸡鸣。生民百遗一，念之断人肠。

这首诗犹如一幅沉痛的历史画卷，生动地反映了汉末社会的动荡与人民的苦难。这首诗深情地描绘了关东义军起兵讨伐董卓，继而因各自私心而陷入内斗的历史事件。曹操以他独特的艺术手法，用简括而富有力量的诗笔，对这段纷繁复杂的历史进行了高度概括与浓缩。在诗中，曹操不仅揭示了讨伐董卓战役失败的原因，更深刻地揭露和评判了那些义军将领们的丑态。他们各怀私心，争权夺利，背离了初衷，使得原本正义的讨伐行动最终沦为了一场内耗。这样的描写，不仅让读者感受到了那个时代的混乱与黑暗，更让人对那些将领们的行为感到痛心疾首。而在这背后，是长期遭受战乱之苦的百姓。他们无辜地承受着战争的摧残，生活在水深火热之中。曹操在诗中表达了对这些百姓的深深关怀和同情，他的诗句充满了对人民疾苦的关切和忧虑。这首诗也体现了曹操作为一位政治家的胸怀和抱负。他渴望能够救民于水火，结束这个时代的混乱与黑暗。他的这种情怀和抱负，使得他的诗歌不仅仅是对历史的记录，更是对未来的期待和呼唤。

第二，表现了诗人自身的抱负及"天下大一统"的宏伟志向的诗歌，如《短歌行》：

> 对酒当歌，人生几何！譬如朝露，去日苦多。
> 慨当以慷，忧思难忘。何以解忧？唯有杜康。
> 青青子衿，悠悠我心。但为君故，沉吟至今。
> 呦呦鹿鸣，食野之苹。我有嘉宾，鼓瑟吹笙。
> 明明如月，何时可掇？忧从中来，不可断绝。
> 越陌度阡，枉用相存。契阔谈䜩，心念旧恩。
> 月明星稀，乌鹊南飞。绕树三匝，何枝可依？

山不厌高，海不厌深，周公吐哺，天下归心。

曹操在创作《短歌行》这首诗时，已步入了人生的后半程，然而统一大业的宏愿尚未实现，这使得他内心充满了深深的忧愁与焦虑。然而，正是这样的处境，更激发了他壮志凌云的豪情。在这首诗中，曹操以其独特的艺术手法，将内心的情感淋漓尽致地表达出来。他通过似断似续、低回沉郁的笔调，营造出一种既沉重又激昂的氛围。他直抒胸臆，用反复地咏唱来强调自己的求贤若渴及统一天下的决心。诗的前两行，曹操感叹时光易逝，功业未就，他借酒消愁，用歌声来抒发内心的苦闷。这种情感的流露，既展现了他的真实情感，也凸显了他作为一位伟大政治家的深沉与厚重，他引用《诗经》中的句子，表达了自己对贤才的渴望与珍视。他深知，只有得到贤才的辅助，才能实现统一大业的梦想。他对贤才的渴求如同对生命的珍视一般。在诗的后半部分，曹操进一步描绘了自己思贤与得贤的不同心境。他通过细腻的笔触，将这两种情感描绘得栩栩如生，使读者能够深刻感受到他内心的波动与变化。最后两行，曹操触景生情，表达了自己要像周公那样广纳贤才、安定天下的志向。这种志向不仅是他个人的追求，更是他对国家和民族的期许，将全诗的主旨和盘托出，使整首诗达到了高潮。整首诗气势慷慨，格调悲凉，充分展现了曹操作为一位伟大诗人和政治家的风采。他运用比兴、反复的修辞手法，使得诗歌的艺术感染力极强。读者在品味这首诗时，不仅能够感受到曹操的壮志豪情，更能够体会到他对国家和民族的深深忧虑与期待。

第三，游仙诗。曹操的诗歌中，游仙诗占据了相当的比例，这些诗作如《秋胡行》《陌上桑》等，都是他对人生、对宇宙、对长生不老之道的独特思考与追求。虽然曹操本人并不信天命鬼神，但他在功成名就之后，或许也曾在内心深处幻想过长生不老，这也是他创作游仙诗的一个重要原因。这些游仙诗中，曹操以丰富的想象力和独特的艺术手法，描绘了一个又一个神秘而迷人的仙境。他笔下的仙人形象飘逸出尘，仙境景色瑰丽奇幻，给人留下了深刻的印象。这些诗作不仅展现了曹操对长生不老之道的向往，也表达了他对人生短暂、时光易逝的深深感慨。在曹操看来，人生虽然短暂，但可以通过追求长生不老来超越生命的局限，实现永恒的存在。这种追求不仅是对生命的珍视，更是对人生意义的探索和追求。通过游仙诗的创作，曹操或许在寻找一种超越现实、实现心灵自由的方式。

　　曹操这位在三国时期叱咤风云的人物，不仅在政治和军事上有着卓越的成就，同时在诗歌创作上也展现出独特的革新精神。他的诗歌作品，无论是数量还是质量，都堪称一代大家。尤其是他在题材内容上的创新，更是让人赞叹不已。《薤露行》和《蒿里行》原本是古代用于丧葬仪式的挽歌，它们的曲调充满了凄婉和哀伤。曹操却巧妙地运用这些曲调，将它们改写成了描绘汉末社会动乱的诗歌。这种对题材的创新，不仅拓宽了诗歌的表现范围，也使得他的诗歌作品更加具有历史感和时代感。在《薤露行》中曹操以悲凉的笔触描绘了社会动荡、人民流离失所的惨状，让人感受到那个时代的沉重和压抑。而在《蒿里行》中，他则通过描写义军将领的争斗和百姓的苦难，揭示了战乱给社会带来的深重灾难。这些作品都深刻反映了曹操对当时社会的深刻洞察和人文关怀。

　　曹操的这种革新精神，不仅体现在他对题材的选择上，也体现在他对诗歌艺术形式的探索上。他善于运用各种修辞手法和表现手法，使得他的诗歌作品既具有深刻的思想内涵，又富有艺术感染力。这种革新精神，使得曹操的诗歌在三国时期独树一帜，也为后世的诗歌创作提供了宝贵的借鉴和启示。

（二）曹植的诗歌创作

　　曹植，生于192年，逝于232年，字子建，是曹丕的亲弟弟，也是曹操的第四个儿子。他在少年时期便展现出了非凡的才华与求知欲，聪明好学，能够诵读《诗经》《论语》及各类辞赋数十万言。这种扎实的文学功底为他日后的文学创作奠定了坚实的基础。曹植在十几岁的时候，便已经能够写出一手好文章，他的文笔流畅、意境深远，让人读后回味无穷。曹操作为一代文学巨匠，对曹植的文章也是赞不绝口，甚至一度想要立他为太子。然而，曹丕的极力阻挠使得曹植与皇位失之交臂，这也成为曹植命运的重要转折点。20岁时，曹植被封为平原侯，23岁时又徙封为临淄侯。这些荣誉与地位的变迁，无疑反映了他在当时社会的影响力与地位。然而，曹植的命运并非一帆风顺。以曹丕称帝为界，曹植的生活和创作可以分为前后两个时期。前期他过着相对优裕的生活，与友人们相聚宴饮、畅游山水，创作了大量优秀的诗歌和辞赋。而后期随着曹丕的登基，曹植的生活发生了翻天覆地的变化，他遭受了来自政治上的打压与排挤，但尽管如此，他依然坚持文学创作，以笔为剑，抒发内心的愤懑与不满。曹植现存完整的诗歌有80余首，辞赋、书笺40余篇，这些珍贵的文化遗产让我们得以一窥曹植的文学才华与思想风貌。

在曹丕称帝之前，曹操作为一代枭雄，手握军政大权，威震四方。在这样的背景下，曹植的生活可谓优裕而安逸。他自幼聪明伶俐，才情出众，深得父母的喜爱与器重。曹植多次随父出征，身临其境地感受了战场的烽火与硝烟，这些经历深深地烙印在他的心中，成为他日后诗歌创作的重要素材。他的诗歌中，以描写征战内容为主的作品尤为引人注目。这些诗歌不仅展现了战场的激烈与残酷，更凸显了曹植胸怀大志、乐观豁达的精神面貌。他对未来的前途充满自信，坚信自己能够建功立业，为国家和民族做出贡献。其中，《白马篇》便是这一时期曹植诗歌创作的代表作之一：

白马饰金羁，连翩西北驰。借问谁家子？幽并游侠儿。

少小去乡邑，扬声沙漠垂。宿昔秉良弓，楛矢何参差。

控弦破左的，右发摧月支。仰手接飞猱，俯身散马蹄。

狡捷过猴猿，勇剽若豹螭。边城多警急，虏骑数迁移。

羽檄从北来，厉马登高堤。长驱蹈匈奴，左顾凌鲜卑。

弃身锋刃端，性命安可怀？父母且不顾，何言子与妻！

名在壮士籍，不得中顾私。捐躯赴国难，视死忽如归。

这首诗以生动的笔触塑造了一位精于骑射、忠勇爱国的"幽并游侠儿"形象。这位游侠儿身手矫健，骑术高超，他在战场上英勇无畏，为了国家的安宁和民族的尊严而浴血奋战。曹植通过这位游侠儿的形象，寄托了自己对建功立业的憧憬和渴望。诗中的每一句都是诗人的心声，他渴望像游侠儿一样，用自己的才华和勇气为国家做出贡献。《赠徐干》等诗也表达了类似的情感。这些诗歌中，曹植以细腻的笔触描绘了自然风光的美丽与宁静，同时也表达了自己对友人的深厚情谊和对生活的热爱。这些情感与他在战场上所展现出的英勇与豪情相互映衬，共同构成了曹植这一时期诗歌创作的丰富内涵。

曹丕称帝后，对曹植的态度发生了翻天覆地的变化。他明目张胆地对曹植进行攻击，使得曹植的生活陷入了困境。曹植备受哥哥曹丕的迫害，这种打击不仅对他的生活造成了巨大的影响，也深深地影响了他的诗歌创作。在曹丕的打压下，曹植的诗歌基调开始变得悲愤、苦闷、压抑。他的诗歌中充满了对命运的无奈和对未来的迷茫，风格也变得顿挫凄凉、深沉苍劲。他多抒发的是自己满腔的悲愤及怀才不遇、壮志难酬的苦闷。《赠白马王彪》是曹植在这一时期创作的最为典型的长篇抒情诗，也是他的代表作之一。全诗共七章，以深沉而痛迫的感情，痛斥了那些挑拨曹丕与他们兄弟关系的小人，并对突然离世的任城王表示了深切的悼念。

诗人在诗中并没有一泻无余地宣泄自己的情感，而是有控制地娓娓道来。他在抒情中穿插以叙事、写景，使得诗歌更加生动而富有层次感。首章写对京城洛阳的依恋，展现了诗人对过去的怀念；第二章则描绘了归途中的艰难险阻，暗示了诗人所经历的艰辛与困苦；第三章直接谴责了那些离间他们兄弟的小人，表达了诗人对他们的愤怒与不满。第四章中，诗人主要描写了萧瑟冷落的秋景，通过描绘自然景色来表达自己内心的感伤之情。他写"感物伤我怀，抚心长太息"，字里行间流露出对世事无常、人生苦短的无奈与悲哀。第五章中，曹植为曹彰的离去深感痛心。他写道："自顾非金石，咄嗟令心悲"，表达了自己对失去亲人的痛苦与悲伤。第六章中，作者一面劝慰曹彪，一面宽慰自己，仿佛已从痛苦中挣脱出来了。了解曹植处境的读者不难体会到，这乐观的言辞背后隐藏着的是诗人难以尽言的悲哀。最后一章，诗人忍不住一声长叹："变故在斯须，百年谁能持！离别永无会，执手将何时？王其爱玉体，俱享黄发期。"这句话中透露出诗人对未来的绝望和对离别的无尽哀愁。他深知人生无常，变故难料，百年之后谁又能保证什么呢？与亲人的离别可能永无再见之日，何时才能再次执手相聚呢？他只能劝慰对方要保重身体，希望彼此都能长寿健康。

整首诗把诗人的心痛及悲愤表达得淋漓尽致，格调凄冷而激扬。它不仅展现了曹植在困境中的坚韧与不屈，也揭示了他对人性、命运和社会的深刻思考。这首诗不仅是曹植个人情感的宣泄，更是对那个时代社会现实的深刻反映。

在曹植的诗歌中，情感如同潮水般汹涌澎湃，每一次阅读，都仿佛被其浓厚的情感所深深包围。他的诗歌，不仅仅是文字的堆砌，更是情感的流露，是心灵的呐喊。如《野田黄雀行》中的"高树多悲风，海水扬其波"，那高树之上呼啸的悲风，那海面上扬起的波涛，都如同曹植内心的情感一般，激荡不已。每一个字、每一个词，都充满了深深的哀愁和无奈，让人仿佛能够感受到他内心的挣扎与痛苦。又如《杂诗》其一中的"高台多悲风，朝日照北林"，那高台上呼啸的悲风，那朝阳照耀下的北林，都映射出曹植内心的孤独与寂寥。他用这些生动的景象，将自己的情感表达得淋漓尽致，让人为之动容。在《赠徐干》中，他写道："惊风飘白日，忽然归西山。"那突如其来的狂风，将白日吹得飘摇不定，最终归于西山之下。这不仅仅是对自然景象的描绘，更是曹植内心情感的写照。他借助这样的景象，表达了自己内心的惶恐与不安，以及对未来的迷茫与无奈。

除了这些以抒情为主的诗歌，曹植还有一些以描述为主的诗作，其中仍然不乏抒怀之情。例如《美女篇》，虽然表面上是在描述女子的体态美、神韵美及心灵美，但实际上却寄托了曹植自己的情感与抱负。他通过描绘这样一位佳人形象，实际上是在感慨自己虽满腹才华，却无法为国效力，无法实现自己的理想与抱负。

曹植在运用乐府民歌创作五言诗时，展现出了与众不同的艺术风格。他善于运用华丽的辞藻，使得诗歌的语言显得尤为丰富和绚烂。这一特点与之前的乐府民歌语言通俗浅显的特点形成了鲜明的对比。曹植的诗歌中，辞藻的堆砌恰到好处，既不过于浮华，也不过于平淡，使得诗歌在表达上更加生动、形象，充满了艺术魅力。

对此，胡应麟在《诗薮》内编卷二中给予了高度评价。他认为曹植的诗歌辞极赡丽，句颇尚工，语多致饰。这意味着曹植的诗歌不仅辞藻华丽，而且句子结构工整，语言修饰得当。这种艺术风格使得曹植的诗歌在视觉上给人以美的享受，在听觉上则给人以和谐的音乐感。

二、正始诗歌的创作

正始时期，与建安时代仅相隔短短二十年，然而这期间的变迁却是天翻地覆。两个时代的文人在思想、创作内容和风格方面展现出了极为迥异的特色。在魏晋时期，政治动荡不安，统治者的虚伪和对名教的过分提倡，引起了当时士人的广泛反感。这种政治环境使得许多文人遭受了政治迫害，他们心中的理想与现实产生了巨大的冲突，导致了普遍的精神苦闷。

在这样的背景下，老庄思想开始抬头，为士人提供了一种逃避现实、寻求精神寄托的方式。这种思想的盛行，也催生了一股清淡的风气，不仅影响了士人的生活方式，更深刻地影响了文学创作。在文学创作中，士人们开始追求玄远自然的境界，他们的作品充满了深思与超绝的哲理。

正始时期，出现了一个著名的文人团体，号称"竹林七贤"。这个团体中的每一位成员，都以其独特的思想和创作风格成为时代的佼佼者。而在这个团体中，影响最大的当属阮籍和嵇康。

（一）嵇康的诗歌创作

嵇康，生于224年，逝于263年（另说生于223年，逝于262年），字叔夜，籍贯谯国铚，即现今的安徽宿州西部。他的一生，充满了传奇色彩与坎坷经历。身为曹魏宗室的女婿，嵇康的婚姻也是一段佳话，他娶了曹操的曾孙女长乐亭主为妻，两人情深意笃，相敬如宾。嵇康曾在朝廷中担任中散大夫一职，因此世人也常称他为"嵇中散"。他对官场生活并不热衷，反而更向往那种隐居山林、逍遥自在的生活。他后来选择了隐居，不再涉足官场，并多次拒绝了朝廷的任命。嵇康的才华与名声终究引来了妒忌与迫害。他因得罪了当时的权贵钟会，遭到了构陷最终不幸被处死。那一年，他年仅四十岁，正值人生壮年，才华未尽，却落得如此下场，实在令人扼腕叹息。

嵇康虽出身低微，但他的天赋与才华却犹如璀璨的星辰，熠熠生辉。他自幼便资质不凡，拥有着超群的智力与卓越的才能。他性格峻烈，独具个性，对待事物有着自己独到的见解和态度。他喜好博览群书，尤其钟爱庄子和老子的思想，这使得他的质性自然，恬静寡欲，追求着一种超脱世俗的境界。嵇康的诗歌现存五十余首，其中四言诗占据了半壁江山。这些诗作既是他个人情感的抒发，也是他思想智慧的结晶。他的四言诗是继曹操之后又一批成功之作，其代表作《赠秀才入军》《幽愤诗》更是广为传诵。

《赠秀才入军》这组诗，是嵇康赠予其兄嵇喜的作品。诗中，嵇康表达了对从军远征的亲人的深深思念，展现了他们之间亲密无间的兄弟情谊。这十八首诗，虽然写的是嵇康想象其兄嵇喜在军中的生活，但那种洒脱的情趣，却是嵇康自身的写照。他想象着兄长在军中的戎马骑射生活，那些生动的画面，鲜明的形象，灵动生姿，仿佛就在眼前。与曹植的《白马篇》相比，嵇康的这组诗既有游侠儿的英武豪侠气概，又多了一种洒脱神情。

《幽愤诗》是嵇康在蒙冤入狱的困境中创作的，这首诗不仅仅是他个人遭遇的写照，更是他生命中最后一声绝望而又坚定的呐喊，可以视作他的绝命诗，嵇康用真挚而沉痛的笔触，自述了他平生的遭遇与理想抱负，对自己无辜受冤的遭遇表示了极大的愤慨。

在《幽愤诗》中，嵇康回顾了自己曲折坎坷的人生道路，叙述了他"托好老、庄，贱物贵身"的思想及其成因。他认为自己之所以会招致灾祸，是因为性格"顽疎"，本性使然。这种对自己性格的深刻剖析，既体现了他的自省与坦诚，也反映了他对命运的无奈与抗争。尽管身处绝境，嵇康仍然怀抱着对未来的希望。他渴望能够度过这场灾难，然后去过一种超尘绝世的生活。这种对自由生活的向往，在诗末的"采薇山阿，散发岩岫。永啸常吟，颐性养寿"中得到了充分的体现。这些诗句，犹如一道清泉，在嵇康沉重的心灵中流淌，给予他无尽的慰藉与力量。

《幽愤诗》的诗词锋爽利，语气清峻，与嵇康的《与山巨源绝交书》有着异曲同工之妙。在《与山巨源绝交书》中，嵇康自称"刚肠疾恶，轻肆直言，遇事便发"，这种直率坦诚的性格特点，在他的诗中也得到了充分的体现。无论是直言不讳地表达自己的愤怒与不满，还是坦诚地剖析自己的内心世界，嵇康都展现出了他独特的个性与魅力。

锺嵘在《诗品》中评价嵇康的诗为"峻切"，这个评价可谓恰如其分。嵇康的诗，如同他的人一样，峻峭而不失风骨，直切而不失深情。他的诗，是他生命的写照，是他灵魂的呐喊，更是他留给后世的宝贵遗产。

（二）阮籍的诗歌创作

阮籍，生于210年，逝于263年，字嗣宗，出生于陈留尉氏，即现今的河南开封，是著名文人阮瑀之子，更是建安七子之一的后代。他早年胸怀壮志，立志济世安民，才华出众，名声远扬，因而成为当时两大权势集团——

曹魏集团和司马氏集团都竭力想要拉拢的对象。阮籍的内心却充满了对世事的无奈与不满。他深感官场的腐败，尤其是曹操所代表的曹魏集团，他们的腐败行为让他深感痛心。他也对司马氏集团的奸诈虚伪及篡权野心深感不满。他深知，自己若卷入这两大集团的争斗，必将失去自己的独立与尊严，因此他极力想要避开这场纷争。但命运却并未给他这样的机会。曹爽被杀后，司马氏集团更是加紧了对权力的争夺，对异己的打压也愈发残酷。阮籍深知，自己若稍有不慎，就可能招来杀身之祸。他选择了饮酒狂放，以消极抵抗、玩世不恭的态度来应对这个黑暗的时代。虽然阮籍表面上看起来狂放不羁，但内心却充满了痛苦。他常常独自一人驾着小车出游，希望能在大自然中找到一丝安慰。每当他走到路的尽头，面对无尽的空旷与孤寂，心中的痛苦便如潮水般涌来，让他不禁痛哭而返。

　　阮籍的一生，可以说是充满了无奈与痛苦。他既无法改变这个黑暗的时代，也无法逃避自己的内心痛苦。他的诗歌与行为，都是对这个时代的反抗与控诉，同时也是他对自己内心的抒发与宣泄。他的故事，成为后世文人墨客传诵的佳话；他的精神，也成为人们追求自由与独立的象征。

　　阮籍对五言诗的发展做出了不可磨灭的贡献的诗人。他的诗歌创作，在五言诗这一领域取得了突出的成就，为后世的诗歌发展奠定了坚实的基础。阮籍以其独特的艺术视角和深邃的思想内涵，将五言诗的创作推向了新的高度。他全力投入五言诗的创作，使得五言诗在魏晋时期焕发出新的生机与活力。他的《咏怀》诗，更是五言诗创作史上的一部里程碑之作。《咏怀》诗由82首五言诗组成，这些诗歌不仅数量众多，而且质量上乘，每一首都充满了阮籍的深情与哲思。他将这82首五言诗巧妙地连在一起，编成了一部庞大的组诗，这样的创作形式在当时的诗歌界是极为罕见的。阮籍的这一创举，不仅丰富了五言诗的表现形式，更为五言诗的发展注入了新的活力。阮籍的《咏怀》诗，在五言诗的发展史上具有极其重要的意义。它奠定了五言诗的基础，为后来的诗人提供了宝贵的创作经验和艺术启示。同时，它也开创了新的境界，使得五言诗在表达情感、描绘景象、抒发哲思等方面都有了更为广阔的空间。

　　《咏怀》诗诞生于一个政治黑暗、压抑恐怖的时代，如同夜空中的流星，短暂而璀璨，却掩映不住背后深重的苦闷与彷徨。这些诗篇中，阮籍以其敏锐的洞察力与深邃的思考，展现了人们在混乱时代中，找不到人生位置和归宿的迷茫与痛苦。他通过细腻的笔触，委婉地讽刺了曹氏集团的腐败，间接地揭露了司马氏集团的虚伪与残暴，为那个时代的政治现实投下了沉重的阴影。

整组《咏怀》诗弥漫着苦闷与孤独的情绪，仿佛一首首孤寂的夜曲，在历史的长河中回荡。阮籍善于运用比兴和典故，使得诗歌在表达上更为隐晦而曲折，同时也更加深刻地揭示了社会现实与人性的矛盾。这样的表达方式，不仅开拓了一条写作政治抒情诗的道路，而且在诗歌史上独树一帜，独具特色。

阮籍的诗中，常常出现树木花草由繁华转为憔悴的描绘，这既是对自然景象的细腻观察，也是对世事反复的深刻比喻。他写时光飞逝、人生无常，如同流水般无法挽留，让人感叹岁月的无情与人生的短暂。他也通过写鸟兽虫鱼对自身命运的无奈，如孤鸟、寒鸟、孤鸿、离兽等意象，表达了对生命无常与人生苦短的深深忧虑。特别是春生秋死的蟋蟀、蟪蛄，这些短暂生命的象征，更是成为诗人反复歌咏的对象，以此抒发对人生无常的感慨。阮籍还直接慨叹人生的各种创伤，如少年之忽成丑老，功名富贵之难保，以色事人之不可靠等。这些诗句如同尖锐的刀刃，直指人性的弱点与社会的弊端，让人深感痛楚与无奈。由于从自然到人事都充满苦难，阮籍心中的苦闷难以排遣，他只能在诗歌中寻找一丝慰藉与解脱。

《咏怀》（其一）作为整组诗的总纲，从"夜"字领起，写出了一个充满苦闷与惆怅的夜晚。这个夜晚仿佛成了阮籍内心世界的写照，充满了孤独与无助。在悲凉的夜色中，一位"忧思独伤心"的诗人形象跃然纸上，他孤独地站在夜色中，思考着人生的意义与价值，却找不到答案，只能将无尽的苦闷与忧伤化作诗篇，流传千古。

总之，阮籍的诗歌风格深受其身世和社会背景的影响，显得隐约而曲折。由于生活在一个政治黑暗、压抑恐怖的时代，他在诗歌创作中不敢直言，而是常常借助比兴、象征等手法来表达自己的情感和怀抱。这些手法不仅增强了诗歌的隐晦性和艺术性，也使得阮籍的诗歌更加含蓄深沉，富有内涵。尽管阮籍的诗歌风格隐约曲折，但其诗歌精神却与建安风骨一脉相承。他继承了建安时期诗人那种慷慨悲歌、激昂奋进的精神风貌，同时也融入了自己独特的思考和感悟。他的诗歌不仅具有深刻的思想内涵和独特的艺术魅力，也体现了他对人生和社会的深刻洞察和批判精神。

第二节　太康诗歌与玄言诗歌的创作

一、太康诗歌的创作

太康诗歌，顾名思义，是指在太康年间（280—289）涌现出的一批杰出诗作。这一时期，以"三张"（张华、张载、张协，一说是张载、张协、张亢兄弟）、"二陆"（陆机、陆云兄弟）、"两潘"（潘岳、潘尼）及"一左"（左思）为代表的诗人们，用他们的才华与情感，创作出了大量脍炙人口的诗篇。在这群才华横溢的诗人中，陆机、潘岳和左思的创作成就尤为突出。

（一）陆机的诗歌创作

陆机，生于261年，逝于303年，字士衡，出身于一个显赫的家族。他的祖父和父亲都是吴国的重臣，这样的家庭背景使得他自幼便浸润在浓厚的文化氛围之中。就在他二十岁那年，吴国遭遇了亡国的命运。面对这样的巨变，陆机与其弟陆云选择隐退故里，他们深知此刻的沉寂是为了将来的崛起。在接下来的十年里，他们闭门勤学，不断磨砺自己的才华和心智。

晋武帝太康十年，即289年，陆机和陆云终于迎来了人生中的一个重要转折点。他们决定离开故土，前往京城洛阳，去拜访时任太常的著名学者张华。张华以其卓越的学识和人品在学术界享有盛誉，陆机兄弟二人深知若能得到他的赏识，必定能够名扬四海。果然，张华见到他们后，对他们的才华和学识大为赞赏，这使得二陆的名气迅速传遍了整个洛阳城。

陆机自负才名，一直渴望能够有所作为。在名扬四海之后，他投身到了权贵们翻覆混乱的政治斗争中。他希望能够通过自己的努力，为国家和社会做出贡献。政治斗争的残酷和复杂远超出了他的想象。他先是成为成都王司马颖的督军，与长沙王司马乂展开了激战。在这场战斗中，他遭遇了惨败，不仅损失惨重，还遭到了小人的谗害。最终，他被司马颖所诛杀，一代才子就这样陨落在了政治的风云变幻之中。

陆机，这位才华横溢的诗人，现存的诗作数量颇丰，共计有一百多首。这些诗作涵盖了乐府、拟《古诗十九首》、自抒胸臆、酬唱、赠答、赐宴、纪游等多种题材，展现了他丰富的创作才华和深厚的文学造诣。乐府诗和拟《古诗十九首》是陆机诗歌中占比相当大的一部分。他对于古代诗歌的热爱和敬仰，让他在这些拟古之作中倾注了大量的心血。他努力模仿古人的风格，力求在字句、韵律、意境等方面都达到惟妙惟肖的效果。这也正是陆机诗歌中为人诟病的一点。虽然他的拟古之作技巧娴熟，但常常让人感到作者自己的性情并不凸显，缺少了对生活独特的观察和体验，导致题材内容及表现手法相对单一，缺乏创新。

陆机的诗歌风格独特，显著的特征便是其善用华辞丽藻，使得诗作犹如锦绣般绚丽夺目。他曾在《文赋》中如是描述自己的诗风："藻思绮合，清丽千眠。炳若缛绣，凄若繁弦。"这段文字恰如其分地概括了他诗歌的华美与精致。以《拟西北有高楼》一诗为例：

> 高楼一何峻，迢迢峻而安。
>
> 绮窗出尘冥，飞陛蹑云端。
>
> 佳人抚琴瑟，纤手清且闲。
>
> 芳气随风结，哀响馥若兰。
>
> 玉容谁能顾，倾城在一弹。
>
> 伫立望日昃，踯躅再三叹。
>
> 不怨伫立久，但愿歌者欢。
>
> 思驾归鸿羽，比翼双飞翰。

这首模仿之作在结构上与原诗《西北有高楼》有着诸多相似之处，所描写的内容及每两句所呈现的具体情景也如出一辙。在风格上，陆机却赋予了它全新的生命。他不再满足于原诗的朴素与真挚，而是用华丽的辞藻为这首诗披上了一层璀璨的外衣。

陆机的诗歌除了善用华辞丽藻外，还善于运用对偶句，这一特点在他的诗作中尤为突出。实际上，他对于对偶句的运用，其数量之多已经大大超越了前代的曹植。尽管陆机在对偶句的使用上颇为频繁，但细品之下，却不难发现其中的一些问题。在陆机的诗作中，对偶句往往给人一种勉强凑成的感觉。这种刻意追求对偶的形式，使得诗句虽然在外在形式上达到了对称和平衡，但在内在意蕴和表达上却略显生硬和牵强。例如，在他的名作《赴洛道中作》（其一）中，这种刻意追求对偶的痕迹就尤为明显。诗中的对偶句虽然工整，但给人一种过于雕琢、缺乏自然流畅之感。对于陆机诗歌中这一特点，清朝的沈德潜给予了一定的批评。他认为，诗歌中的对偶句应该自然而然地融入整体诗意之中，而非刻意为之。

陆机的诗作中，除了那些善用华辞丽藻、讲究对偶技巧的作品外，也有一些诗歌真实地表达了他的切身感受，抒发了他内心的真实情感。《君子行》便是这样一首令人动容的诗歌：

> 天道夷且简，人道险而难。
> 休咎相乘摄，翻复若波澜。
> 去疾苦不远，疑似实生患。
> 近火固宜热，履冰岂恶寒。
> 掇蜂灭天道，拾尘惑孔颜。
> 逐臣尚何有，弃友焉足叹！
> 福钟恒有兆，祸集非无端。
> 天损未易辞，人益犹可欢。
> 朗鉴岂远假，取之在倾冠。
> 近情苦自信，君子防未然。

《君子行》是陆机在复杂多变的政治斗争环境中，深感人生祸福无常、世事难料的真实写照。在这首诗中，他坦诚地表达了自己在行为上可能招致的重大误会，以及对于世事变幻莫测的无奈与困惑。尽管面临着种种困境，他依然坚信人为的努力可以防患于未然，展现出了积极处世的精神。

这种积极处世的精神，正是陆机热衷功名的情绪表现。他渴望在政治舞台上有所作为，通过自己的努力改变命运，实现自己的理想抱负。由于他缺乏远见，对于政治斗争的残酷性和复杂性认识不足，最终因为这种精神的错误运用而害了自己。

（二）潘岳的诗歌创作

潘岳，生于247年，逝于300年，字安仁，祖籍荥阳中牟，今属河南之地。他的一生，虽短暂却充满了传奇色彩。晋惠帝时期，政治环境错综复杂，权臣贾谧手握重权，潘岳为了自身的利益，选择谄事贾谧，以求在政治上有所作为。命运弄人，他最终却为孙秀所害，落得个悲惨的下场。

尽管潘岳在政治上饱受争议，但他的才华却是毋庸置疑的。他与陆机齐名，两人并称为"潘陆"，可见其在当时文坛的地位。钟嵘在《诗品》中评价他们二人："陆才如海，潘才如江。"这一评价，既展现了陆机才华的深广如海，也凸显了潘岳才华的浩渺如江。

潘岳的一些诗作能够真实而生动地反映当时社会的现实状况，其中四言诗《关中诗》其七便是一个典型的例子：

> 哀此黎元，无罪无辜。
> 肝脑涂地，白骨交衢。
> 夫行妻寡，父出子孤。
> 俾我晋民，化为狄俘。

这首诗是奉诏而作，原本可能是为了颂扬朝廷的功绩或是记录某一重要事件。潘岳并未一味歌功颂德，而是巧妙地融入了对社会现实的深刻观察。他在诗中不仅描绘了战争的宏大场面，更深入地揭示了战乱给人民带来的深重灾难。

"肝脑涂地，白骨交衢"这两句诗，生动地描绘了战乱中人民的悲惨命运。在战争的摧残下，人们流离失所，死伤惨重，甚至肝脑涂地。而那些不幸遇难者的白骨，更是堆积在街道之上，形成了触目惊心的景象。这样的描写不仅展现了战争的残酷，也表达了诗人对人民疾苦的深切同情。

潘岳的五言诗中，《悼亡诗》三首堪称瑰宝，它们以深沉的情感、细腻的笔触，叙述了诗人丧妻之痛，读来低回哀婉，真切动人，历来为后人所称道。例如在《悼亡诗》其一中：

> 荏苒冬春谢，寒暑忽流易。
> 之子归穷泉，重壤永幽隔。
> 私怀谁克从？淹留亦何益！

> 僶俛恭朝命，回心反初役。
>
> 望庐思其人，入室想所历。
>
> 帏屏无仿佛，翰墨有余迹。
>
> 流芳未及歇，遗挂犹在壁。
>
> 怅恍如或存，回惶忡惊惕。
>
> 如彼翰林鸟，双栖一朝只。
>
> 如彼游川鱼，比目中路析。
>
> 春风缘隙来，晨霤承檐滴。
>
> 寝息何时忘，沉忧日盈积。
>
> 庶几有时衰，庄缶犹可击。

潘岳以独特的视角和深刻的情感，刻画了自己在恍惚中以为亡妻尚存的刹那感觉。那一刹那，他仿佛又看到了妻子的身影，听到了她的声音，那种熟悉而亲切的感觉瞬间涌上心头。当他回过神来，却发现那只是一个幻觉，妻子已经永远地离开了他。这种物在人亡的悲戚，让诗人陷入了深深的痛苦之中。

在这首诗中，潘岳不仅表达了对亡妻的深深思念，还展现了他对爱情的执着和坚守。他深知妻子已经不在，但他仍然无法割舍对她的思念和回忆。这种深沉而持久的想念，让人感受到了他对爱情的坚定和执着。

（三）左思的诗歌创作

左思，生于250年左右，逝于305年，字太冲。尽管他的家庭世代传承儒学，但由于种种原因，他们的社会地位并不高。左思的父亲左熹，从小吏做起，经过不懈努力，最终官至侍御史，这样的经历也深深影响了左思的人生观和价值观。在武帝泰始年间，左思的妹妹左芬被选入宫中，这一事件成为左思人生的转折点。为了更接近文化中心，他举家迁移到洛阳，并谋求到了一个秘书郎的官职。这个职位为他提供了大量阅读书籍的机会，使他得以在知识的海洋中遨游。正是在这个时期，左思倾注了十年的心血，完成了他的杰作《三都赋》。由于他出身寒微，最初这部赋并未得到足够的重视。幸运的是，左思后来得到了皇甫谧、张载、刘逵等当时地位崇高的学者的认可和支持，他们为其作序和注解，使得这部赋的价值逐渐被世人所认识。张华更是高度赞扬左思，将其与班固、张衡等文学巨匠相提并论。随着这些赞誉的传播，豪贵之家纷纷争相传写《三都赋》，一时间洛阳纸贵，成为文学史上的一段佳话。

这三篇赋虽然是在模仿班固的《两都赋》和张衡的《两京赋》的基础上创作的，但左思却赋予了它们新的生命。内容丰实，辞藻华丽，充分展现了他深厚广博的学问和才华。当我们站在今天的角度回望，却发现他这几篇巨制的价值，其实远不如他寥寥的几首诗篇。

左思虽然现存的诗作仅有14首，但每一首都堪称精品，令人叹为观止。其中，《咏史诗》八首是他的代表之作，展现了他卓越的情操和慷慨之气。这组诗并非简单咏史，实质上是咏怀，是左思借古代人事来抒发自己的人生感慨。在《咏史诗》中，首先被诗人那不凡的功业理想所震撼。他心怀天下，志在四方，渴望建功立业，实现自己的人生价值。这种豪情壮志，使得他的诗作充满了力量和激情。左思也展现出了高尚的情操，他远弃荣华，不为名利所动，坚守自己的信念和原则。这种高尚的情操，使得他的诗作更加具有深度和内涵。以《咏史诗》其一为例：

> 弱冠弄柔翰，卓荦观群书。
>
> 著论准《过秦》，作赋拟《子虚》。
>
> 边城苦鸣镝，羽檄飞京都。
>
> 虽非甲胄士，畴昔览穰苴。
>
> 长啸激清风，志若无东吴。
>
> 铅刀贵一割，梦想骋良图。
>
> 左眄澄江湘，右盼定羌胡。
>
> 功成不受爵，长揖归田庐。

从这首诗中可以更加深入地感受到诗人的情怀和抱负。左思在诗中抒发了自己不凡的功业理想，他渴望像古代英雄一样，建立不朽的功勋，留名青史。他也表达了自己高尚的远弃荣华的情操，他不愿为名利所累，只愿追求内心的自由和宁静。这样的胸襟与气度，无疑是激动人心的。

从这首诗中，我们还可以看出左思高度自负的个性。他对自己充满了信心，相信自己能够实现自己的理想和抱负。这种自信，使得他的诗作更加具有感染力和号召力。他也展现出了不凡的怀抱和功成身退的人生理想。他渴望建功立业，但并不贪恋权位和荣华，而是希望在功成名就之后，能够回归自然，享受内心的宁静和自由。

《咏史诗》不仅是左思情感与才华的结晶，更是他对时代与社会深刻洞察的见证。这组诗中，左思多次抒发寒士心中的不平，以及对门阀制度压抑人才的愤懑之情。这种情感在《咏史诗》第二首中表现得尤为鲜明：

> 郁郁涧底松，离离山上苗。
>
> 以彼径寸茎，荫此百尺条。
>
> 世胄蹑高位，英俊沉下僚。
>
> 地势使之然，由来非一朝。
>
> 金张籍旧业，七叶珥汉貂。
>
> 冯公岂不伟，白首不见招。

在这首诗中，左思巧妙地运用了涧底松与山上苗的对比，形象生动地揭示了社会现实中的不平等现象。涧底松，虽然坚韧不拔，但由于地势低洼，难以得到阳光的照耀；而山上苗，尽管生长在高处，却能够轻易地沐浴在阳光之下。这种自然现象，恰恰映射了当时社会中世胄与寒士的境遇差异。世胄子弟凭借着家族的地位和权势，占据着高位，享受着特权；而寒士，即便有再高的才华和抱负，也只能屈沉下僚、难以施展。

左思在诗中不仅揭示了这种不合理的现象，更以历史上的事实为据，深刻剖析了封建等级制度的罪恶。他引用了诸多历史典故，展现了在不同朝代、不同制度下，人才被压抑、埋没的普遍性。这种普遍性的揭示，使得左思的批判更加有力，也更加深入人心。左思并非仅仅停留在对现实的批判上。他更能够从历史和现实的高度，客观地纵观古今，指出在封建等级制度和门阀制度之下，人才受到压抑的必然性。这种深刻的洞察力，使得他的诗作不仅具有批判性，更具有启示性。

在表达对士族权贵的鄙弃和蔑视的同时，左思也展现了自己高尚的品质。他明确表示，自己不会依附于权贵，而是要坚持自己的独立人格和追求。这种坚定的立场和信念，使得他的诗作更加具有感染力和号召力。

从《咏史诗》的最后一首，我们进一步领略到左思对不合理现实的愤嫉与绝望：

> 习习笼中鸟，举翮触四隅。

落落穷巷士，抱影守空庐。

出门无通路，枳棘塞中涂。

计策弃不收，块若枯池鱼。

外望无寸禄，内顾无斗储。

亲戚还相蔑，朋友日夜疏。

苏秦北游说，李斯西上书。

俯仰生荣华，咄嗟复凋枯。

饮河期满腹，贵足不愿余。

巢林栖一枝，可为达士模。

在这首诗中，他细致入微地刻画了一个孤独困窘的贫士形象，这个形象仿佛就是诗人自身的写照，他身处困境，饱受磨难，却仍然坚守着内心的信念和追求。

诗中的贫士，如同一只被遗忘在角落的小鸟，无法展翅高飞，只能在狭小的空间里挣扎求存。他面临着生活的重压和现实的残酷，每一天都像是在与命运抗争。即便在这样的绝境之中，他仍然怀揣着对非凡人生的向往，渴望像苏秦、李斯那样，通过自己的努力和智慧，改变命运，成就一番伟业。然而，诗人也清醒地认识到，俗世的荣华并非那么容易获得，它往往隐藏着巨大的危险和陷阱。那些追逐名利的人，往往会在权力的漩涡中迷失自我，最终陷入万劫不复的境地。诗人并没有盲目地追求荣华富贵，而是选择了以古代高士的人生观来自勉。他学习古代高士的淡泊名利、超脱世俗的品质，以此来对抗现实的困境和诱惑。他坚信，只有坚守内心的信念和追求，才能在困境中保持清醒和坚定，才能在人生的道路上走得更远、更稳健。

二、玄言诗歌的创作

西晋，这个曾经繁荣一时的王朝，在短暂的太康、元康年间享有过片刻的安宁与昌盛。随着八王之乱的爆发，这个曾经强大的帝国开始分崩离析，陷入了无休止的混乱与动荡之中。至怀帝永嘉年间，西晋更是遭受了北方少数民族的猛烈入侵，国家四分五裂，纷争割据的局面愈演愈烈。在这样一个动荡的时代背景下，北方长期被少数民族建立的十六国所统治，而晋室则被迫南迁，在江南一隅建立起偏安的政权，史称东晋。虽然东晋政权在江南得以延续，但这一百余年间，国家始终处于风雨飘摇之中，随时都可能面临覆灭的危险。在这样的历史背景下，诗歌创作也呈现出了独特的风貌。从永嘉起至东晋灭亡这一百余年间，是"玄言诗"占统治地位的时期。钟嵘在《诗品序》中描述道："永嘉时贵黄老，稍尚虚谈，于时篇什，理过其辞，淡乎寡味。"这段话准确地概括了玄言诗的兴起及其基本特点。玄言诗歌的代表作家有孙绰和许询。

（一）孙绰的诗歌创作

孙绰，生于314年，逝于371年，字兴公，出身于太原中都的一个名门望族。他身为孙楚的孙子，不仅继承了家族的荣耀，更在文学与仕途上展现出了非凡的才华。孙绰与许询相交甚笃，两人志同道合，互为知己。他们共同追求着自然与哲理的和谐统一，彼此间的友谊也成为后世传诵的佳话。

孙绰在仕途上曾历任多个职位，他担任过著作佐郎，负责撰写和整理朝廷的文献典籍；后又担任太学博士，为学子们传授经史子集，深受学生们的敬爱。他还曾任尚书郎和永嘉太守等职，无论身处何地，孙绰都以其卓越的才能和勤政爱民的精神，赢得了百姓的赞誉。他官至廷卿尉，并领著作，成为朝廷中的重臣。尽管孙绰在仕途上取得了显著的成就，但他内心深处却更向往自然与自由。随后他选择了隐居会稽，过上了游山玩水的逍遥生活。在会稽的山山水水间，孙绰找到了心灵的归宿，他用笔墨记录下自然的美好与宁静，也借此抒发自己对人生哲理的深刻思考。

孙绰的隐居生活并非完全与世隔绝，他依然与友人保持着密切的联系，共同探讨文学与哲学。他的诗歌和散文作品，不仅表达了对自然的热爱与向往，更展现了他对人生、社会、历史的深刻洞察。他的作品风格清新自然，意境深远，成为后世文人墨客学习的典范。

孙绰的诗歌现存共有十三首，其中多为四言诗。这些诗作不仅文字优美，而且内涵深刻，体现了孙绰深厚的文学功底与独特的思想见解。尤其值得一提的是，他的诗歌中充满了老庄思想的精髓，展现了他对道家哲学的深刻理解和独到领悟。在《答许询》（其一）这首诗中，孙绰与友人许询探讨了一系列哲学家们常会讨论的话题，如吉凶、智识、情利、得失等。他通过诗歌的形式，表达了自己对这些哲学问题的看法和感悟：

> 仰观大造，俯览时物。
>
> 机过患生，吉凶相拂。
>
> 智以利昏，识由情屈。
>
> 野有寒枯，朝有炎郁。
>
> 失则震惊，得必充诎。

孙绰认为，吉凶祸福并非外在的、固定的命运，而是由人的内心和行为所决定的。他主张顺应自然、无为而治，以此来达到心灵的平和与人生的幸福。在智识方面，他强调智慧的真正价值在于对人生的洞察和理解，而非仅仅在于知识的积累。他认为，真正的智者应该能够洞察事物的本质，把握人生的真谛。孙绰也对情利和得失进行了深入探讨，过度追求情感和利益只会让人陷入痛苦和困境，而真正的幸福在于内心的平静和满足。得失亦是如此，过分计较得失只会让人心生烦恼，而应该以平常心看待得失，随遇而安。

在整首诗中，孙绰通过精练的文字和深刻的哲理，展现了自己对道家哲学的深刻理解和独特见解。他的诗歌不仅给人以美的享受，更给人以思想的启迪。这些诗作不仅在当时广受赞誉，而且对后世的文学创作和哲学思考都产生了深远的影响。

（二）许询的诗歌创作

许询，字玄度，他出生于高阳（今河北蠡县南），自小便对山水泉石怀有深厚的情感，仿佛那些自然的美景能与他内心深处的某种情感产生共鸣。其生卒年虽已无从考证，但他的才情与风骨却流传千古。

在元帝、明帝的时代，许询因其卓越的才华和独特的个性，多次受到朝廷的征召。他对于功名利禄并不感冒，每次征召都婉言谢绝，选择继续沉浸在自己的山水世界中。这种超脱世俗、追求心灵自由的境界，使得他在当时的社会中独树一帜。

孙绰与许询，这两位名士，被时人并称为"一时名流"。他们的友谊深厚，彼此引为知己。据《晋书》记载，当时的人们对于这两位名士的评价各有侧重。有人爱许询的高迈风骨，认为他超脱世俗，不为名利所动；而有人则更欣赏孙绰的才藻横溢，认为他的诗文如珠玉般璀璨。这种评价的差异，恰恰体现了两位名士各有千秋、各有特色的魅力。

许询与孙绰，虽然性格和才华上有所不同，但他们都追求着一种更高层次的精神境界。他们用自己的方式诠释着生命的意义和价值，成为后世文人墨客敬仰和学习的典范。他们的诗歌和故事，也成为中华文化中不可或缺的一部分，流传至今，仍然闪耀着璀璨的光芒。

许询的诗歌才华可谓是出类拔萃。简文帝曾盛赞其五言诗，称其妙绝时人，足见许询在诗歌创作上的造诣之深。现存许询的诗文并不多，但每一首都堪称精品。《竹扇诗》和《答庾僧渊诗》更是广为人知，这两首诗不仅展示了许询的文学功底，也体现了其玄言诗的特点：

竹扇诗

良工眇芳林，妙思触物骋

箑疑秋蝉翼，团取望舒景。

答庾僧渊诗

茫茫混成始，豁矣四天朗。

三辰还须弥，百亿同一像。

灵和陶氤氲，会之有妙常。

大慈济群生，冥感如影响。

蔚蔚沙弥众，粲粲万心仰。

谁不欣大乘，兆定于玄曩。

三法虽成林，居士亦有党。

不见虬与龙，洒鳞凌霄上。

冲心超远寄，浪怀邈独往。

众妙常所晞，维摩余所赏。

苟未体善权，与子同佛仿。

悠悠诚满域，所遗在废想。

许询的玄言诗充满了玄理道义，形式却显得较为呆板。这并非许询个人之过，而是玄言诗这一体裁本身的局限。玄言诗往往过于注重哲理的阐述，而忽略了诗歌应有的基本素质，如形象性、生动性和情感性。这使得玄言诗在表达上显得较为单调和枯燥，缺乏诗歌应有的韵味和美感。

尽管诗歌与说理并非水火不容，但玄言诗往往坠入理障而无理趣。它们更多的是在阐述哲理，而非通过艺术手法来展现哲理。比如虞说的《兰亭诗》中的"寄畅"宇宙、古今的体悟方式，虽然体现了玄学家把握世界和人生的思维模式，但整体上却缺乏诗歌的灵动和美感。这样的玄言诗实际上更像是"三玄"的有韵的注疏，如果再加上禅理的阐述，就更像是佛经中的偈语了。

直到东晋末的陶渊明出现，文坛才迎来了耳目一新的变化。陶渊明的诗歌充满了现实内容，具有独特的风格。他通过生动的形象和真挚的情感，将哲理与诗歌完美地结合在一起，使得诗歌既具有深刻的思想内涵，又不失其艺术美感。陶渊明的创作无疑给当时的文坛注入了新的活力，也为后世的诗歌创作提供了宝贵的借鉴和启示。

第三节　山水田园诗的诞生

东晋末年，田园诗的出现犹如一股清流，给诗坛带来了可喜的变化。田园诗以描绘田园风光为主要内容，通过对自然风光、农事劳作、乡村生活的细腻描绘，展现出一种宁静、自然、淳朴的美。这种诗歌形式不仅让人们感受到了大自然的魅力，也让人们对乡村生活有了更加深入的了解和认识。

晋宋之际，大量出现的山水诗更是进一步改变了诗坛的面貌。山水诗以描绘山水景物为主要对象，通过对山川河流、草木花鸟的生动描绘，展现了大自然的壮丽与秀美。这种诗歌形式不仅拓宽了诗歌的题材范围，也让人们对大自然的认识更加深入和全面。

田园诗和山水诗的出现，不仅代替了玄言诗在诗坛上的地位，更是一个非常重要的文学现象。它们以自然为主要歌咏对象，前者偏重田园风光，后者偏重山水景物，共同为诗坛注入了新的活力和生机。这些诗歌不仅让人们感受到了大自然的美丽与魅力，也让人们对生活有了更加深刻的思考和认识。田园诗的主要代表人物是陶渊明，山水诗的主要代表人物是谢灵运。

一、陶渊明的诗歌创作

陶渊明，生于365年，逝于427年，他字元亮，又有一个别名叫潜，更以"五柳先生"这一雅号流传于世。他出生于江州浔阳柴桑，即现今的江西九江附近，这是一个风景如画、山水相依的地方。他的家族有着世代官僚的传统，到了他这一代，家境已经逐渐衰落，不复昔日的荣光。虽然陶渊明的家族曾经显赫一时，但他个人的仕途却并不顺利。在生活的压力下，他被迫走出家门，踏入官场，担任一些地位低微的职务，如参军、县令等。他对于权力的追求并无太大热情，更多的是被生活的现实所迫。陶渊明的一生充满了对自由与自然的向往，他三次出仕，又三次选择隐居。他最终因不愿为五斗米的俸禄而向权贵低头，毅然辞去了彭泽令一职，回到了他深爱的田园。他在这里亲自耕种，与大自然为伴，过着简朴而自由的生活。427年，陶渊明在浔阳安详地离世。他的离世，并没有引起太大的轰动，但他的诗歌和人生理念却在中国文学史上留下了深深的烙印。他被誉为中国第一位田园诗人，他的诗歌充满了对大自然的热爱和对人生的独特理解。他的诗歌风格清新自然，语言质朴，展现了他高尚的人格和坚忍的精神被称为"古今隐逸诗人之宗"，他的诗歌和人生哲学影响了后世无数的文人墨客。陶渊明的作品被后人整理成《陶渊明集》，成为中国文学史上的重要遗产。

陶渊明流传至今的诗歌作品有120余首，题材广泛，涵盖了田园诗、咏史诗、咏怀诗、行役诗、赠答诗等多个领域，展现了他对人生、自然和社会的独到见解。田园诗是陶渊明诗歌中最为人称道的一部分，他深爱着田园生活，将自己的情感与大自然融为一体，创作出了一系列清新自然、意境深远的田园诗篇。

陶渊明的田园诗，每一首都如一幅幅生动的画卷，细致入微地描绘了他对田园生活的热爱与向往。有些诗篇着重展现了他躬耕田亩的生活体验，通过细腻的笔触，让读者仿佛能够亲身感受到他劳作时的汗水与喜悦。他描绘自己亲手种植的庄稼,如何在阳光下茁壮成长,又如何在收获的季节里满载而归。这些诗篇不仅展示了陶渊明勤劳朴实的一面,更表达了他对自然的敬畏和对生活的热爱。另一些田园诗则着重描写了农村的凋敝及陶渊明自己生活的穷困。他目睹了乡村的衰败,感受到了生活的艰辛,他并没有因此而沉沦,反而以更加坚定的信念,追求着心中的理想生活。他用诗歌记录下了这些艰难时刻,也表达了自己对美好未来的向往和期待。还有一些田园诗则着重描写了劳动的艰辛。陶渊明深知劳动的不易,他亲身体验过耕种的辛劳,也品尝过收获的喜悦。他将这些经历融入诗歌之中,让读者能够深刻感受到劳动的价值和意义。还有的是通过描写田园景物的恬美、田园生活的简朴,表现自己悠然自得的心境,如《归园田居》其一:

> 少无适俗韵,性本爱丘山。
> 误落尘网中,一去三十年。
> 羁鸟恋旧林,池鱼思故渊。
> 开荒南野际,守拙归园田。
> 方宅十余亩,草屋八九间。
> 榆柳荫后檐,桃李罗堂前。
> 暧暧远人村,依依墟里烟。
> 狗吠深巷中,鸡鸣桑树颠。
> 户庭无尘杂,虚室有余闲。
> 久在樊笼里,复得返自然。

在这首诗中,他首先讲述了自己辞官归隐的原因,表达了对官场生活的厌倦和对田园生活的向往。接着,他详细描述了自己的田园生活,通过描绘田亩、草庐、榆柳、桃李、远村、近烟、狗吠、鸡鸣等景物,展现了一幅宁静而美好的田园画卷。最后两句"久在樊笼里,复得返自然",更是表达了诗人回归田园之后的愉悦之情,也体现了他对自由生活的追求和向往。整首诗充满了浓厚的闲适恬静的气氛,让人仿佛能够身临其境地感受到陶渊明的田园生活。

陶渊明在创作田园诗时,并不仅仅满足于对物象的形似描绘,他更注重的是以景写情,以形写神。他善于借助客观物象或事情,传达自己对世界、对人生的独特领悟和哲思。他的诗歌,往往能够在平淡之中见深意,于寻常之处显奇崛。以他的名篇《饮酒》其五为例：

> 结庐在人境，而无车马喧。
>
> 问君何能尔？心远地自偏。
>
> 采菊东篱下，悠然见南山。
>
> 山气日夕佳，飞鸟相与还。
>
> 此中有真意，欲辨已忘言。

这首诗所描绘的景象淡远、悠闲、静谧，仿佛是一幅流动的山水画。诗中的山水、草木、飞鸟、落日等自然元素，都被赋予了深厚的情感色彩，成为诗人表达内心世界的媒介。诗人的心境与这种景象完美地契合在一起，物我两忘，分不清何者为我，何者为物。这种境界，正是陶渊明田园诗的魅力所在。

在这首诗中，我们可以看到陶渊明对实景的驾驭能力。他能够将自己的主观感情很好地融入景中，并通过细腻的描绘，将这种感情很好地传达出来。无论是"采菊东篱下，悠然见南山"的恬淡，还是"山气日夕佳，飞鸟相与还"的宁静，都让读者能够深切地感受到诗人的心境和情感。这首诗还通过充分表现远离车马的悠然自得的生活，将诗人自由而恬静的心境反映了出来。陶渊明在诗中表达了自己对喧嚣社会的疏离感，以及对田园生活的热爱和向往。他通过描绘自己与大自然的亲密接触，展现了一种返璞归真、回归自然的生活方式，这种生活方式正是他所追求的理想境界。

二、谢灵运的诗歌创作

谢灵运，生于385年，逝于433年，小名客儿，他出生于陈郡阳夏，即现今的河南太康。谢灵运的家世显赫，他是东晋名将谢玄的孙子，这一身份赋予了他独特的荣耀与责任。东晋末年，他袭封了康乐公的爵位，因此世人也常称他为谢康乐。随着历史的变迁，刘宋王朝的建立，谢灵运的地位也发生了变化。他的爵位被降为侯爵，这一变化不仅使他的身份地位大不如前，更让他深感失落与愤懑。在刘宋王朝，他并未得到应有的重用与赏识，这使得他内心充满了不满与苦闷。永初三年，即公元422年，谢灵运被排挤为永嘉太守，前往浙江温州任职。他在那里并未能找到心灵的慰藉与寄托。一年后，他选择了回乡隐居，远离朝堂的纷争与世俗的喧嚣，隐居并未让谢灵运完全远离政治的漩涡。宋文帝即位后，他再次被召入朝廷，担任秘书监一职，谢灵运对此并无多大兴趣，他常常称病不朝，而是投身于山水之间，寄情于旅游之中。他的这种行为最终为他招来了杀身之祸。尽管谢灵运的一生充满了波折与不幸，但他的文学才华却得到了后人的高度认可。他的诗歌作品情感丰富，意境深远，展现了他独特的艺术风格。他的作品集《谢康乐集》更是成为中国文学史上的珍贵遗产。

谢灵运是文学史上第一个专门致力于山水诗创作的杰出诗人。他的诗歌中，最为人称道的便是那些描绘浙江、彭蠡湖等地自然景色的山水诗。这些诗作大多是在他担任永嘉太守之后完成的，其中的景致和情感都深深打上了他个人生活的烙印。

谢灵运的山水诗，带有一种孤高清闲的情调，仿佛是他内心深处的一种独白。他善于捕捉自然景物的细微之处，用生动细致的笔触刻画出自然界的优美景色。每一句诗，都仿佛是一幅精美的画卷，将读者带入那迷人的山水世界。他的诗歌情调开朗，给人以清新之感，仿佛初发的芙蓉，自然而又可爱。谢灵运的山水诗也有其不足之处，在追求精工与形似的过程中，他有时过于雕琢和堆砌，使得诗歌显得有些刻意和生硬。与陶渊明的诗歌相比，谢灵运的作品在境界上略逊一筹。陶渊明的诗歌以白描为主，浑成自然，情景交融，物我合一，给人一种浑然天成的感觉。而谢灵运的诗歌虽然精美，但却少了那种浑然天成的韵味。

谢灵运与魏晋时代的士大夫们相似，他也将山水视为领略玄妙之趣的媒介。在他的诗歌中，我们时常能够发现老庄等痕迹，这使得他的诗作被人们形象地称为"拖着玄学尾巴"。这并非偶然，而是晋末宋初特殊历史条件下山水诗所特有的"胎记"。毕竟，谢灵运的山水诗是从玄言诗逐渐演变而来的，它不可避免地带有那个时代的烙印，难以完全超越其兴起的特定语境。谢灵运的才华并不仅限于此。他的一些山水诗中，玄言的运用已经超出了仅仅领悟玄理的功能，而是成为其诗歌独特风格的重要标志。以他的《过白岸亭》为例：

> 拂衣遵沙垣，缓步入蓬屋。
> 近涧涓密石，远山映疏木。
> 空翠难强名，渔钓易为曲。
> 援萝聆青崖，春心自相属。
> 交交止栩黄，呦呦食苹鹿。
> 伤彼人百哀，嘉尔承筐乐。
> 荣悴迭去来，穷通成休戚。
> 未若长疏散，万事恒抱朴。

　　这首诗便充分展现了谢灵运在玄言与山水描绘之间的巧妙融合。诗中他细腻地描绘了涧水冲刷着石头、稀疏的林木映照着山峦的景致。面对这样的自然美景，诗人不禁发出"空翠难强名"的感慨，他既是在借用《老子》中"吾不知其名，字之曰道，强为之曰大"的玄妙哲理，同时也是对变幻多姿的自然景物的一种由衷的赞叹。这种将玄言与景物描写相结合的手法，使得诗歌既有了深厚的哲理内涵，又不失其生动与形象。而在"鱼钓易为曲"一句中，谢灵运则进一步展现了他的玄言妙用。这句诗既是对"近涧涓密石"之景的生动照应，同时也暗喻了《老子》"曲则全"的深刻哲理。通过引用《诗经》中"黄鸟"及"鹿鸣"的典故，诗人表达了自己对于命运的无常及抱朴含真的向往。这种将古典哲理与诗歌意象相结合的创作手法，使得谢灵运的山水诗在玄言的运用上达到了一个新的高度。在这首诗中，"空翠难强名，鱼钓易为曲"两句玄言，更是成为整首诗中最有深意的妙语。它们不仅巧妙地融合了自然景色与哲理思考，更使得整首诗充满了韵味与意境。

　　谢灵运的山水诗，虽以山水为审美之核心，精细描摹自然之景，然而其字里行间，却常融入深情与哲理，抒发着诗人对人生的深沉感慨。以《登池上楼》一诗为例：

> 潜虬媚幽姿，飞鸿响远音。
> 薄霄愧云浮，栖川怍渊沉。
> 进德智所拙，退耕力不任。
> 徇禄反穷海，卧疴对空林。
> 衾枕昧节候，褰开暂窥临。
> 倾耳聆波澜，举目眺岖嵚。

初景革绪风，新阳改故阴。

池塘生春草，园柳变鸣禽。

祁祁伤豳歌，萋萋感楚吟。

索居易永久，离群难处心。

持操岂独古，无闷征在今。

在这首诗中，谢灵运以多种方式来表达自己内心的郁闷之情。他时而运用比兴手法，以物寓情，将内心的情感与自然景物相互映照；时而又以景写情，借助细腻的景物描绘来抒发内心的情感；更有时，他直抒胸臆，毫不掩饰地表达出自己的心绪与感慨。整首诗中，情景交融，互为映衬，使得诗人的情感得以淋漓尽致地展现。诗中的景物描写，如虬和鸿的进退得所、生趣盎然的江南春景，它们不仅仅是诗人情绪变化的背景，更是诗人情感的载体。通过这些景物的描绘，我们可以感受到诗人内心的喜悦、宁静或是淡淡的忧伤。

尤为值得一提的是诗中的"池塘生春草，园柳变鸣禽"二句。这两句诗描写自然之景，细腻入微，又充满了生机与活力。池塘中的春草新生，绿意盎然；园中的柳树也换上了新装，鸟儿在枝头欢快地鸣叫。这些景象既展现了春天的美好与生机，又寓含着诗人对自然与生命的敬畏与赞美。这两句诗历来受到读者的赞赏，成为谢灵运山水诗中的经典之作。

总之，谢灵运以其卓越的才华和独特的艺术视角，成功地扭转了当时盛行的玄言诗风，为诗歌创作注入了新的活力与内涵。他不仅开创了山水诗这一全新的诗歌流派，更是成为该流派的领军人物，为后世诗人提供了宝贵的艺术借鉴和创作灵感。

第四节　文人七言诗的创作

所谓七言诗，是指每句七个字或以七字为主要形式的诗篇。这种诗体在诗歌的海洋中独树一帜，细分之下，又包括七言古诗、七言律诗和七言绝句等几种形式。值得注意的是，在近体诗这种诗歌形式出现之前，七言诗通常都是以七言古诗的面貌呈现。

与七言诗相比，五言诗的发展历程显得更为顺利。自从人们认识到五言诗的优越性之后，它便迅速取代了四言诗，成为汉魏六朝时期最为流行的诗体。而七言诗的发展则显得相对迟缓。虽然东汉的张衡创作了较早的文人七言诗作品《四愁诗》，但这首诗中奇句中夹有"兮"字，仍然保留着楚歌的痕迹，显示出七言诗在当时尚未成熟。直到晋代的傅玄，他的作品也仍带有这种特点。随着时间的推移，七言诗逐渐走向成熟。现存较为成熟的文人七言诗，便是魏文帝曹丕的《燕歌行》。这首诗是整齐的七言诗，没有句末的语词，句句押韵，三句一组，与后来规范为偶句用韵、两句一联的七言古诗虽然还有一些差异，但已经展现出了七言诗的独特魅力。七言诗相对于五言诗，自有其潜在的优势。七言较五言如挽强用长，更能胜任纵横捭阖、淋漓恣肆的表达，形成多种风格。这一潜在的优越性在很长一段时间内，由于习惯势力的影响，被文人所忽视。直到刘宋时代，鲍照的出现，才为七言诗的发展带来了转机。他的诗歌创作不仅继承了前人的优点，更在形式上有所创新，使得七言诗的发展开始进入了一个新的阶段。从此，七言诗开始逐渐在诗坛上崭露头角，成为中国古代诗歌中不可或缺的一部分。

鲍照，这位才情横溢的诗人，其生年虽已无从考证，但我们知道他逝世于466年。他字明远，生于南朝宋时的东海，即现今的山东郯城。鲍照的一生可谓充满坎坷，他出身寒微，起初并不为人所知。他并未因此而放弃追求，曾干谒临川王刘义庆，希望能得到赏识。遗憾的是，初次见面并未获得刘义庆的青睐，鲍照并未因此气馁。他深知，唯有才华与努力才能改变自己的命运，他再次献上自己的诗作，言明心志。这一次，他的才华终于得到了刘义庆的认可，被提拔为国侍郎，开启了他的仕途生涯。此后鲍照历任几任县令，虽然官职不高，但他始终勤勉尽职，为百姓谋福祉。后来更是担任了临海王刘子顼的前军刑狱参军，世人也因此称他为鲍参军。鲍照的命运并未因此走向平坦。刘子顼后来反叛，鲍照不幸死于兵乱之中，他的生命如流星般短暂而灿烂。

鲍照的才华与遭遇，正如《诗品》中所言："才秀人微，故取湮当代。"他的诗作情感真挚，意境深远，但因出身寒微，终其一生都未能得到应有的重视与地位。他的才华与作品却永载史册，为后人所传颂。鲍照的诗歌作品集为《鲍参军集》，其中收录了他的众多佳作。这些诗作不仅展现了他的才华与情感，也反映了他所处时代的社会风貌与人民疾苦。

鲍照的七言古诗，在继承前人曹丕《燕歌行》的基础上，进行了大胆的创新。他改变了句句押韵的传统方式，采用了隔句押韵的新颖手法，使得诗歌的节奏更为灵活多变。同时他也打破了一韵到底的常规，采用灵活转韵的方式，使得诗歌在音韵上更加丰富多变。这种创新不仅使得七言古诗在形式上得到了完善，也使得其更具有散文和辞赋体的优长。

鲍照对七言古诗的拓展与完善，极大地推动了七言诗体的发展。他的诗歌作品，无论是描写边塞战争的雄浑之作，还是抒写怀才不遇的内心愤懑的深情之作，抑或是批判门阀制度的不合理的尖锐之作，都展现出了深广的社会内容。他的诗歌不仅内容丰富，思想积极，而且节奏错综多变，感情奔放，笔力雄健。他的风格俊逸豪放、奇矫凌厉，既具有汉乐府反映现实的优良传统，又有着自己独特的艺术魅力。鲍照的诗歌成就，不仅在当时得到了广泛的认可，而且对后世的诗歌创作产生了深远的影响。他的七言古诗的创新与发展，为唐代七言歌行的繁荣奠定了坚实的基础。他的诗歌风格与思想内容，也对后世的诗人产生了深刻的启示与影响。

鲍照，这位出身寒微的才子，在他的一生中饱尝了世间的冷暖与辛酸。正是这些经历，使得他的诗歌中充满了对底层人民的深深同情与关怀。他在作品中以细腻的笔触描绘出与自己同命运的贫士形象，他们生活在社会的最底层，饱受饥饿和疾病的折磨。与此同时那些贵族富豪们却过着穷奢极欲的生活，尽情享受着世间的繁华与奢靡。鲍照对于社会的不公与贫富的悬殊，心中充满了强烈的抗议与不满。他通过诗歌表达了自己对这种现象的愤怒与谴责，呼唤着社会的公平与正义。他的《拟古》和《咏史》等作品，就是他对这一主题的深刻揭示与反思。除了对社会的关注，鲍照还深深忧虑着国家的命运。他目睹了外族经常袭扰北国疆土的情景，心中充满了忧虑与不安。他深知，国家的安宁与繁荣离不开战士们的英勇奋斗与牺牲。因此，他写下了许多以边塞服役、准备为国捐躯的战士为题的作品。这些作品不仅展现了战士们的英勇与坚韧，也表达了他对国家的深深忧虑与期望。

鲍照的诗歌，既是他个人情感的抒发，也是他对社会现实的深刻反映。

他的诗歌中充满了对人民的同情与关怀，对社会的抗议与不满，以及对国家的忧虑与期望。正是这些深沉的情感与思考，使得他的诗歌具有了深刻的内涵与广泛的影响。

鲍照的成就最高的是他的乐府诗，从内容上可分为三类。

第一类，描写边塞战争，这些作品不仅展现了战争的残酷与无情，更深入地描绘了战士们的生活状态与内心世界，同时也透露出他们建功立业的渴望与激昂慷慨的情绪。在《代出自蓟北门行》中，鲍照以雄浑的笔触描绘了边塞的辽阔与荒凉，以及战士们奋勇杀敌的英勇场面。他通过细腻的描绘，让读者仿佛置身于那烽火连天的战场，感受到战士们为保家卫国而浴血奋战的豪情壮志。而在《代苦热行》中，鲍照则着重描绘了战争环境下征夫戍卒所经历的苦难。酷热的天气、恶劣的环境、无尽的思乡之情，都在他的笔下得到了生动的展现。他通过描写战士们在苦难中的坚韧与不屈，表达了对他们深深的同情与敬意。至于《代东武行》，鲍照则是以更加激昂的笔触，展现了战士们建功立业的决心与信念。他们不畏艰难，不惧生死，只为在战场上立下赫赫战功，为国家带来荣耀与安宁。鲍照通过这首诗，表达了对战士们英勇无畏精神的赞美与敬佩。这三首诗作，都是鲍照描写边塞战争、反映征夫戍卒生活的代表作。它们不仅具有深刻的思想内涵，更在艺术上达到了很高的成就。鲍照通过这些诗作，成功地塑造了一群英勇善战、忠诚爱国的战士形象，为后世的文学创作提供了宝贵的借鉴与启示。

第二类，抒发寒门之士备遭压抑的痛苦与怨愤的诗篇。这些诗作不仅代表了广大寒士的呼声，更是他们内心深处悲愁苦闷之情与怨愤不平之气的真实写照。在《拟行路难》（其四）中，鲍照以细腻的笔触描绘了寒门之士在社会底层所遭受的种种不公与压迫。他们虽有着满腹才华与抱负，却因出身贫寒而备受歧视与冷落。诗中充满了对这种不公平现象的深刻揭示与批判，同时也透露出寒士们内心的痛苦与无奈。在《拟行路难》（其六）中，鲍照的情感更为激昂与强烈。他以豪放的笔调书写了寒门之士对命运的抗争与不满。他们不愿屈服于现实的压迫，更不愿放弃对理想的追求。诗中充满了对命运的挑战与对未来的期望，展现了寒士们坚韧不屈的精神风貌。

第三类，描写游子、思妇和弃妇的诗，在鲍照的作品中占据着不可忽视的地位。这些诗歌以其哀怨凄怆的情感和细致入微的描绘，深深触动了读者的心灵。《拟行路难》（其十二）便是其中的佼佼者。在这首诗中，鲍照以细腻的笔触刻画了游子与思妇之间的深情厚谊，以及因生活所迫而分隔两地的无奈与痛苦。他通过描绘思妇的独守空房、寂寞无依，以及游子的漂泊无依、归期难定，将那种深深的思念与无尽的等待展现得淋漓尽致。

第三章

飞鸿响远声
隋唐时期古典诗歌的创作探究

隋唐时期是中国古典诗歌发展的高峰时期，社会政治稳定，经济繁荣，文化交流频繁，为诗歌创作提供了良好的社会环境。这一时期的诗歌创作拥有独特的艺术魅力和深刻的思想内涵，是中华文化宝库中的璀璨明珠。

第一节 隋代诗歌的创作

隋代，一个短暂而重要的历史阶段，它犹如一座桥梁，连接着分裂的南北朝与统一且强大的唐朝。这个朝代仅仅持续了三十七年，就在这短暂的时光里，它展现出了从政权建设到文化发展的鲜明过渡性特征。在政权建设方面，隋代致力于结束南北朝的长期分裂状态，努力推动国家的统一。虽然它的统治时间有限，但在其短暂的存在期间，隋代政权为后来的唐朝奠定了坚实的基础，提供了宝贵的经验。而在文化发展方面，隋代诗歌尤为引人注目。它的发展脉络清晰可辨，大致可以分为文帝和炀帝两个时期。这两个时期的诗歌发展，不仅展现了隋代文化的过渡性特点，也为唐朝诗歌的繁荣奠定了坚实的基础。

隋文帝时期，是隋代社会的上升时期，这一时期不仅政治稳定、经济繁荣，文化领域也呈现出蓬勃发展的态势。隋文帝在完成统一大业、改革政治制度的同时，也深刻认识到文风对于社会风气的影响，因此着手进行文风改革。文帝本人不好声色，对于南朝浮艳的文风深感反感。他大力提倡儒学，注重道德教化，以期改良社会风俗。在开皇四年，他更是亲自下诏，要求天下公私文翰必须实录，不得浮夸虚饰。这一举措无疑为当时的文风改革定下了基调。治书侍御史李谔也积极上书指斥南朝文风的弊端，他认为南朝文风过于追求形式上的新奇和巧妙，连篇累牍却缺乏实质性的内容，只是些风花雪月的描写。他提出应该加强审查，对于不符合要求的文风进行推劾。文帝对李谔的奏章非常赏识，不仅将其加批颁发全国，还亲自推动文风的改革。在开皇九年灭陈后，隋文帝更是对陈后主周围的擅写华艳宫词的孔范、王磋等人进行了严厉的惩罚，将他们流放到偏远之地。这一举措不仅是对南朝文风的彻底否定，也显示了隋文帝改革文风的决心和力度。在隋文帝君臣的共同努力下，当时的文风得到了有效的改革。大部分作家不再片面追求辞采的华艳，而是开始注重内容的实质和思想的深度。他们涤除了南朝文学作品为文造情、拼凑堆砌、雕章琢句的习气，开始追求清新明朗的意境。其中一些重要诗人如卢思道、薛道衡、杨素等，他们的创作在词句优美动人、声韵和谐婉转方面虽然受到南朝文学的影响，但并不冶艳卑靡。他们的作品内容充实、思想深刻，表现出清新明朗的意境和独特的艺术风格。

卢思道，字子行，生于范阳（今北京附近），他的生活轨迹跨越了北齐、北周和隋初三个朝代，历任黄门侍郎、仪同三司和散骑侍郎等重要官职。他的文学才华得到了广泛的认可，尤其是在诗歌创作上，他的成就更是卓越非凡。今存《卢武阳集》一卷，其中收录了他的二十七首诗篇，每一首都凝聚了他的心血与智慧。卢思道在七言诗的创作上尤为擅长，他的诗作曾受到文学巨匠庾信的赞赏，足见其艺术造诣之深。他的代表作《从军行》便是一首脍炙人口的佳作：

> 朔方烽火照甘泉，长安飞将出祁连。
> 犀渠玉剑良家子，白马金羁侠少年。
> 平明偃月屯右地，薄暮鱼丽逐左贤。
> 谷中石虎经衔箭，山上金人曾祭天。
> 天涯一去无穷已，蓟门迢递三千里。
> 朝见马岭黄沙合，夕望龙城阵云起。
> 庭中奇树已堪攀，塞外征人殊未还。
> 白雪初下天山外，浮云直上五原间。
> 关山万里不可越，谁能坐对芳菲月？
> 流水本自断人肠，坚冰旧来伤马骨。
> 边庭节物与华异，冬霡秋霜春不歇。
> 长风萧萧渡水来，归雁连连映天没。
> 从军行，军行万里出龙庭。
> 单于渭桥今已拜，将军何处觅功名？

这首诗的前半部分，卢思道以生动的笔触描绘了将士们团结一心、奋勇杀敌的激烈场面。他细腻地刻画了战士们的英勇形象，让读者仿佛置身其中，感受到了那种热血沸腾、气吞山河的豪情壮志。诗的后半部分却笔锋一转，卢思道开始关注战士们背后的故事，特别是他们的妻子所承受的闺愁春怨。他以一种柔情的笔触，展现了战争对普通人生活的巨大影响，使得诗歌的意境更加深远，情感更加丰富。在诗的结尾处，卢思道对只顾追求功名的将军进行了深刻的讽刺和严厉的批评。他通过巧妙的比喻和讽刺手法，揭示了那些将军们为了个人荣誉而不顾士兵生死、不顾国家安危的丑恶行径。这种用意深刻的批判，使得诗歌的主题更加鲜明，也更能引起读者的共鸣和思考。

从内容上来看，《从军行》无疑是一首内容充实的佳作，不同于南朝诗歌那种空洞浮华、只重形式不重内容的风气，而是以一种真实、深刻的笔触描绘了战争的残酷和人性的复杂。在风格上，卢思道的诗歌既刚劲雄健，又清丽流畅，既有北朝诗歌的豪放之气，又有南朝诗歌的婉约之美，透露出南北文风交相融合的信息。在语言上，卢思道的诗歌也堪称典范。他善于运用骈句和典故，使得诗歌既典雅又华丽；他的诗歌对偶工整，用字巧妙，音律和谐，读起来朗朗上口，给人以美的享受。这种语言风格不仅体现了卢思道深厚的文学功底，也为后来的初唐七言歌行开了先河。

薛道衡，字玄卿，生于河东汾阴（今山西万荣），他的生涯历经后魏、北齐、北周三朝，见证了多个朝代的更迭。在隋朝时期，他更是以卓越的文学才华和政治才能，赢得了朝廷的器重。他曾在战场上英勇征战突厥，也曾在朝廷中历任吏部侍郎、检校襄阳总管、播州刺史等重要职务，最终官至司隶大夫。命运多舛，他因故获罪入狱，最终在狱中遭到缢杀，让人不禁为他感到惋惜。

尽管薛道衡的人生充满了波折，但他的文学才华却得到了广泛的认可。在隋代文坛上，他声名显赫，朝廷许多重要的应用文章都出自他的手笔。他的作品集《薛司隶集》中，存诗二十余首，每一首都凝聚了他的心血与智慧。

薛道衡的诗歌创作，善于在融合北朝质直用事和南朝音律技巧的基础上，用精巧的语言表现人物细致的内心情感活动。他的代表作《昔昔盐》便是这样的佳作：

> 垂柳覆金堤，蘼芜叶复齐。
>
> 水溢芙蓉沼，花飞桃李蹊。
>
> 采桑秦氏女，织锦窦家妻。
>
> 关山别荡子，风月守空闺。
>
> 恒敛千金笑，长垂双玉啼。
>
> 盘龙随镜隐，彩凤逐帷低。
>
> 飞魂同夜鹊，倦寝忆晨鸡。

暗牖悬蛛网，空梁落燕泥。

前年过代北，今岁往辽西。

一去无消息，那能惜马蹄。

这首诗通过借助一系列有代表性的景物，如暗牖悬蛛网、空梁落燕泥等，勾画出庭院的荒凉和思妇的慵懒、空虚、孤寂和苦闷。尤其是"暗牖悬蛛网，空梁落燕泥"一联，体物细腻，透过典型环境的描绘，展示出人物孤独寂寞的内心世界。这样的语言工巧而感情真切，使得诗歌充满了艺术魅力，成为时人传诵的佳句。

据传，薛道衡正是因为这首《昔昔盐》而招致了炀帝的嫉恨，最终导致了他的杀身之祸。这也从一个侧面证明了这首诗的艺术魅力之强烈，能够深入人心，引发人们的共鸣和思考。在格律上，《昔昔盐》已大体接近初唐五言排律。除了首尾两联之外，中间各联句句皆对，大部分地方平仄都合乎律诗要求。这种严谨的格律和优美的语言形式，使得诗歌更加和谐、悦耳，也更易于传诵和流传。

杨素，字处道，弘农华阴（今属陕西）人，生于544年，逝于606年。他的一生波澜壮阔，既有着北周时期的辉煌起点，也有着入隋后的荣耀巅峰。在北周时期，他因文武之才而备受赞誉，被封为清河郡公，展示了他在政治和军事上的卓越才能。入隋后，他更是加封上柱国，官至御史大夫，成为朝廷中举足轻重的人物。杨素的人生并非一帆风顺。他在晚年参与了炀帝宫廷政变，助纣为虐，使得他的人品受到了质疑。尽管在道德层面有所瑕疵，但杨素在文学上的成就却是不容忽视的。他现存诗二十余首，这些诗作题材广泛，既有赠友感怀之作，也有边塞征战之篇。

作为执政大臣，杨素权倾一时，功高震主，但他也深知伴君如伴虎的道理。他素以权谋谲诈著称，因此为炀帝所忌惮。这种内心的恐惧与不安在他的诗作中得到了充分的体现。晚年时，他写下了《赠薛播州》十四首，向密友薛道衡倾诉自己的忧愁。在这组诗中，他以大量的篇幅回忆与薛道衡共度的战斗岁月，那些烽火连天、并肩作战的日子仿佛就在眼前。然而，随着时光的流逝，自己也已步入迟暮之年，内心的余悲与对朋友的思念之情愈发浓烈。

这组诗的内容繁复，结构严谨，章法井然。杨素在诗中展现了自己精警凝练的语言风格，同时又不失质朴刚健、沉挚感人的气息。史书评价他的诗作"词气宏拔，风韵秀上，亦为一时盛作"，这无疑是对杨素文学才华的高度认可。

除了《赠薛播州》外，杨素的另一首诗作《山斋独坐赠薛内史》同样婉曲动人。在这首诗中，他叙述了与薛道衡之间的深厚友情，同时借助山中的景物描绘了自己的寂寞情怀。诗中如"日出远岫明，鸟散空林寂。兰庭动幽气，竹室生虚白"等句子，既展示了杨素对自然景物的敏锐观察，也体现了他对友情和寂寞的独特感悟。这些句子不仅描绘出了山中的清幽景色，还传达出诗人内心的孤独与寂寞，这些句子也颇得南朝优秀山水诗的神韵，显示出杨素在文学创作上的深厚底蕴和独特风格。

杨素在文学领域的贡献，除了赠友感怀之作外，其征战题材的作品同样引人注目。尽管流传下来的作品数量不多，但每一首都堪称经典，展现了他在此类题材上的卓越成就。其中，《出塞》其二便是他的代表作之一：

> 汉虏未和亲，忧国不忧身。
>
> 握手河梁上，穷涯北海滨。
>
> 据鞍独怀古，慷慨感良臣。
>
> 历览多旧迹，风日惨愁人。
>
> 荒塞空千里，孤城绝四邻。
>
> 树寒偏易古，草衰恒不春。
>
> 交河明月夜，阴山苦雾晨。
>
> 雁飞南入汉，水流西咽秦。
>
> 风霜久行役，河朔备艰辛。
>
> 薄暮边声起，空飞胡骑尘。

这首诗无疑是杨素从军纪实的真实写照。他以其亲身经历，生动描绘了领兵出塞、与突厥作战的艰苦岁月，他细腻地刻画了塞外的荒寒景色，那些苍茫的大地、凛冽的寒风、无尽的黄沙，都仿佛跃然纸上，让人仿佛置身其中，感受到了那种凛冽与荒凉。杨素也深情地描述了将士们的艰苦生活。他们远离家乡，身处异乡，面对的是敌人的刀剑和严酷的自然环境。他们并没有退缩，而是勇敢地坚守在岗位上，为了国家的安宁和人民的幸福，不惜付出生命的代价，这种精神让人深感敬佩。

在诗中，杨素还表达了自己卫国安边的豪情壮志。他坚信，只有坚守边疆，才能保卫国家的安宁；只有勇往直前，才能战胜敌人。这种坚定的信念和豪情壮志，让人感受到了他作为一名将领的担当和勇气。

从风格上来看，这首诗遒健有力，一扫梁陈时期风花雪月的靡靡之音。它的语言简练明快，节奏紧凑有力，充满了阳刚之气。这种风格既体现了杨素作为一位将领的刚毅和果敢，也展现了他作为一位诗人的才华和风采。

当时薛道衡、虞世基等文学名家都对这首诗给予了高度评价，并有唱和之作，他们的作品与杨素的《出塞》相互辉映，共同构成了隋代文学中征战题材的一道亮丽风景线。

隋炀帝时期（605—618），文坛上绮靡的习气又逐渐占了上风。炀帝杨广本人即为其代表。杨广，隋朝的第二位皇帝，他的统治时期虽以荒淫无道而著称，但在文教事业上，他却留下了一些不容忽视的功绩。据《隋书·经籍志》记载，他著有五十五卷文集，这些珍贵的文献已经遗失在历史的长河中，现今仅存的四十多首诗作，成为我们窥探他内心世界的一扇窗。

尽管杨广在历史评价中多被诟病，但他对文教事业的贡献却不容忽视。他恢复了学校制度，设立了进士科，这一举措开创了中国历史上长达一千多年的科举取士制度。相较于魏晋时期的九品中正荐举制度，科举制度无疑更具公平性和进步性，它为后来的朝代选拔了大量优秀人才，对中国古代社会的政治、文化发展产生了深远影响。

杨广本人亦喜好读书，擅长文辞，勤于著述。在他还是晋王时，便吸引了一批以梁陈旧臣为主的文人学士围绕在他身边。他组织他们进行修撰工作，共完成新书三十一部，总计一万七千余卷，这些著作无疑为当时的文化繁荣做出贡献。作为一个喜好声色玩乐的封建帝王，杨广也写下了不少轻薄的宫体诗。这些诗作以艳丽的辞藻歌咏腐朽的宫廷生活，如《喜春游歌》其二便专写宫廷歌舞与佳丽的娇媚之态，其中的"锦绣淮南舞，宝袜楚宫腰"等句，文辞情调与南朝宫体诗如出一辙。《宴东堂》《江都宫乐歌》《嘲司花女》等诗作也都是此类风格的体现。

在杨广的影响和带动下，当时的诗坛弥漫着浮艳绮靡、空虚无聊的风气。许多文士，如诸葛颖、袁庆、王胄、虞世基、虞世南等人，为了取悦皇帝，都大写艳诗。但值得一提的是，即便是在这样的环境下，这些诗人（包括杨广在内）也创作出了一些清新可读的作品。例如杨广的《野望》一诗，便以其独特的艺术魅力，赢得了后人的赞誉。诗歌的意境明净如画，语言流畅自然，不失为写景佳作。

杨广的两首《春江花月夜》笔触清新明朗，情感优美动人。这两首诗中，他巧妙地将春江、花影、月夜融为一体，展现出一幅幅如梦如幻的画卷。诗中流淌着淡淡的哀愁与对未来的憧憬，令人读来心驰神往，仿佛置身于那宁静而美好的夜晚，感受着江水的流淌，花香的弥漫，以及月光的洒落。

除了杨广，当时的宫廷诗人也因其各自的生活遭际，创作出了一些情辞兼胜的佳作。王胄的《别周记室》便是其中的代表。这首诗描绘了与贫交故人离别的悲愁，王胄以深情的笔触，将离别之情融入景物之中，使得整首诗声韵和谐婉转，读来十分感人。诗中流露出的真挚情感，让人感受到了友情的深厚与离别的不舍。

孔德绍的《夜宿荒村》和明余庆的《从军行》也都是值得一提的作品。孔德绍在《夜宿荒村》中，以细腻的笔触描绘了荒村的孤寂与荒凉，抒发了自己怀才不遇的忧伤。而明余庆的《从军行》则是以豪放的笔调，抒发了自己从军报国、建功立业的壮志豪情，同时也透露出对战争的厌恶和对和平的渴望。这些诗作都展现了宫廷诗人们真挚的情感和独特的艺术风格，他们或抒情或叙事，或婉约或豪放，都以真情实感为基础，摒弃了矫揉造作的弊病。

隋代后期，政治暴虐，民不聊生，社会黑暗如同乌云压顶，人民痛苦不堪。在这样的背景下，民间涌现出了一批反映社会现实、揭露黑暗统治的诗歌。这些诗歌以其深刻的思想内涵和生动的艺术形象，成为隋代文学史上一道独特的风景线。《大业长白山谣》便是一首具有代表性的作品，以刚健质朴的语言，粗犷豪迈的风格，展现了农民起义的声威气势。诗中描绘了起义军勇往直前、势不可挡的英勇形象，表达了人民对暴政的愤怒和反抗。这首诗歌不仅反映了当时社会的矛盾冲突，也展现了人民的力量和勇气。另一首值得一提的诗歌是《挽舟者歌》。这首诗歌是炀帝南下江都时听到的，它通过一个家庭的悲惨遭遇，控诉了暴政给人民带来的深重灾难。诗中描绘了一个家庭因为征派劳役而妻离子散、家破人亡的悲惨情景，让人深感痛心。这首诗歌以其真实感人的内容，揭示了暴政对人民的残酷剥削和压迫。还有一首无名氏的《送别诗》在民间广为流传：

>　杨柳青青着地垂，杨花漫漫搅天飞。
>
>　柳条折尽花飞尽，借问行人归不归。

这首诗在内容上反映了人民对行役繁重的怨恨情绪，表达了人民对和平安宁生活的渴望。在艺术上语言流畅，声韵悠扬，宛如一首成熟的唐人七言绝句。这首诗歌以其优美的艺术形式和深刻的思想内涵，赢得了人民的喜爱和传颂。

第二节　初唐时期古典诗歌的创作

初唐指的是唐代自开国起至唐玄宗开元初年（713年）的这一段历史岁月。在这一时期，诗歌创作刚开始时，很大程度上受到了齐梁时期诗歌风格的影响，尤其以"上官体"诗歌为典型代表。这些诗作在形式上注重声律的和谐与用典的巧妙，而在内容上则多局限于歌功颂德的应制之作，呈现出一种宫廷诗的风貌。唐高宗时期，"初唐四杰"（王勃、杨炯、卢照邻和骆宾王）崭露头角，他们开始鲜明地反对过于雕饰华艳的宫廷诗风格。他们的诗歌创作在内容和思想感情方面逐渐转向对壮丽江山的描绘，对边塞风光的抒发，以及对个人性灵的深入探索，这为唐诗注入了新的活力与气息。此后五言律诗逐渐定型，七言歌行也得到了进一步的发展和完善。而在这一过程中，陈子昂的文学主张尤为引人注目。他更为彻底地批判了齐梁时期的诗风，大力提倡回归建安时期的诗歌风骨，明确提出以复古为革新的文学理念。他的这一主张，为唐诗的健康发展指明了方向，也为后来的诗歌创作开辟了新的道路。可以说，初唐时期的诗歌创作经历了一个从沿袭旧习到逐渐创新的过程，这一过程中，"初唐四杰"和陈子昂等人的努力与贡献不可忽视，他们为唐诗的繁荣与发展奠定了坚实的基础。限于篇幅，本节主要对"初唐四杰"的诗歌创作进行简要研究。

一、王勃的诗歌创作

王勃，生于650年，逝于676年，字子安，祖籍绛州龙门，即今天的山西省河津市。他出身于一个学术世家，祖父王通是隋代的大儒，学识渊博，名扬四海。王通的兄弟王凝、王度、王绩也都是当时知名的学者，他们的才情与学识都为家族增添了浓厚的文化底蕴。王勃的父亲曾任太常博士，对王勃的成长也起到了重要的影响。王勃从小便展现出了非凡的才智，九岁时便能独立撰述文章，十五岁时更是上书皇帝，指陈时政得失，其见解独到，言辞犀利，被时人誉为"神童"。乾封元年（666年），王勃以幽素科对策及第，这标志着他正式踏入了仕途。命运似乎并不眷顾这位才子。因为一篇为沛王写的《檄英王鸡》的文章，他被英王（即中宗）下令逐出沛王府，这无疑是对他的一次沉重打击，王勃并未因此沉沦。总章二年（669年）五月，他辞别长安，前往巴蜀游览，寄情于山水之间，寻求心灵的慰藉。他的文名越来越大，引起了官府的注意，屡次征辟他入仕。长期游历、喜爱山水自然的王勃已经对官场失去了兴趣，他回绝了所有的征辟，选择了继续他的游历生涯。上元二年（675年），王勃前往交陆奉养父亲，途中路过洪都（今江西南昌）。在那里，他写下了著名的《秋日登洪府滕王阁饯别序》。这篇文章以其优美的文笔、深邃的思想赢得了后世的赞誉，成为中国文学史上的经典之作，同年渡海往交耻时，王勃却不幸溺水而卒，年仅二十七岁。

王勃现存诗篇九十多首，其中多数为五、七言小诗。这些诗作不仅数量可观，更在质量上展现了王勃独特的艺术风格和深刻的思想内涵。王勃的诗篇中，自然风光的描绘占据了重要地位。他善于捕捉大自然的细微之处，用细腻的笔触勾勒出山水、草木、花鸟的生动形态。无论是清晨的薄雾、傍晚的余晖，还是山间的清泉、林间的鸟鸣，都能在他的诗中得到生动而传神的表现。通过对自然景色的描绘，王勃表达了自己对自然的热爱之情和对自由不羁的生活的向往。王勃的诗中也时常流露出伤感惆怅的情绪。他善于将自己的情感与自然景色相融合，通过描绘自然景物的变化来抒发内心的感受。有时，他在诗中表达了对时光流逝的无奈和对人生无常的感慨；有时，他又在诗中倾诉了对远方亲友的思念和对故乡的眷恋。这些情感真挚而深沉，让人读来感同身受。王勃的诗作往往随感而发，清纯自然，没有过多的雕琢和修饰。他的语言简练明快，意境深远悠长，给人一种清新脱俗的感觉。在音律上，虽然王勃的诗篇有时存在不和谐之处，但已经接近后来的绝句形式，展现了他对诗歌音律的独特理解和探索。以《羁春》一诗为例：

> 客心千里倦，春事一朝归。
>
> 还伤北园里，重见落花飞。

王勃通过描绘春天的景色和氛围，表达了自己内心的孤独和思乡之情。诗中既有对自然景色的细腻描绘，又有对人生情感的深刻抒发，展现了王勃诗歌艺术的独特魅力。

《山中》这首诗，作为王勃的代表作之一，历来为人们所称道：

> 长江悲已滞，万里念将归。
>
> 况属高风晚，山山黄叶飞。

它不仅仅是一首简单的写景诗，更是一首充满深情厚谊的游子思乡之作。在这首诗中，王勃以细腻的笔触，将游子思归的情感描绘得淋漓尽致，让人读来心生共鸣，王勃巧妙地借用了自然景物来烘托游子的心境。他写道："长江悲已滞，万里念将归。"长江，这条中华民族的母亲河，在诗中成为游子情感的寄托。它停滞不流，似乎也在为游子的无法归乡而悲伤。长江的悲伤与游子的悲伤相互呼应，形成了一种强烈的情感共鸣。

随着秋意渐浓，风也变得越来越高。在这深秋时节，人如黄叶般飘零无依。叶子虽然飘落，但终究会归根，而游子却只能望着远方，无法回到故乡。这种无奈与痛苦，在王勃的笔下被展现得淋漓尽致。

诗的最后，王勃写道："况属高风晚，山山黄叶飞。"在这迟暮之时，思乡之情与淹留他乡的无奈形成了巨大的张力。物候的变化与游子的心境形成了巨大的反差，使得思乡之情更加悲切动人。这种悲彻天地的情感，让人读来不禁为之动容。

二、杨炯的诗歌创作

杨炯，生于650年，逝于693年，他的一生可谓波澜壮阔，充满了起伏与波折。他出生于一个名门望族，家族的光环曾经为他带来过无尽的荣耀与自豪，在他年少时期，家境却急转直下，陷入了贫困的境地。这种突如其来的变化，让他过早地品尝到了生活的艰辛，也磨砺了他的意志，使他在困境中奋发向前。27岁那年，杨炯凭借着自己的才华和努力，成功应制举及第，补授为九品校书郎。这是他仕途的起点，也是他人生中的一个重要里程碑。他以此为契机，开始了自己的官场生涯，希望能为国家和人民尽一份绵薄之力。仕途并非一帆风顺。尽管杨炯有着过人的才华和勤奋的工作态度，但在官场中却屡遭排挤和打压。33岁时，他担任了湛事司直一职，这本是一个可以施展才华的平台，命运却再次给他带来了打击。徐敬业起兵讨武，他的族兄竟然参与其中，这使得杨炯受到了牵连，被贬为梓州（今四川三台）司法参军。在梓州任职期间，杨炯虽然身处偏远之地，却并未放弃对文学的热爱和追求。他利用业余时间创作了大量的诗歌和文章，表达了自己对时局的忧虑和对人民疾苦的同情。他的才华和作品逐渐得到了人们的认可和赞誉，这也为他日后的崛起奠定了基础。而后杨炯被选为盈川（在今浙江衢州市境内）令，但不久便因病去世，结束了他短暂而坎坷的一生。在杨炯去世后，宋之问亲自操办了他的后事，这足以看出两人之间深厚的友谊和彼此间的信任。

杨炯现存诗篇仅有三十三首，他的作品多以五言和排律为主，展现了他独特的艺术风格和深厚的文学造诣。值得一提的是，尽管杨炯本人并没有亲身经历过边塞的烽火连天，也没有从军的经历，但他的"边塞诗"和"从军诗"却写得十分出色。这些诗篇中，他巧妙地运用丰富的想象力和生动的笔触，描绘出了一幅幅壮丽的边塞风光和激昂的从军场景。如《战城南》一诗：

> 塞北途辽远，城南战苦辛。
>
> 幡旗如鸟翼，甲胄似鱼鳞。
>
> 冻水寒伤马，悲风愁杀人。
>
> 寸心明白日，千里暗黄尘。

他以悲壮的笔触描绘了战争的残酷和无情，展现了战士们英勇无畏的精神风貌；而《从军行》则通过描绘从军生活的艰辛和磨砺，表达了诗人对国家和民族的深厚情感：

> 烽火照西京，心中自不平。

牙璋辞凤阙，铁骑绕龙城。

雪暗凋旗画，风多杂鼓声。

宁为百夫长，胜作一书生。

这些诗篇不仅展现了杨炯卓越的文学才华，更体现了他对国家和民族的深刻思考和真挚情感。他虽然没有亲身经历过战争的洗礼，但却能够通过自己的笔触，将战争的残酷和悲壮展现得淋漓尽致。这种对战争的深刻理解和感悟，使得他的"边塞诗"和"从军诗"具有极高的艺术价值和历史意义。

总体来说，杨炯的诗歌作品不仅具有建安风骨，更蕴含了即将来临的盛唐之音的预兆。他的诗篇，既是对历史的传承和延续，也是对未来的期待和憧憬。这种独特的艺术风格和深沉的情感内涵，使得杨炯在唐代诗坛上独树一帜，成为后人学习和敬仰的典范。

三、卢照邻的诗歌创作

卢照邻，字升之，幽州范阳（即今天的河北涿州市）人。他的一生充满了传奇色彩，不仅才华横溢，更以其坚韧不拔的精神和浪漫主义的情怀，在唐代文学史上留下了浓墨重彩的一笔。卢照邻自幼聪慧过人，曾师事著名的音韵学家曹宪和经史学家王义方，深受两位大师的悉心教导。弱冠之年便被辟为邓王府典签，以其出众的才华和勤奋的工作态度，深受邓王的器重和喜爱。邓王拥有藏书12车，他慷慨地让卢照邻随意观览，更将其与汉朝的大文豪司马相如相提并论，足见卢照邻在邓王心中的地位之重要。约在高宗龙朔年间，卢照邻出任新都尉，负责治理一方百姓。他勤政爱民，深受百姓爱戴。命运却对他并不宽容。后来，卢照邻回到洛阳，不幸染上了风疾，长期无法治愈。为了医治疾病，他甚至拜孙思邈为师，并入太白山服丹养病，希望借此能够战胜病魔。命运并未因此而垂青他。在疾病和贫困的双重折磨下，卢照邻的生活陷入了困境。他曾向达官贵人求助，希望能够筹集到足够的药资，但结果却令人失望。在无尽的痛苦和绝望中，他选择了独卧深山，将内心的痛苦和挣扎化为笔下的文字，奋力写作。据《新唐书·文苑传》记载，卢照邻病重时，他选择了离开繁华的尘世，前往具茨山下，购置了数十亩田园，并疏通颍水环绕其住所，还预先为自己建造了坟墓。他躺在那里，静静地等待生命的终结。在生命的最后时刻，他与亲属诀别，然后毅然决然地投入颍水，结束了自己的一生。

卢照邻的诗歌作品丰富多彩，他留下的诗篇近百首，其中近体诗占据了绝大多数，这足以显示他对诗歌声律的自觉追求与深入钻研。他的诗歌不仅注重形式上的完美，更在内容上展现出丰富的内涵和深刻的思考。卢照邻的诗歌题材广泛，多涉及边塞、游侠、思妇、怀人等主题，他的笔触深入人心，善于捕捉各种情感的细微变化。他的诗歌既有对边塞风光的描绘，又有对游侠生活的赞美；既有对思妇深情的倾诉，又有对远方亲友的深深怀念。这些诗歌不仅展现了他对生活的敏锐观察，更体现了他对人性、情感与社会的深刻洞察。

在卢照邻的诗歌中，我们也可以看到他对个人命运的深沉感慨。他有时用诗歌来反映自己凄苦的处境，抒发内心的幽愤与不平；有时则借古讽今，揭露统治者的荒淫奢侈，表达对社会的批判与反思。这些诗歌充满了力量与激情，让人感受到卢照邻对正义与真理的坚定追求。

卢照邻的诗风多变且独具特色，他能够根据不同的题材和情感需要，运用不同的艺术手法和表现方式。有时他的诗歌写得淳朴清新，如同民歌一般自然流畅，充满了生活气息；有时则显得深沉凝重，如同历史画卷一般厚重深沉，引人深思。例如他的《芳树》一诗，便展现了他淳朴清新的诗风：

> 芳树本多奇，年华复在斯。
>
> 结翠成新幄，开红满旧枝。
>
> 风归花历乱，日度影参差。
>
> 容色朝朝落，思君君不知。

这首诗以芳树为题材，通过描绘芳树的生长与绽放，寄寓了诗人对生命的热爱与赞美。诗歌语言简练明快，意境优美深远，让人仿佛置身于芳树之间，感受到大自然的生机与活力。这首诗不仅体现了卢照邻对自然的敏锐观察，更展现了他对生活的热爱与向往。

卢照邻还有5篇歌行体作品。这些歌行体作品，与骆宾王的《帝京篇》有着异曲同工之妙，都深刻揭露了封建权贵的荒淫无耻和穷奢极欲。卢照邻在诗歌中，将普通文人的生活与达官贵人争权夺利的斗争进行了鲜明的对比，通过细腻的描绘和生动的比喻，极尽讽刺之能事。他的笔触犀利而深刻，不仅揭示了权贵的丑恶嘴脸，更展现了普通人在社会中的无奈与挣扎。在艺术手法上，卢照邻的诗歌体制宏大，辞藻流丽，读来令人心旷神怡。他的诗歌回环曲折，连绵不断，仿佛一首首优美的乐章，在读者心中回荡。他善于运用顶针的手法，使得诗歌的节奏感更加强烈，有一唱三叹之妙。卢照邻还巧妙地将声律美与形象美融合在一起，让他的诗歌既具有音乐般的韵律感，又充满了生动的画面感。这种巧妙的融合，使得他的诗歌在"四杰"中独树一帜。

四、骆宾王的诗歌创作

骆宾王，字务光，出身于婺州义乌（即今天的浙江义乌）的一个小官僚地主家庭。他自幼聪慧过人，7岁时便因一首《咏鹅》而才名远播。尽管骆宾王年少时便才华出众，但他的仕途却并不顺利。他曾在年轻时落魄失意，喜好与博徒交往，这种经历或许也让他更加深入地了解了社会的黑暗面和人性的复杂。曾多次入朝求职，历任武功、长安主簿，升侍御史等职务。由于他性格耿直，不善于逢迎拍马，最终得罪入狱，被贬为临海丞。光宅元年（684年），徐敬业在扬州起兵反对武则天，骆宾王加入了他的幕府，并为之撰写了著名的《讨武氏檄》。这篇檄文以犀利的笔触和激昂的言辞，深刻揭露了武则天的罪行，号召天下人共同讨伐。这篇檄文不仅文采斐然，而且气势磅礴，成了古代文学中的经典之作。然而，同年徐敬业兵败后，骆宾王的下落便成了一个谜。他或许亡命天涯，或许隐姓埋名，总之不知所终。他的消失，不仅让后人感到惋惜，更增添了他的传奇色彩。

《全唐诗》中收录了骆宾王的三卷诗作，这些诗作与其他唐朝诗人的作品相比，独具特色，尤其体现在其个人抒情成分的丰富性上。骆宾王的诗歌中，有许多都是写他个人的情感和经历，真挚而深情，让读者能够感受到他内心的波澜与挣扎。其中，他的名作《在狱咏蝉》便是这一特点的典型体现：

西陆蝉声唱，南冠客思侵。

那堪玄鬓影，来对白头吟。

露重飞难进，风多响易沉。

无人信高洁，谁为表余心。

这首诗是骆宾王在狱中创作的，通过咏蝉来寄托自己的身世之感，抒发内心的志向与情感。在诗中他运用生动细腻的描绘手法，将蝉的形象与自己的境遇相结合，展现出一种峻洁的诗风，与宫体诗那种华丽而空洞的风格截然不同。

值得一提的是，骆宾王的咏物诗并非简单地描绘物象，而是融入了个人的身世和悲哀，使得诗歌的意境更加深远，情感更加丰富。他通过咏蝉这一物象，表达了自己对自由与真理的追求，对权贵的蔑视与反抗，以及对人生苦短的感慨与无奈。这种别开生面的创作方式，不仅展示了骆宾王卓越的诗歌才华，也为后来的文学创作提供了新的思路与方向。

骆宾王的诗善于运用典故，使诗歌内涵丰富，同时又能自然贴切地融入诗中，不显生硬。他对对偶句式的运用更是得心应手，使得诗歌结构典雅而严整，读来朗朗上口，极具韵律之美。除了著名的《帝京篇》外，他的《畴昔篇》也是一篇杰出的作品。这是一篇长达两百句的自传诗，堪称最早的长篇自传诗。诗篇从骆宾王少年时代的英侠之气写起，通过细腻入微的笔触，勾勒出他一生坎坷的历程。从"少年重英侠，弱岁贱衣冠"的豪情壮志，到"蜀路何悠悠，岷峰阻且修，回肠随九折，进泪连双流"的艰辛跋涉，再到"画地终难入，书空自不安，吹毛未可待，摇尾且求餐"的困顿无助，每一句都充满了诗人对人生的深刻体验和感悟。

但骆宾王的诗篇并不仅仅停留在对个人经历的叙述上，他更在诗中融入了理性思辨层次上的人生追索。他通过昔盛今衰的对比，深刻反思了人生的意义和价值。诗中的"金丸玉馔盛繁华，自言轻侮季伦家。五霸争驰千里马，三条竞骛七香车。掩映飞轩乘落照，参差步障引朝霞。池中旧水如悬镜，屋里新妆不让花。"描绘了曾经的繁华盛景，而"意气风云倏如昨，岁月春秋屡回薄。上苑频经柳絮飞，中园几见梅花落。"则道出了时光的无情和人生的短暂。

在诗篇的后半部分，骆宾王更是将个人穷通置于人生暂促与时空无限的开阔背景上，表达了一种纵览历史、笼括宇宙的意识与气魄。他写道："卿相末曾识，王侯宁见拟。垂钓甘成白首翁，负薪何处逢知己。判将运命赋穷通，从来奇舛任西东。不应永弃同刍狗，且复飘摇类转蓬。容鬓年年异，春华岁岁同。"这些诗句不仅表达了他对命运的无奈和接受，更展现了他对人生真谛的深刻洞察和理解。

第三节 盛唐时期古典诗歌的创作

盛唐时期虽然时间短暂，但在这段光辉灿烂的历史长河中，诗歌的成就却达到了巅峰，其间涌现出了一大批才华横溢、各领风骚的杰出诗人。他们如同璀璨的星辰，闪耀在唐代诗坛的夜空，用他们的才情与智慧，共同书写了盛唐诗歌的辉煌篇章。孟浩然、王维、高适、岑参、李白、杜甫等都是这一时期的代表性诗人。本节主要对孟浩然、王维、高适、李白和杜甫的诗歌创作进行研究。

一、孟浩然的诗歌创作

孟浩然，生于689年，逝于740年，他的故乡是襄州，也就是现今的湖北襄阳，因此世人亲切地称他为"孟襄阳"。在孟浩然四十岁之前，他主要的生活便是居家侍亲，沉浸在书海中，以诗歌为伴，自得其乐。他热爱诗歌，视之为生命中的一部分，用诗歌来表达自己的情感，抒发内心的思绪。这段时间的积淀，为他日后的诗歌创作打下了坚实的基础。开元十六年（728年），孟浩然怀揣着满腔的热血与期待，来到长安应举，希望能够在仕途上有所作为。在这里，他结识了王维、张九龄等诗坛的杰出人物，开始广泛结交诗坛的才俊。次年他却不幸落第，这对于他来说无疑是一次沉重的打击。他深感自己不被明主所识，又因病痛而疏离故人，心中充满了失落与无奈，他选择了放弃仕宦，转而徜徉于山水田园之间，以排遣仕途的失意。在这段时间里，孟浩然以诗歌为伴，以山水为友，他的诗歌创作也达到了一个新的高峰。他写下了200余首诗歌，这些诗歌充满了对大自然的热爱与赞美，也表达了他对人生的独特理解与感悟。他的诗歌语言简练，意境深远，充满了诗意与哲理。开元二十五年（737年），孟浩然又入张九龄荆州幕，与众多诗人酬唱尤多。他与王维、李白、王昌龄等诗人都有深厚的友谊，他们之间的诗歌酬唱，不仅丰富了孟浩然的诗歌创作，也推动了唐代诗歌的繁荣与发展。孟浩然的仕途之路始终未能如愿。开元二十八年（740年），他带着满心的遗憾与不甘，离开了这个世界。尽管他的一生并未在仕途上取得显赫的成就，但他的诗歌却永远留在了人们的心中，成为唐代诗坛上的一颗璀璨明珠。

孟浩然的一生，仿佛被时代的繁华与宁静所环绕，他生活在人们口中的"太平盛世"。这个时代，国力强盛，人民安居乐业，没有大规模的社会动荡和政治风波。而孟浩然本人，尽管满腹才情，却终其一生都未曾步入仕途，未曾经历过那些能深刻塑造人生观、世界观的重大社会变故和激烈的政治斗争。也因此他对社会现实的认知，相较于那些历经沧桑的诗人，显得较为浅近和有限。这样的生活经历，自然也在一定程度上影响了孟浩然的诗歌创作。他的诗歌题材相对狭窄，更多地聚焦于山水田园的静谧与美丽，以及隐逸生活的恬淡与自得。他的笔下，常常流淌出对大自然的热爱与赞美，对田园生活的向往与留恋。他的诗歌中，山水、田园、花草、树木等自然元素层出不穷，构成了一幅幅清新脱俗、宁静致远的画面。孟浩然的诗歌形式也以五律短制居多。这种诗体结构紧凑，语言简练，能够很好地表达他的情感与思绪。他的五律诗歌，往往能够在有限的篇幅内，展现出深远的意境和丰富的情感，给人留下深刻的印象。

孟浩然的山水诗带着一种隐士特有的恬淡与孤清，他的诗歌语言自然流畅，不事雕琢，却能在平淡中见真章，展现出深远的意境。以他的《宿建德江》为例，这首诗便充分体现了他山水诗的特点：

> 移舟泊烟渚，日暮客愁新。
>
> 野旷天低树，江清月近人。

诗中孟浩然以简洁的笔触，描绘出了建德江畔的夜景，没有过多的修饰和堆砌，却使得整首诗的画面感极强，让人仿佛身临其境，孟浩然将自己的情感与景色融为一体，通过细腻的描绘，让读者能够感受到他内心的孤独与寂寞。他借江上的渔火、远方的客船，以及那轮孤悬的明月，将自己的情感投射其中，使得整首诗都笼罩在一种淡淡的哀愁之中。这种哀愁并非浓烈到令人窒息，而是如同山间的薄雾，轻轻萦绕在心头，让人在品味中感受到诗人的情感深度。孟浩然的诗歌，正是以这种自然平淡的方式，将情感与景色完美结合，达到了"遇景入韵，不拘奇抉异"的艺术境界。

孟浩然的山水田园诗，往往能从远处着笔，勾勒出山水田园的宏大画卷，又能在近处徘徊，捕捉那些细微而动人的瞬间。他善于从粗处着眼，把握整体的气势与氛围，又能在细处品味，揭示出自然与生活的精致与美好。以《过故人庄》为例：

故人具鸡黍，邀我至田家。

绿树村边合，青山郭外斜。

开轩面场圃，把酒话桑麻。

待到重阳日，还来就菊花。

这首诗便充分展现了孟浩然山水田园诗的特色。首联中的"鸡黍"一词，简洁而生动地展现了田家特有的风味，用典而不觉其生硬，使诗歌更显得贴近生活，亲切自然。而"我"字的运用，更是将诗人自己融入诗歌之中，使得整首诗充满了真实感与现场感。颔联写田庄的环境，诗人用细腻的笔触描绘了田庄的幽雅僻静与明朗开阔。这里的描写不仅展现了自然之美，更通过环境的描写，暗示了主人品性的高雅与超脱。颈联上句写农家场院、园圃的宽敞与舒适，下句则写主客间饮酒谈话的质朴与单纯。这些细节的描绘，不仅让人感受到了浓郁的乡村风情，更通过主客间的互动，展现了人与人之间的真诚与亲密。结尾的描写更是精彩，诗人用"就菊花"三字，道出了他此行做客的惬意与满足，也从侧面表达了他对田园生活的由衷喜爱。这种喜爱并非空洞的赞美，基于对自然与生活的深刻体验与理解。全诗写的是诗人做客的过程，但诗间流露出的却是对故人情谊和淳朴农村生活的赞美。语言朴素平淡，但韵味无穷，这正是孟浩然山水田园诗的独特魅力所在。他的诗歌如同一幅幅细腻而生动的画卷，让人在品味中感受到自然与生活的美好与真实。

孟浩然的一生，足迹遍布了吴越的秀美水乡、巴蜀的险峻山川、湖南的烟雨江南、江西的翠竹清泉及关中的辽阔原野。每一处风景，都仿佛与他的心情产生了某种奇妙的共鸣，随着山水的变化，他的心境也随之起伏。在他的众多诗篇中，有一首《临洞庭湖赠张丞相》尤为引人注目。这首诗是赠予张说的（也有说法是赠予张九龄的），诗人站在洞庭湖畔，面对着浩渺的湖水，心中的情感如同湖水一般波涛汹涌。他巧妙地通过临渊而羡鱼的典故，曲折地表达了自己希望得到张丞相援引的意愿：

> 八月湖水平，涵虚混太清。
>
> 气蒸云梦泽，波撼岳阳城。
>
> 欲济无舟楫，端居耻圣明。
>
> 坐观垂钓者，徒有羡鱼情。

诗歌开篇便描绘了仲秋八月洞庭湖的水涨之景，湖面上水天相接，一片混沌，波涛汹涌，水汽蒸腾，形成了一幅雄浑壮观的画卷。这种景象极具磅礴浩瀚的气势，让人仿佛置身其中，感受到了大自然的伟力与壮美。尤其是"气蒸云梦泽，波撼岳阳城"一联，更是将洞庭湖的磅礴气势展现得淋漓尽致。云梦泽的水汽蒸腾而上，与天空相接，仿佛要将整个天地都笼罩其中；而岳阳城则在这波涛汹涌的湖水之中，仿佛随时都会被撼动。这一联诗不仅具有震撼人心的艺术效果，更展现了孟浩然对自然景象的敏锐观察和深刻领悟。

二、王维的诗歌创作

王维，生于701年，逝于761年，字摩诘，出身官僚地主家庭，祖籍太原祁（今山西祁县），后其父徙家于蒲州（今山西永济），盛唐山水田园诗派的代表作家，有"诗佛"之称。他幼时能诗歌，擅长书画、音乐，15岁起游学长安数年，开元九年（721年）擢进士第，得到名相张九龄赏识和提携，官至吏部侍郎、给事中。曾因事获罪，贬济州司仓参军。张九龄罢相后，王维无意仕途，遂于40岁前后开始了亦官亦隐的生涯，并在终南山筑辋川别业以隐居。后因安史之乱起复，官至尚书右丞，但终因无意仕途荣辱，退朝之后，常焚香独坐，以禅诵为事，上元二年（761年）逝于辋川别业。

　　王维的诗歌创作以四十岁为分水岭，显著地划分为前后两个阶段。前期诗作深受盛唐诗歌主流影响，主题多围绕对游侠生涯的憧憬及对功成名就的迫切追求，作品如《从军行》《使至塞上》《观猎》《出塞作》等，均体现了这一时期的鲜明特点。而到了后期，王维的诗歌则转向以"入禅之作"为主导，诗风趋于自然淡泊，深刻表达了他对隐逸生活的向往。这一时期的作品对后世产生了深远的影响。尽管王维与孟浩然常被并称为"王孟"，共同被视为盛唐山水田园诗派的杰出代表，但王维的"山水田园诗"在实质上并非侧重于对山水田园的细致描绘，而是如王渔洋所言，"辋川绝句，字字入禅"。王维诗中的禅意，主要体现为对空与寂境界的深刻感悟，这一特点在《鹿柴》《竹里馆》等作品中得到了集中体现：

鹿柴

空山不见人，但闻人语响。

返景入深林，复照青苔上。

竹里馆

独坐幽篁里，弹琴复长啸。

深林人不知，明月来相照。

　　这两首诗均呈现了一种超脱人为纷扰的空灵与静谧状态。诗中的意境自喧嚣尘世中升华，融入自然，借由自然的宁静以洗涤心灵，进而在静谧中深思自省，获得内心的解脱。最终，这种解脱使诗人与自然融为一体，达到了一种和谐共生的境界。

　　除了山水诗之外，王维的一些田园诗更富有生活气息，如《积雨辋川庄作》：

积雨空林烟火迟，蒸藜炊黍饷东菑。

漠漠水田飞白鹭，阴阴夏木啭黄鹂。

山中习静观朝槿，松下清斋折露葵。

野老与人争席罢，海鸥何事更相疑。

　　全诗呈现了一幅形象鲜明、意境深远的画面，深挚地表达了诗人对淳朴田园生活的眷恋与喜爱，同时也展现了他隐居山林、超脱尘世的闲适与自得。其中，"漠漠水田飞白鹭，阴阴夏木啭黄鹂"一句尤为精妙，漠漠水田与阴阴夏木在视觉上形成了明暗的对比，白鹭与黄鹂则在色彩上形成了鲜明的对照。白鹭飞翔,描绘出动态的景象;黄鹂婉转,则赋予了声音的层次。这种意象的鲜明组合极富启发性,使人产生丰富而深远的艺术联想。

三、高适的诗歌创作

高适,生于704年,逝于765年。他字达夫,籍贯沧州,即现今的河北省景县。尽管他出身贫寒,家境并不宽裕,但高适的胸怀广大,他对自己的才能充满了自信,始终怀揣着一颗强烈的进取心。在开元十八年(730年)至开元二十一年(733年)间,高适北上蓟门,漫游燕赵之地,希望能从军立功,实现自己的抱负。他寓居宋中近十年,这段时间里,他过上了与渔樵为伍的生活,混迹于乡间,体验着平凡人的酸甜苦辣。高适并未因此沉沦。天宝八载(749年),他的才华终于得到了宋州刺史张九皋的赏识,被举荐授封丘尉一职。对于这份官职,高适心中却并不满足,他渴望的是更大的舞台,能让他一展才华。三年后他毅然弃官,加入了河西节度使哥舒翰的幕府,担任掌书记一职。天宝十四年(755年),高适回到长安,被任命为左拾遗,后转任监察御史。他的仕途开始逐渐上升,然而,真正的考验却即将来临。安史之乱爆发时,他勇敢地协助哥舒翰守潼关,展现出了卓越的军事才能。代宗即位后,高适的仕途更是达到了巅峰。他入朝为刑部侍郎,后转任左散骑常侍,进封渤海县侯。他的名声与地位都达到了前所未有的高度。这位杰出的诗人与将领的生命旅程却在永泰元年(765年)走到了尽头。他离世后,朝廷赠予他礼部尚书的荣誉,并谥号忠,以表彰他一生的忠诚与贡献。

高适,作为盛唐边塞诗的杰出代表,其诗歌在反映现实生活的深度上,无疑超越了同时代的众多诗人。他的人生经历丰富,尤其是两次北上蓟门的经历,让他对戍边士卒的生活有了更为深刻的认识。这种深入骨髓的体验,使得他的边塞诗内容深广,情感真挚。开元二十六年(738年),高适第一次北上归来后,便创作出了那首脍炙人口的《燕歌行》:

汉家烟尘在东北,汉将辞家破残贼。

男儿本自重横行,天子非常赐颜色。

枞金伐鼓下榆关，旌旆逶迤碣石间。

校尉羽书飞瀚海，单于猎火照狼山。

山川萧条极边土，胡骑凭陵杂风雨。

战士军前半死生，美人帐下犹歌舞。

大漠穷秋塞草腓，孤城落日斗兵稀。

身当恩遇常轻敌，力尽关山未解围。

铁衣远戍辛勤久，玉箸应啼别离后。

少妇城南欲断肠，征人蓟北空回首。

边庭飘摇那可度，绝域苍茫更何有。

杀气三时作阵云，寒声一夜传刁斗。

相看白刃血纷纷，死节从来岂顾勋。

君不见沙场征战苦，至今犹忆李将军。

　　这首诗不仅是他边塞诗的代表作，更是唐代边塞诗的巅峰之作。全诗情感复杂，既有对男儿英勇无畏、敢于横行天下的赞美，也有对战争给征人家庭带来无尽痛苦的深切同情。他颂扬战士们浴血奋战、忘我奉献的崇高精神，同时也对将领们帐前歌舞作乐、不顾士卒疾苦的行为表示不满。这种官兵苦乐悬殊的深刻矛盾，被高适以诗的形式生动地揭示出来，引人深思。在诗歌结构上，高适的《燕歌行》层次清晰，主次分明。他巧妙地运用跳跃奔放的笔触，将塞外的自然环境、激烈的战争场面、士卒的心理活动和诗人的情感倾向融为一体。这使得整首诗呈现出深沉雄奇、悲壮淋漓的审美风格，令人读之动容。在艺术表现上，高适虽然多用偶对，但语言既锤炼整饬，又平易流畅，骨力浑厚，纵横顿宕。他巧妙地运用各种修辞手法，将复杂深广的思想内容以诗的形式表达出来。这种苍凉悲壮、慷慨雄健的创作风格，不仅展现了高适深厚的文学功底，也体现了他对边塞生活的深刻理解和独特感悟。

　　可以说，高适的七言歌行在继承齐梁鲍照等前辈诗人风格的基础上，不仅保留了初唐卢照邻、骆宾王等人长篇歌行中铺叙排比的特点，更在此基础上有所突破。他并未拘泥于骈偶整齐的格局，而是敢于创新，使句式参差错落，章法灵活多变。高适善于从大处着眼，以浓墨重彩的笔触，粗犷豪健的风格，洋洋洒洒地展开叙述，使得诗歌内容得以充分展现。这种独特的创作手法，既体现了高适对前人诗风的继承，又展现了他个人的艺术创新，使得他的七言歌行在唐代诗坛上独树一帜，具有极高的艺术价值。

四、李白的诗歌创作

李白，生于701年，逝于762年，字太白，祖籍陇西成纪，即现今甘肃天水附近。他的童年时光在父亲的陪伴下度过，少年时期，他随父亲迁居至彰明青莲乡，这个美丽的地方后来成为他情感寄托的所在，他因此自号为青莲居士。早年的李白在蜀中刻苦攻读，他博览群书，汲取着知识的养分。二十五岁那年，他满怀壮志，离开了故乡，踏上了游历江湖的旅程。他任侠访道，交游干谒，足迹遍布洞庭、金陵、扬州、襄阳、洛阳等地，领略了各地的风土人情，也结交了众多志同道合的朋友。天宝元年（742年），李白的人生迎来了重大转机。因得到玉真公主的推荐，他被唐玄宗征召入京，供奉翰林。在京城的日子里，他得以近距离观察宫廷生活的繁华与奢华，也体验到了权力斗争的复杂与残酷。好景不长，三年后因遭到谗言中伤，被唐玄宗"赐金放还"，离开了繁华的京城。此后李白在梁宋一带客居了长达十年之久，这期间他并未因被贬而沉沦，反而更加专注于诗歌创作和游历生活。他北上燕赵，西涉邠歧，往来于洛阳、齐鲁之间，继续探寻人生的真谛。安史之乱爆发后，李白心怀报国之志，被永王李璘征入军幕。他希望能在这场战乱中发挥自己的才能，为国家的安定贡献一份力量。然而，命运却与他开了一个残酷的玩笑。不久，永王被唐肃宗剿灭，李白也因此被牵连，以从逆罪被关入浔阳狱。在友人的营救下，他得以出狱，但又被判处流放夜郎（今贵州桐梓一带）。在流放途中，他历经艰辛，但始终保持着乐观的心态和坚定的信念。后来，李白遇到了大赦的机会，得以放还。上元二年（761年），当他听闻李光弼率大军征讨史朝义的消息时，他毅然决定由当涂北上，前往临淮（今江苏泗洪）前线请缨杀敌。行至金陵时，他因病折回当涂县，最终离世享年六十二岁。

李白的诗歌，可谓博大精深，从内容题材上已涵盖了盛唐诗的所有领域，宛如一面镜子，映照出大唐帝国的辉煌与沧桑。他的山水景物诗，仿佛是一幅幅瑰丽的画卷，尽情讴歌了祖国山河的壮丽与秀美。他笔下的山川河流，或雄浑磅礴，或婉约秀美，无不透露出他对自然的热爱与敬畏。每一字每一句，都充满了对大自然的赞美与向往，热烈地表达了他热爱自然、热爱生活的真挚情怀。而他的政治抒情诗，更是展现了他作为一位伟大诗人的政治敏感与爱国情怀。这些诗篇中，他表达了强烈的爱国情结和报国忧国的精神。他既昂扬地反映了开元盛世的繁华与荣耀，展现了盛唐气象的恢宏与壮丽；又深刻揭露了朝政的昏庸腐败和社会的黑暗险恶，批判了那些阻碍国家发展的种种弊端。在这些诗篇中，他抒发了自己理想不能实现、遭谗蒙冤的愤慨与悲愁，表达了对国家前途的深深忧虑。

李白还创作了不少酬答诗、纪行诗、羁旅诗、妇女诗、饮酒诗、游仙诗等。这些诗篇，无论是与友人的酬答唱和，还是记录自己游历四方的所见所闻，抑或是描写妇女生活的细腻情感，抑或是抒发自己饮酒作乐的豪情逸趣，抑或是描绘仙境的奇幻迷离，都展现了他作为一位伟大诗人的全面才华和丰富情感。

在创作形式上，李白展现出了对自由的无比热爱与执着追求，这一点在他的诗歌中体现得尤为鲜明。他的诗篇常常超越了传统的笔墨束缚，摆脱了常规的限制，如同骏马奔腾在辽阔的原野，畅快淋漓地抒发着内心的情感与意念。他善于运用古乐府的旧题，却不被这些旧题原有的主题所束缚。相反，他以独到的眼光和胆识，大胆地熔铸新的现实生活内容，将自己的思想感情倾注其中，使那些古老的乐府题材焕发出全新的生机与活力。以《蜀道难》为例：

> 噫吁嚱，危乎高哉！
> 蜀道之难，难于上青天！
> 蚕丛及鱼凫，开国何茫然。
> 尔来四万八千岁，不与秦塞通人烟。
> 西当太白有鸟道，可以横绝峨眉巅。
> 地崩山摧壮士死，然后天梯石栈相钩连。
> 上有六龙回日之高标，下有冲波逆折之回川。
> 黄鹤之飞尚不得过，猿猱欲度愁攀援。
> 青泥何盘盘，百步九折萦岩峦。

扪参历井仰胁息，以手抚膺坐长叹。

问君西游何时还？畏途巉岩不可攀。

但见悲鸟号古木，雄飞雌从绕林间。

又闻子规啼夜月，愁空山。

蜀道之难，难于上青天！使人听此凋朱颜。

连峰去天不盈尺，枯松倒挂倚绝壁。

飞湍瀑流争喧豗，砯崖转石万壑雷。

其险也如此，嗟尔远道之人胡为乎来哉！

剑阁峥嵘而崔嵬，一夫当关，万夫莫开。

所守或匪亲，化为狼与豺。

朝避猛虎，夕避长蛇；

磨牙吮血，杀人如麻。

锦城虽云乐，不如早还家。

蜀道之难，难于上青天，侧身西望长咨嗟！

在这首诗中，作者通过对蜀道高峰绝壁、万壑转石的描绘，不仅生动地展现了蜀道的险峻与艰难，更巧妙地将其与世道艰险相联系，传递出一种深沉的悲剧意识。诗中的每一字每一句都仿佛流淌着李白的热血与激情，他对蜀道的描绘既是对自然的赞美，也是对人生道路的深刻反思。

在这首诗中，李白还大量运用了神话、传说等元素，通过一系列比喻、夸张、神奇化等浪漫手法，将蜀道的奇丽与惊险展现得淋漓尽致。他的笔触犹如神来之笔，将蜀道的崎岖、突兀、峥嵘等特点表现得栩栩如生，仿佛使读者置身于那险峻的山川之中，感受着那磅礴的气势与壮丽的景色。而诗中的"蜀道之难难于上青天"的反复咏叹，更是表达了李白初入长安追求功业未成时的悲愤与无奈。他将自己的情感与理想融入诗中，使诗歌成了他内心世界的真实写照。

从《蜀道难》中我们可以看到李白诗歌塑造形象方式的奇特与大胆。当现实生活中的事物无法满足他追求的理想境界与情感表达时，他并不拘泥于对客观事物的具体描绘，而是从神话、传说中汲取灵感，通过丰富的想象、奇特的比喻和大胆的夸张来塑造形象、宣泄情感。这种创作方式使得李白的诗歌具有了一种惊世骇俗的美感效果，令人为之震撼与倾倒。

总而言之，李白的诗歌以其绚烂多彩的想象、气势磅礴的描绘、清新脱俗的风韵及激情四溢的情感，生动且广阔地映射出盛唐时期的繁华气象与社会生活的百态。他拥有超凡脱俗的笔墨功力与意象构建能力，能够游刃有余地运用各种诗歌形式，并以清新自然的语言，塑造出瑰丽多彩、形态各异的艺术形象。他的诗歌达到了"笔落惊风雨，诗成泣鬼神"的非凡境界，成为盛唐诗歌的杰出代表，其卓越成就对后世的诗歌创作产生了深远且持久的影响。

五、杜甫的诗歌创作

杜甫，生于712年，逝于770年，字子美，京兆杜陵（今陕西西安西南）人。杜甫早慧，十四五岁已在文坛上崭露头角，20岁起便开始了他的漫游生活，24岁返回东都洛阳参加进士科举考试不中；翌年东游齐赵。天宝五载（746年），杜甫来到长安，第二年参加了由李林甫操纵的一次考试，落入了"无一人及第者"的骗局。落第之后回到偃师，后又来到长安，献赋上书，干谒赠诗，希求汲引，但都没有结果。安史之乱后落入叛军手中，被押解到陷落的长安。乾元二年（759年）秋，他携家入蜀，于岁末抵达成都，开始了他晚年漂泊西南的生活。乾元三年（760年），杜甫在成都西郊浣花溪畔建草堂定居，开始"为农"的生活。广德二年（764年）春，严武回成都任职，他向朝廷举荐杜甫为节度参谋、检校工部员外郎。永泰元年（765年）四月，严武去世，杜甫失去依靠，离开草堂，乘舟东下，第二年暮春抵达夔州（今四川奉节）。大历三年（768年），杜甫想回河南老家，先到江陵（今湖北荆州），年底漂泊到岳阳。大历五年（770年）四月，军阀臧玠在潭州作乱，兵荒马乱之中，已经回潭州的杜甫只好又往南逃难。船行至耒阳，江水陡涨，无法再前进，杜甫只得又折回潭州，于同年冬天死在由潭州到岳阳的一条小舟中。

杜甫早期的诗歌内容多是歌颂祖国的山川和托物言志的，如《望岳》：

岱宗夫如何，齐鲁青未了。

造化钟神秀，阴阳割昏晓。

　　　　　　荡胸生层云，决眦入归鸟。

　　　　　　会当凌绝顶，一览众山小。

　　泰山，作为五岳之首，巍然屹立于广袤无垠的齐鲁大地之上。登临泰山之巅，目之所及，是层云缭绕于胸前，脚下则是泰山之体的坚实厚重。此情此景，不禁令人产生既坚定又超越的感触，同时伴随着归巢鸟儿的鸣唱，仿佛世间万物皆被纳入胸怀之中。这首诗与儒家文化有着深层的内在联系，初步展现了杜甫诗歌中沉郁顿挫的艺术风格。

　　杜甫在长安历经十年的坚守与磨砺，体验了人生的艰辛与挫折。其理想屡次受挫，生活日趋困顿，这些经历促使他的诗风发生了显著的变化。《兵车行》作为杜甫具有现实主义色彩的开篇之作，通过描绘征夫与老人的对话，深刻揭示了百姓对战争的深深痛恨，并对统治者穷兵黩武的扩边政策所引发的民不聊生、农村破败的恶果进行了有力的谴责。全诗以点带面，从现象深入到本质，勾勒出安史之乱前某一历史阶段的社会景象，展现了诗人对"开边"战争的坚定反对态度。

　　杜甫的诗歌所展现的"诗史"特质，其主要并不在于其直接陈述历史事实，而是其深刻描绘了超越事件本身，更为丰富和鲜活的生活场景。以《石壕吏》为例，该诗详细记述了诗人在战乱频繁的年代，于乡村中遭遇官吏征兵，老翁翻墙避祸，老妇悲声诉苦的情景。全篇通过客观的笔触将这一事件描绘得栩栩如生，使读者仿佛置身其中。尽管诗人未在诗中直接表达个人情感，但在这看似客观的叙述中却透露出诗人深深的叹息、怨怼、悲痛、同情及无可奈何的复杂情感。

　　综上所述，杜甫作为唐诗发展史上的重要人物，不仅继承了盛唐诗歌的卓越成就，更在思想艺术上进行了创新与拓展，深刻揭示了盛唐向中唐过渡时期的社会现实。他的创作理念和艺术风格对后世诗人如白居易、元稹、韩愈、孟郊、李贺等产生了深远的影响。尤其在宋代以后，杜甫的地位得到了进一步提升，其影响力长久不衰，成为文学史上不可或缺的重要人物。

第四节　中晚唐时期古典诗歌的创作

在中晚唐时期，唐朝逐渐走向衰落，藩镇割据、战争连绵不断，民众生活困苦。这种社会现实为唐诗的发展注入了新的动力，使其步入了新的历史阶段。在这一时期，唐诗流派众多，各放异彩。其中，新乐府诗派以白居易、元稹等人为代表，他们通过诗歌反映社会现实，抒发人民疾苦，具有鲜明的时代特色；韩孟诗派则以韩愈、孟郊为代表，他们强调诗歌的抒情性和个性表达，以独特的艺术风格引领了当时的诗坛风尚；意象诗派则以柳宗元、杜牧、李商隐等人为代表，他们的诗歌充满了丰富的意象和深沉的情感，为后世诗歌创作提供了丰富的灵感；而山林隐逸诗派则以方干、刘得仁等人为代表，他们的诗歌以描绘自然山水、抒发隐逸情怀为主，为后人提供了一种追求心灵自由与宁静的艺术表达方式。这些流派在中晚唐诗坛上熠熠生辉，对后世诗歌的发展产生了深远的影响，使唐诗的魅力得以延续并焕发新的生机。限于篇幅，本节主要对白居易、韩愈的诗歌创作进行简要阐述。

一、白居易的诗歌创作

白居易，生于772年，逝于846年，字乐天，号香山居士。他的原籍是太原，后来举家迁往夏邦，即现今的陕西渭南市。白居易出身于一个世代以儒学为业的家庭，祖父和父亲都是明经科进士，这样的家庭背景为他日后的文学创作奠定了坚实的基础。贞元十六年（800年），白居易成功考中进士，这标志着他正式踏入了仕途和文学的殿堂。元和元年（806年），为了应对制科考试，他与好友元稹共同撰写了《策林》七十五篇，这部作品充分展现了他的政治见解和文学才华。同年，他成功通过制科考试，被授予盩厔尉的官职，并在次年晋升为翰林学士，开始了他的文官生涯。元和五年（810年），白居易改任京兆府户曹参军，同时继续担任翰林学士。元和六年（811年）四月至九年（814年）冬，因母亲去世，他不得不回乡守制，这段时间的离别与哀伤也深深影响了他的文学创作。元和十年（815年），宰相武元衡被平卢节度使李师道派人暗杀，这一事件震惊了朝野。时任太子左赞善大夫的白居易，怀着激愤的心情上书朝廷，却不幸被当朝权贵诬陷，被贬为江州（今江西九江）司马。这一打击对白居易的仕途和心灵都造成了巨大的创伤。元和十三年（818年）底，他被调任忠州刺史，元和十五年（820年）又被召回朝廷，历任主客郎中、知制诰、中书舍人等重要职务。长庆二年（822年），他出任杭州刺史，此后又历任苏州刺史、秘书监、刑部侍郎、河南尹、太子少傅等职，他的政绩卓著，深受百姓爱戴。晚年的白居易，于会昌二年（842年）以刑部尚书致仕，他选择了闲居洛阳履道里，过上了宁静的晚年生活。他的文学创作并未因此而停歇，他依然笔耕不辍，为后世留下了丰富的文化遗产。会昌六年（846年），这位伟大的文学家走到了生命的尽头。

白居易的诗歌以其丰富的思想内涵和鲜明的针对性，成为唐代文学中一颗璀璨的明珠。他的新乐府诗尤为引人注目，其中不乏反映民生疾苦、关注社会现实的佳作。以《卖炭翁》为例：

卖炭翁，伐薪烧炭南山中。

满面尘灰烟火色，两鬓苍苍十指黑。

卖炭得钱何所营？身上衣裳口中食。

可怜身上衣正单，心忧炭贱愿天寒。

夜来城外一尺雪，晓驾炭车辗冰辙。

牛困人饥日已高，市南门外泥中歇。

翩翩两骑来是谁？黄衣使者白衫儿。

手把文书口称敕，回车叱牛牵向北。

一车炭，千余斤，宫使驱将惜不得。

半匹红绡一丈绫，系向牛头充炭直。

在这首诗中，白居易以简洁而有力的语言，描绘了一个终年劳苦的卖炭老人的形象。诗人首先通过"满面尘灰烟火色，两鬓苍苍十指黑"的描写，生动地展现了老人艰辛的生活状态。这些生动的细节，不仅让我们看到了老人身体上的疲惫和衰老，更让我们感受到了他精神上的沉重和无奈。

诗人进一步深入表现了老人为了基本生存需求而挣扎的精神痛苦。老人卖炭所得的微薄收入，是他赖以生存的重要来源。当这好不容易得来的一车炭被"手把文书口称敕"的宦官掠夺而去时，老人的心情可想而知。这种突如其来的打击，不仅让老人失去了生活的依靠，更让他对社会的公平和正义产生了深刻的怀疑。

在这首诗中，白居易巧妙地运用了对比手法，将老人的辛勤劳动与宦官的蛮横无理形成了鲜明的对比。这种对比不仅增强了诗歌的冲突感和戏剧性，更让我们深刻地认识到了皇权庇护下的罪恶的反人性本质。在皇权的庇护下，宦官们可以肆无忌惮地掠夺百姓的财物，甚至不惜牺牲他人的生命来满足自己的私欲。这种罪恶的行为，不仅违背了社会的基本道德和伦理准则，更让人们对社会的公正和正义产生了深刻的质疑。

白居易的诗歌中有的还大胆地揭露了贵族的豪奢生活和社会的弊政。以《买花》这首诗为例：

> 帝城春欲暮，喧喧车马度。
> 共道牡丹时，相随买花去。
> 贵贱无常价，酬直看花数。
> 灼灼百朵红，戋戋五束素。
> 上张幄幕庇，旁织笆篱护。
> 水洒复泥封，移来色如故。
> 家家习为俗，人人迷不悟。
> 有一田舍翁，偶来买花处。
> 低头独长叹，此叹无人喻。
> 一丛深色花，十户中人赋！

在《买花》一诗中，白居易首先描绘了"喧喧车马度"的热闹场景，豪门贵族们争相买花，车水马龙，人声鼎沸。这种奢华的场面，与"低头独长叹"的田舍翁形成了鲜明的对比。田舍翁面对这样的场景，内心充满了沉重和无奈，他深知这些花朵背后所代表的，是贵族们无尽的奢侈和挥霍。白居易进一步通过"一丛深色花，十户中人赋"的警句，揭示了题旨。他用简洁而有力的语言，指出了一丛深色的花朵，竟然需要十户中等人家的赋税来支撑。这样的对比，既凸显了贵族们奢侈生活的荒谬，也深刻地体现了平民百姓生活的艰辛。通过这首诗，白居易成功地加强了艺术写实的效果，使读者能够更加直观地感受到贵族豪奢生活和弊政对社会的危害。他不仅对统治者的奢侈享乐进行了抨击，更对中唐时期日益严重的贡奉弊政进行了深刻的揭露。这种揭露和批判，不仅体现了白居易对社会的深刻洞察，也展现了他作为一位伟大诗人的社会责任感和人文关怀。

还有的反映了妇女的悲惨命运，如《上阳白发人》：

上阳人，上阳人，红颜暗老白发新。

绿衣监使守宫门，一闭上阳多少春。

玄宗末岁初选入，入时十六今六十。

同时采择百余人，零落年深残此身。

忆昔吞悲别亲族，扶入车中不教哭。

皆云入内便承恩，脸似芙蓉胸似玉。

未容君王得见面，已被杨妃遥侧目。

妒令潜配上阳宫，一生遂向空房宿。

宿空房，秋夜长，夜长无寐天不明。

耿耿残灯背壁影，萧萧暗雨打窗声。

春日迟，日迟独坐天难暮。

宫莺百啭愁厌闻，梁燕双栖老休妒。

莺归燕去长悄然，春往秋来不记年。

唯向深宫望明月，东西四五百回圆。

今日宫中年最老，大家遥赐"尚书"号。

小头鞋履窄衣裳，青黛点眉眉细长。

外人不见见应笑，天宝末年时世妆。

上阳人，苦最多。

少亦苦，老亦苦，少苦老苦两如何！

君不见昔时吕向《美人赋》，

又不见今日上阳白发歌！

在这首诗中，白居易首先描绘了这个宫女十六岁入宫时的情景。那时的她，或许还对未来的生活抱有一丝幻想，期待着能够过上正常的生活。命运却对她如此残酷，她被幽禁在冷宫中，与外界隔绝，开始了她漫长而悲惨的生涯。随着岁月的流逝，这个宫女的青春逐渐消逝，取而代之的是无尽的寂寞和凄凉。诗中通过对秋风暗雨、残灯空房的生动描写，展现了主人公内心的寂寞和凄苦。她独自一人，在空荡荡的房间里度过了一个又一个漫长的夜晚，她的心中充满了无尽的哀怨和绝望。更令人痛心的是，这个宫女在冷宫中虚度了青春，看着身边的同伴一个个老去、死去，她却依然孤独地活着。她曾经希望过能够离开这个牢笼，重新获得自由，但随着时间的推移，她的希望逐渐变成了失望，最后变成了绝望。她甚至开始自嘲，觉得自己已经麻木了，不再有任何期待和梦想。

在这首诗中，白居易运用了叙事、抒情、写景、议论等多种表达方式，使得诗歌的内容更加丰富和深刻。他通过对主人公的遭遇和心理变化的描写，让读者能够深刻感受到封建社会对妇女的残酷压迫和剥削。他还借助诗歌的语言，控诉了封建帝王为满足私欲而强行征选民女的罪恶行径，充分揭露了封建社会的黑暗。

二、韩愈的诗歌创作

韩愈，生于768年，死于824年，字退之，出生于河阳（今河南孟县），他的人生经历充满了坎坷与传奇。他的父母早逝，使得他在三岁之时便成了孤儿，生活境遇艰难，唯有依靠兄嫂的抚养才得以生存。这种悲苦的童年生活，不仅让他过早地体验了生活的艰辛，更培养了他敏锐观察社会和深入思考政治的现实精神。贞元八年（792年），韩愈凭借自己的才华和努力，成功考中进士，这原本应该是他仕途的起点，此后他却多次未能通过吏部复试，使得他的仕途一度陷入困顿。直到他29岁时，才终于开始踏入仕途，开始了他的官场生涯。在随后的20多年宦途中，韩愈历任学官、御史、县令、史官、刺史及侍郎等职，他勤政爱民，直言敢谏，为国家和人民付出了巨大的努力。正因为他的直言不讳，他数次被贬，甚至一度面临被杀的危险。穆宗时期，韩愈先任国子监祭酒、兵部侍郎，后转吏部侍郎，他的官职和地位逐渐提升，但他始终保持着谦逊和低调，继续为国家和人民贡献自己的力量。最终，他官至吏部侍郎，死谥"文"。

为了革除大历十才子诗风的柔靡之弊，韩愈积极寻求创新，从多个维度反其道而行之，致力于开创一种全新的诗歌风格。他承袭了李白诗歌中的壮浪纵恣和奇情幻想，又汲取了杜甫诗歌中的博大精深和不懈追求创新的精神，力图在继承的基础上创造出李杜所未有的艺术境界。

韩愈在诗歌创作中，大胆采用以文为诗的结构笔法，这一创新手法不仅打破了诗歌与散文之间的界限，更使他的诗歌作品展现出了前所未有的丰富性和深度。这种以文为诗的手法，包括了古文的章法结构、句式、虚词等元素的运用，以及散文中常见的议论、铺叙等手法的借鉴，使得韩愈的诗歌在形式上更加灵活多变，在内容上更加深沉厚重。以韩愈的《山石》一诗为例，这首诗就充分体现了以文为诗的特点：

> 山石荦确行径微，黄昏到寺蝙蝠飞。
> 升堂坐阶新雨足。芭蕉叶大栀子肥。
> 僧言古壁佛画好，以火来照所见稀。
> 铺床拂席置羹饭，疏粝亦足饱我饥。
> 夜深静卧百虫绝，清月出岭光入扉。
> 天明独去无道路，出入高下穷烟霏。
> 山红涧碧纷烂漫，时见松枥皆十围。
> 当流赤足踏涧石，水声激激风吹衣。
> 人生如此自可乐，岂必局促为人鞿。
> 嗟哉吾党二三子，安得至老不更归。

韩愈采用了游记的手法，从黄昏写到入夜，再至夜深静卧，最后到天明独行，整个诗歌就像是一篇游记散文，依次展示了随着时间、地点推移而出现的不同景物和情态。这种游记式的结构，使得诗歌的叙事性大大增强，同时也使得读者能够更加直观地感受到诗人所经历的情景和心境。

在《山石》中，韩愈的语言平易近人，描述清晰生动。他通过细腻的笔触，将黄昏到寺时蝙蝠飞舞的阴森，夜深静卧时百虫绝迹的静谧，以及天明独行时无路可循的迷茫等情景一一呈现。这些不同的景物与情态，随着时间和地点的推移与转变，渐渐展露出来，使人仿佛置身于诗人的游历之中，共同体验着那些平中见奇的瞬间。

奇"，这个字眼在韩愈的诗歌创作中占据着举足轻重的地位，是他对诗歌艺术的不懈追求。韩愈的诗作，从深邃的意境到独特的结构，再到精妙的语言技巧，都力求避开陈词滥调，以超凡脱俗的想象力和雄伟豪壮的精神气魄，创造出一个个令人叹为观止的诗境。以《调张籍》一诗为例：

李杜文章在，光焰万丈长。不知群儿愚，那用故谤伤。
蚍蜉撼大树，可笑不自量！伊我生其后，举颈遥相望。
夜梦多见之，昼思反微茫。徒观斧凿痕，不瞩治水航。
想当施手时，巨刃磨天扬。垠崖划崩豁，乾坤摆雷硠。
唯此两夫子，家居率荒凉。帝欲长吟哦，故遣起且僵。
翦翎送笼中，使看百鸟翔。平生千万篇，金薤垂琳琅。
仙官敕六丁，雷电下取将。流落人间者，太山一毫芒。
我愿生两翅，捕逐出八荒。精诚忽交通，百怪入我肠。
刺手拔鲸牙，举瓢酌天浆。腾身跨汗漫，不著织女襄。
顾语地上友，经营无太忙。乞君飞霞佩，与我高颉颃。

　　韩愈在这首诗中热情地赞颂了李白和杜甫两位伟大诗人的诗歌成就。然而，他并非仅仅停留在对李杜诗歌思想内容的赞誉上，而是将更多的关注点放在了李杜诗歌那如"巨刃磨天扬"般奇特的语言、雄阔的气势及艺术手法的创新上。这种对诗歌形式和技巧的深入探索与赞赏，展现了韩愈对诗歌艺术的独到见解和深厚造诣。韩愈以"拔鲸牙""酌天浆"等瑰丽的想象，生动形象地描绘了李杜诗歌的胆识之大、力量之猛、思维之怪、境界之奇。这些奇妙的想象不仅将李杜诗歌的特点发挥得淋漓尽致，也展现了韩愈本人超凡绝俗的想象力。他试图追踪李杜的足迹，所取法的也正是这种在诗歌创作上的创新精神和独特风格。"百怪入我肠"这句诗，可以说是韩愈与李杜精神之"交通"的生动写照。他汲取了李杜诗歌中的奇特元素，将其融入自己的创作中，使得自己的诗歌也呈现出一种奇特、雄浑、怪异的风格。这种风格既体现了韩愈对李杜诗歌的深入理解和继承，也展现了他在诗歌创作上的独特个性和创新精神。

　　总的来说，韩愈的诗歌以雄奇刚健之姿，光怪陆离之韵，开创了"以文为诗"之先河，成为引领一代诗风的宗师巨匠。他的诗作不仅力大无穷，思想雄浑，更以其独特的艺术风格，在唐诗的璀璨星河中独树一帜。叶燮在《原诗》中盛赞韩愈为"唐诗一大变，其力大，其思雄，崛起为鼻祖"，这一赞誉无疑是对韩愈诗歌成就的极高肯定。他的诗歌不仅丰富了唐诗的内涵和表现形式，更对后世的诗歌创作产生了深远的影响，堪称诗坛之巨擘。

第四章

理趣通精雅
宋元时期古典诗歌的创作探究

宋元时期，社会政治环境复杂多变，文化交融与碰撞频繁发生。在这样的背景下，古典诗歌的创作呈现出多元化、包容性的特点。一方面，诗人们继承和发扬了前代诗歌的优良传统，如唐诗的雄浑豪放、宋词的婉约细腻；另一方面，他们又根据时代的需求和个人的情感体验，创造出新的诗歌形式和风格。

第一节　北宋时期古典诗歌的创作

北宋初期，诗坛上弥漫着浓厚的唐风。诗人们深受唐人诗歌的影响，纷纷效仿其风骨与神韵，展现出了对唐诗的深深崇拜。唐人诗歌的磅礴大气、深情厚谊，为北宋诗人提供了无尽的灵感与滋养。然而，随着宋人文学理念的不断演进与深化，北宋诗人们开始意识到，仅仅停留在模仿的层面是远远不够的。他们渴望在诗歌的海洋中开辟一片属于自己的天地，摆脱唐诗的固有框架，展现出自己的独特风采。但唐诗的辉煌成就如同一座难以逾越的高峰，其在表现社会生活方面的细致入微与丰富多样，使得北宋诗人们难以在相同的领域超越。于是，他们转而寻找新的路径，在唐诗的美学境界之外，探索属于自己的诗歌境界。北宋诗人们开始追求一种平淡之美，这种美不是外在的华丽与绚烂，而是内心的宁静与深沉。他们通过细腻的笔触，描绘出生活的点滴细节，展现出一种内敛而含蓄的艺术魅力。这种风格不仅与唐诗形成了鲜明的对比，也为北宋诗歌注入了新的活力与魅力。这一时期的代表性诗人主要有林逋、魏野、杨亿、刘筠、欧阳修、苏轼、王安石、黄庭坚等，限于篇幅，本节主要对林逋、欧阳修和黄庭坚的诗歌创作进行研究。

一、林逋的诗歌创作

林逋，生于967年，逝于1028年，字君复，他的故乡，有说是浙江大里黄贤村，也有说是杭州钱塘。他的一生，犹如一幅淡泊明志、宁静致远的画卷，深深地镶嵌在了中国文化的历史长河中。林逋的一生，未曾涉足官场，也未曾娶妻生子。他的一生，都在与梅共舞、与鹤为伴中度过。他深爱梅花的高洁与坚韧，喜爱鹤的优雅与自由。他自称为"以梅为妻，以鹤为子"，这样的生活态度，既体现了他对自然的热爱，也展示了他对尘世的疏离。他的庭院中，四季都有梅花的芬芳，那些傲雪凌霜的梅花，就像他的人格一样，坚韧不拔，清高自持。而那些翩翩起舞的鹤，更是他生活的伴侣，他们一同在庭院中漫步，一同在月光下吟咏。林逋的故事在民间广为流传，人们称他为"梅妻鹤子"。他去世后，更是被谥为"和靖先生"。

林逋的诗风澄淡高逸，如同山间的清风，又如湖面的微波，给人以幽远邃美的感受。《小隐自题》这首诗，便是他这种心境的生动写照：

竹树绕吾庐，清深趣有余。

鹤闲临水久，蜂懒采花疏。

酒病妨开卷，春阴入荷锄。

尝怜古图画，多半写樵渔。

首联中，"竹树绕庐"，短短四字，便勾勒出一幅清幽宁静的画面。竹树环绕，不仅为庐舍增添了几分雅致，更透出一种"清深"的情趣。这种情趣，既是对自然环境的赞美，也是对诗人内心世界的映照。颔联中，"闲云野鹤"与"懒蜂采蜜"，更是将诗人的形象刻画得十分贴切。鹤是闲鹤，蜂是懒蜂，它们各自安好，互不干扰，这正是诗人所向往的生活状态。而"临水久"与"采花疏"，则进一步描绘了这种生活的细节，也透露出诗人对生活的淡然与超脱。接下来的颈联和尾联直接描述了诗人的隐居生活。他远离尘嚣，与山水为伴，与花鸟为友，享受着那份独有的宁静与自由。而尾联中的"隐士"，更是从一个侧面揭示了诗人对这种生活的喜爱与满足。整首诗中，林逋用明畅如话的语言，将清幽闲静的隐逸环境描绘得栩栩如生。每一句诗，都贯注着诗人愉悦自然、恬然自得的生活情趣。

林逋的咏梅诗，历来为文人墨客所推崇，如《山园小梅》其一：

众芳摇落独暄妍，占尽风情向小园。

疏影横斜水清浅，暗香浮动月黄昏。

霜禽欲下先偷眼，粉蝶如知合断魂。

幸有微吟可相狎，不须檀板共金樽。

诗的首联，林逋便以"众芳摇落独暄妍"一句，将梅花的坚韧与独特展现得淋漓尽致。在众花凋零的时节，唯有梅花傲然绽放，其不畏严寒的精神令人赞叹。"众"与"独"两字的巧妙运用，更是突出了梅花与众不同的品格。颔联中，"疏影横斜水清浅，暗香浮动月黄昏"，林逋以细腻的笔触，勾勒出了梅花那神清骨秀、高洁端庄、幽独超逸的风韵。其中，"疏影"与"暗香"两词，分别从视觉和嗅觉的角度，写出了梅花的淡雅与清香。"横斜"与"浮动"则更是将梅花的姿态与神韵描绘得栩栩如生，使人仿佛能闻到那淡淡的梅香，看到那疏影横斜的美景。颈联中，林逋采用了"以物观物"的写法，通过"霜禽欲下先偷眼，粉蝶如知合断魂"两句，进一步衬托出了梅花的风韵。霜禽与粉蝶为梅花所迷，它们的行为无形中为梅花增添了几分神秘与魅力。尾联中，"幸有微吟可相狎，不须檀板共金樽"，林逋表达出了自己愿与梅化而为一的生活旨趣和精神追求。他愿与梅花为伴，以微吟相狎，无须繁华的音乐与美酒，只需与梅花共度时光，这种超脱与淡然，正是林逋生活的真实写照。在这首诗中，林逋通过虚实结合、对比呈现的手法，使全诗节奏起伏跌宕，色彩时浓时淡，环境动静相宜。他对梅花的描绘与赞美，不仅展现出了梅花那独特的美，更寄托了自己对高洁品格的追求与向往。这使得全诗趣向博远的精神品格得到了进一步的提升，也使林逋的咏梅诗成为千古传颂的经典之作。

二、欧阳修的诗歌创作

欧阳修，生于1007年，逝于1072年，字永叔，号醉翁，晚年又自号六一居士。他祖籍庐陵，也就是现今的江西吉安，是中国历史上一位杰出的文学家、政治家。在欧阳修的早年，他便展现出了非凡的才华。二十四岁那年，他成功通过了进士考试，次年便在西京，即现今的洛阳，担任留守推官。在此期间，他结识了梅尧臣、尹洙等志同道合的朋友，他们一起切磋诗文，共同追求文学艺术的卓越。之后，欧阳修进入京城任职，他的才华和见识得到了更广泛的展现。欧阳修风节凛然，他勇于言事，敢于直言不讳地批评时政。他曾为因上章批评时政而被贬的范仲淹辩护，因此也遭到了贬谪，被任命为夷陵县令。仁宗庆历年间，欧阳修积极参与了范仲淹领导的"庆历新政"，试图通过改革来振兴国家。然而，由于新政触动了部分权贵的利益，他再次被贬至滁州。直到四十八岁，他才被召回京师，重新得到朝廷的重用。在欧阳修的晚年，他的仕途更是一帆风顺。他先后担任了参知政事、刑部尚书、兵部尚书等重要职务，为国家的繁荣稳定贡献了自己的力量。在他六十五岁那年，他选择了辞职归家，定居在颍州。第二年，他便因病逝世，享年六十六岁，谥号文忠。

在诗歌革新运动中，欧阳修是重要的领导者。他对诗风的改革尤为着力，坚决反对西昆体那种浮艳矫饰的诗风，致力于推动诗歌回归真实、质朴的本质。欧阳修坚信，作诗并非单纯的文字游戏，而是应该源于生活、反映生活，通过文字表达作者内心的真实感受。他提出"因事有所激，因物兴以通"的创作理念，认为诗歌应当源于生活实践中的感动和启发，由事物激发情感，再由情感转化为诗篇。这样的诗歌才能深入人心，触动读者的灵魂。

在诗风改革的过程中，欧阳修主张以气格为主，注重诗歌的气势和格调。他强调诗歌应当"平易疏畅"，即语言平易近人，意境疏朗畅达，使读者能够轻松理解并感受到诗歌的美妙。为了实现这一诗风改革的目标，欧阳修十分推崇韩愈的诗歌。他认为韩愈的诗歌如同善于驾驭烈马的骑手，在广阔的道路上纵横驰骋，随心所欲，无论是平坦大道还是狭窄小径，都能疾徐中节，不失节奏，展现出极高的艺术造诣。欧阳修对韩愈诗歌"不可拘以常格"的艺术特点和价值进行了新的确认，认为其突破了传统诗歌的束缚，为诗歌创作开辟了新的天地。

从整体上来看，欧阳修的诗歌内容主要可以分为三类。

第一，是以反映现实民生为主的诗歌。在这些诗歌中，欧阳修不仅是一个才情横溢的文人，更是一个敢于直面社会现实的斗士。他毫不畏惧地揭露了朝廷的各种黑暗腐败现象，用犀利的笔触刻画出那些贪婪无度、鱼肉百姓的官吏形象。他痛斥朝廷的赋敛之重，使得百姓们生活在水深火热之中；他愤怒于土地兼并的痼疾，使得农民们失去了赖以生存的土地；他哀悯于力役之苦，使得劳动者们身心俱疲，无法过上安宁的生活。同时，欧阳修也展现出了对广大底层劳动者的深厚同情。他深知农民们终年辛勤劳作，却往往难以维持生计的艰辛；他理解劳动者们为了生活而不得不忍受各种剥削和压迫的无奈。因此，在他的诗歌中，我们经常能够看到他对这些劳动者的赞美和关怀，以及对他们悲惨遭遇的深深同情。在《答杨辟喜雨长句》这首诗中，欧阳修更是以生动的笔触和深刻的思考，展现了他对现实社会的批判和对未来社会的憧憬：

> 吾闻阴阳在天地，升降上下无时穷。
>
> 环回不得不差失，所以岁时无常丰。
>
> 古之为政知若此，均节收敛勤人功。

> 三年必有一年食，九岁常备三岁凶。
>
> 纵令水旱或时遇，以多补少能相通。
>
> 今者吏愚不善政，民亦游惰离于农。
>
> 军国赋敛急星火，兼并奉养过王公。
>
> 终年之耕幸一熟，聚而耗者多于蜂。
>
> 是以比岁屡登稔，然而民室常虚空。
>
> 遂令一时暂不雨，辄以困急号天翁。
>
> 赖天闵民不责吏，甘泽流布何其浓。
>
> 农当勉力吏当愧，敢不酌酒浇神龙。

在这首诗中，作者通过揭露朝廷赋敛、兼并、力役之苦等社会现象，深刻地反映了农民们的悲惨遭遇和困境。同时，他也明确指出"今者吏愚不善政，民亦游惰离于农""终年之耕幸一熟，聚而耗者多于蜂"的社会现状，表达了他对现实社会的不满和担忧。通过古今对比，欧阳修更是明确指出了当今社会应该改革的方向。他渴望看到一个公平、正义、繁荣的社会，希望通过改革来减轻百姓的负担，改善他们的生活状况。他的这种政治理想不仅体现在他的诗歌中，更贯穿了他的整个政治生涯。

第二，以感慨人生百态、反映其思想情怀为主的诗歌。这类作品与诗人的人生经历紧密相连，抒发了他对生活、对社会、对自我的独特感受和理解。在欧阳修的笔下，诗歌成了他表达人生感悟和情感宣泄的重要载体。以《戏答元珍》为例：

> 春风疑不到天涯，二月山城未见花。
>
> 残雪压枝犹有橘，冻雷惊笋欲抽芽。
>
> 夜闻归雁生乡思，病入新年感物华。
>
> 曾是洛阳花下客，野芳虽晚不须嗟。

这首诗是欧阳修在贬为峡州夷陵县令之后所作，可以说是他人生经历中的一段重要插曲。虽然遭受了贬谪的打击，但欧阳修并没有因此沉沦，反而以坦荡的胸怀和旷达的精神在困境中奋发向上。在诗中，他表达了自己倔强不屈的心境，即使身处逆境，也依然保持着乐观向上的态度。

通过这首诗，可以看到欧阳修对于人生的深刻理解。他认为人生中的荣辱得失都是暂时的，重要的是保持内心的平静和坚定。即使面临困境和挫折，也要以积极的心态去面对，不断寻求自我提升和成长。这种乐观向上的人生态度，不仅让欧阳修在困境中保持了坚韧不拔的精神，也影响了他的诗歌创作，使得他的作品充满了积极向上的气息。

第三，以写景咏物为主的诗歌。这些作品往往不仅描绘自然风光的美丽，更在其中融入深刻的哲理，体现了诗人对人生的独特思考，使得诗歌别具韵味。例如，他的《画眉鸟》一诗，便是写景咏物的代表作：

百啭千声随意移，山花红紫树高低。

始知锁向金笼听，不及林间自在啼。

在这首诗中，欧阳修以细腻的笔触描绘了画眉鸟在山花红紫中自在啼啭的生动场景。然而，他并未仅仅停留在对自然美景的欣赏上，而是进一步联想到那些被锁在金笼中的画眉鸟。通过这两种截然不同处境的对比，诗人表达了自己鲜明的主观意向。在欧阳修看来，自由是无比珍贵的，它代表了生命的活力和尊严。而那些被束缚在金笼中的画眉鸟，虽然物质条件可能优越，却失去了最重要的自由。因此，他认为那些在山花红紫中自在啼啭的画眉鸟，远比那些被锁在金笼中的同类要幸福得多。这种对自由的赞美和追求，正是欧阳修人生哲理的体现。他通过写景咏物的方式，将自己对人生的思考融入其中，使得诗歌不仅具有艺术美感，更富有思想深度。这样的诗歌，不仅让读者感受到自然风光的美丽，更能引发人们对人生价值的深入思考，具有很高的艺术价值和思想价值。

总体来说，欧阳修的诗歌创作独具匠心，他以议论的深邃和散文的笔法巧妙地融入诗中，从而开辟了诗歌艺术美的新天地。他的诗歌不仅借鉴了多家之长，更在借鉴中形成了自己独特的风格，成为一家之言。这样的创作理念和实践，有力地推动了诗歌革新运动的发展，使之焕发出新的生机与活力。此外，欧阳修的诗歌创作对后来的王安石、苏轼等诗人也产生了深远的影响，他们的诗歌创作在一定程度上受到了欧阳修的启发和影响。

三、黄庭坚的诗歌创作

黄庭坚，生于1045年，逝于1105年，字鲁直，自号山谷道人，出生于洪州分宁，即今天的江西修水。他才华横溢，学识渊博，在北宋英宗治平四年（1067年）成功考中进士，从此踏上了仕途。黄庭坚历任叶县尉、北京国子监教授、校书郎、著作佐郎、秘书丞、涪州别驾、黔州安置等职务。这些职位虽然各有不同，但无论身处何地，他都尽心尽职，他以其卓越的才华和勤奋的精神赢得了人们的赞誉。然而，在徽宗时期，他虽受命内迁，但不久却因受到他人的排挤而被除名贬官宜州。之后在贬所病逝。

黄庭坚在诗歌创作方面，展现出了独特的艺术追求和深刻的理论见解。他强调推陈出新，不仅致力于继承传统，更在继承中寻求创新，以独特的视角和手法赋予诗歌新的生命。他提出了"夺胎换骨"和"点铁成金"这两个重要的诗歌创作理念。"夺胎换骨"是黄庭坚对诗歌创作的一种深刻理解。他主张在体味和模拟古人的诗意的基础上，进行新的加工创造。这并非简单的模仿，而是要在深入理解和领悟古人诗意的基础上，融入自己的思考和感悟，通过巧妙的艺术手法，将古人的诗意转化为自己的独特表达。这种转化不仅保留了古人诗意的精髓，更注入了新的生命力和创造力，使得诗歌在传承中焕发出新的光彩。"点铁成金"则是黄庭坚对诗歌语言的独特运用。他强调以"陶冶万物"为基础，即广泛吸取自然万物和社会生活的素材，从中提炼出诗歌创作的灵感和素材。同时，他主张取"古人陈言"加以点化，即在继承古人语言的基础上，进行巧妙的转化和创新。通过赋予古人语言新的意蕴和内涵，使得诗歌语言更加精练、生动、富有表现力。这种点铁成金的手法，不仅展示了黄庭坚高超的语言驾驭能力，更体现了他对诗歌艺术的深刻理解和独特追求。

黄庭坚的这些见解对江西诗派产生了深远的影响。江西诗派在黄庭坚的引领下，形成了一种独特的诗歌风格和创作理念。他们注重推陈出新，追求诗歌的创新和变革；同时，他们也注重对传统的继承和发扬，通过巧妙的艺术手法将传统与现代相结合。这种风格不仅在当时广为流传，更对后世的诗歌创作产生了深远的影响。

黄庭坚的诗作，从整体上看，始终在追求一种去陈反俗的艺术境界。他深知，唯有在诗歌的各个方面都敢于创新，才能写出真正触动人心的作品。因此，在用韵上，他大胆尝试，不仅多次使用宽韵进行次韵、步韵，更敢于挑战窄韵、险韵，使得诗歌在音韵上更加和谐统一，同时也在艰难中展现出他出奇峭的艺术风格。在句法上，黄庭坚同样力求创新。他注重句子的生动灵活性，力求每一句都能带给读者新的感受。他的句子不仅结构新颖，而且句意新颖不凡，常常能在一瞬间抓住读者的心。这种独特的句法运用，使得他的诗歌更加富有表现力，也更加引人入胜。在意境上，黄庭坚追求生新瘦硬的艺术效果。他善于从生活中提炼出独特的意象，通过巧妙的艺术手法将其呈现在读者面前。他的诗歌往往给人一种壁立峭拔、清劲执拗的感觉，让人在欣赏的同时也能感受到他那种坚韧不拔的精神风貌。以他的《寄黄几复》为例：

> 我居北海君南海，寄雁传书谢不能。
> 桃李春风一杯酒，江湖夜雨十年灯。
> 持家但有四立壁，治病不蕲三折肱。
> 想见读书头已白，隔溪猿哭瘴溪藤。

诗歌首联写怀念友人、望而不见之意，通过细腻的笔触描绘出作者对友人的深深思念；颔联中追忆京城相聚之乐，抒写别后相思之深，让人感受到那种深厚的友情和别离的无奈；颈联称黄几复为官清廉，且已经有政绩，治国救民的才干已经得到了展示，这是对友人才华的赞赏和认可；尾联与首联相照应，不平之鸣，怜才之意，蕴含其中，表现出作者对友人命运的关切和同情。

在这首诗中，黄庭坚还巧妙地运用了《左传》和《史记》中的典故，使得诗歌的内涵更加丰富和深刻。这些典故的运用不仅增加了诗歌的文化底蕴，也使得诗歌更加含蓄和耐人寻味。更难能可贵的是，这些典故的运用并不露痕迹，与自己的身世较为切合，显示出黄庭坚高超的艺术技巧和深厚的文化底蕴。

黄庭坚学识渊博，创作态度严谨认真，每一首诗都经过深思熟虑，力求达到完美的艺术效果。他的诗歌立意深邃，富有思致，往往给人一种初读时觉得枯涩平淡，但细细品味之后却倍感齿颊回甘，余味无穷的感觉。以他的《题竹石牧牛》为例：

> 野次小峥嵘，幽篁相倚绿。
> 阿童三尺箠，御此老觳觫。
> 石吾甚爱之，勿遣牛砺角。

牛砺角尚可，牛斗残我竹。

　　诗歌的前四句，诗人用寥寥数笔，便勾勒出了石、竹、童、牛的形象，将石之怪异、竹之幽深、童之神情、牛之老态等细节描绘得惟妙惟肖。诗人用简洁而精准的语言，将自然景物和人物形象展现得栩栩如生，仿佛就在眼前。后四句，诗人则开始表达自己对这幅画的观感。他谆谆嘱咐画中的小牧童，那些话语充满了诗人的情感和对自然的热爱。这种对自然的酷爱之情，通过诗人的笔触，生动地传达给了读者。诗人以妙趣横生的方式，表达了自己对牧童和牛的喜爱，同时也展现了自己别致新颖的艺术构思。整首诗中，黄庭坚的描写生动逼真，情感表达细腻入微。他通过对自然景物的描绘和对人物形象的刻画，成功地营造了一种清新自然、宁静和谐的氛围。

　　黄庭坚的诗作以讲究法度、追求深刻与独特、展现生新瘦硬之美而著称，这无疑为宋诗的发展注入了新的活力。然而，值得注意的是，在黄庭坚力求创新、独树一帜的过程中，他有时会过分堆砌典故，使得诗歌显得过于烦琐，失去了简洁明快的美感。同时，他在议论时过于生硬，缺乏传统诗歌的含蓄与婉约，使得诗歌的意蕴不够深远。此外，部分诗歌的结构也显得较为松散，缺乏紧凑与和谐，影响了整体的艺术效果。这些问题虽然在一定程度上影响了黄庭坚诗歌的艺术价值，但并不能掩盖他在诗歌创作上的成就与贡献。

第二节　南宋时期古典诗歌的创作

　　宋钦宗靖康二年（1127年），北宋王朝历经沧桑，终究走向了覆灭。随后，赵构承继大统，创建了南宋王朝。面对国土沦陷，南宋的统治者却选择了一条妥协投降的道路，这样的决策让众多心怀家国的爱国人士深感不满。因此，抗战与投降的斗争成为这一时期政治舞台上的一场大戏，两者之间的较量与冲突不断上演。在这样的背景下，南宋一朝的诗歌创作也深受影响。诗人们以笔为剑，用文字抒发着强烈的爱国主义情感，他们的诗歌中充满了对国家的忧虑和对人民的关怀。他们注重表现人民的疾苦，深情地歌颂那些为国捐躯的英勇将士，同时也毫不留情地揭露南宋统治者的腐败和无能。这些诗歌，既是那个时代的见证，也是诗人们心声的体现，他们用自己的方式，为那个风雨飘摇的时代留下了深刻的印记。陈与义、杨万里、陆游、徐照、徐玑、赵师秀、姜夔、戴复古、刘克庄、文天祥等都是这一时期的代表性诗人。限于篇幅，本节主要对杨万里、陆游、赵师秀、文天祥的诗歌创作进行简要研究。

一、杨万里的诗歌创作

杨万里，生于1127年，逝于1206年，字廷秀，籍贯吉水，今属江西。他是一位才华横溢的文人，于高宗绍兴二十四年（1154年）成功考中进士，从此踏上了仕途与文学创作的道路。

杨万里的人生中，有一位重要的人物，那就是张浚。当时，张浚因种种原因被贬谪至永州，他闭门谢客，深居简出。然而，杨万里却不顾世俗眼光，主动前往拜访。在这次会面中，张浚向杨万里传授了"正心诚意"的学问，即要正直内心，真诚待人。杨万里深受其教诲，终身恪守这一原则，因此自号"诚斋"，以此表明自己的志向与品格。

在思想上，杨万里深受儒家文化的影响，崇尚仁爱、诚信、忠诚等美德。他一生勤苦，致力于文学创作，据传作诗两万多首，数量之巨，令人惊叹。他的诗歌不仅在数量上令人瞩目，更在质量上独树一帜，是我国文学史上写诗甚多的作家之一。

杨万里的诗歌，在内容和艺术表现方面都极具特色。他善于观察生活，关注人民的疾苦，通过诗歌抒发自己的情感与见解。他的诗作既有深沉的思考，又有生动的描绘，既有豪放的气概，又有婉约的情调。他善于运用各种修辞手法，使得诗歌既有内涵，又富有艺术感染力。杨万里的诗歌在当时自成一体，独树一帜。他的创作风格与同时代的其他诗人有所不同，却又与整个诗坛相得益彰。他的诗歌深受人们的喜爱与推崇，使得他在诗坛上占据了重要的地位，成为一位备受尊敬的大家。

　　杨万里的诗歌被誉为"诚斋体"，其魅力源于他独特的创作理念与风格。他不再满足于仅仅从师法前人和书卷中汲取灵感，而是将目光投向了大自然，从师法自然中找寻创作的源泉。他的诗歌，如同山间清泉，流淌着新颖清新的想象，语言活泼灵动，让人读之如沐春风。他的"诚斋体"风格诙谐幽默，充满了生活的情趣与智慧。他善于以轻松幽默的笔触描绘生活中的点滴细节，使得诗歌既富有哲理，又不失趣味性。这种风格的形成，与他深厚的文化底蕴和敏锐的观察力密不可分。

　　在杨万里的诗歌中，特别强调"兴"的概念。这种"兴"，并非凭空而来，而是源于心与物的交融，神与物的遨游。当他置身于大自然之中，心灵与万物相交，便会产生无尽的灵感与体悟。这种"兴"是自然的、真实的，也是深刻的，它使得杨万里的诗歌充满了生机与活力。

　　杨万里的诗歌创作内容丰富多彩，主要涵盖了两个方面。一方面，他善于描绘自然景物的美丽与灵动，通过细腻的笔触和生动的想象，将自然之美展现得淋漓尽致。例如，在《晓出净慈送林子方》一诗中，他描绘了清晨时分净慈寺的美丽景色，荷花在朝阳的映照下熠熠生辉，给人一种清新脱俗的感觉。而在《小池》中，他则以小池为切入点，通过描绘池水、树荫、小荷等细节，展现了自然的宁静与和谐。

　　另一方面，杨万里的诗歌也表达了他深厚的爱国之情。他身处南宋时期，国家饱受外敌侵扰，民族危机深重。在这样的时代背景下，他的爱国情感愈发强烈，这种情感也深深地烙印在他的诗歌之中。例如，《初入淮河四绝句》便是他最为著名的爱国诗篇之一：

其一

船离洪泽岸头沙，人到淮河意不佳。

何必桑乾方是远，中流以北即天涯。

其二

刘岳张韩宣国威，赵张二相筑皇基。

长淮咫尺分南北，泪湿秋风欲怨谁？

其三

两岸舟船各背驰，波浪交涉亦难为。

只余鸥鹭无拘管，北去南来自在飞。

其四

中原父老莫空谈，逢着王人诉不堪。

却是归鸿不能语，一年一度到江南。

在这组诗中，他以淮河为背景，通过描绘淮河的壮丽景色和历史变迁，表达了对国家命运的深深忧虑和对民族复兴的殷切期望。每一句诗都充满了深沉的情感和强烈的爱国之情，让人读之动容。

第一首诗，描述了杨万里初次踏上淮河之地的复杂心情。他在这首诗的前两句中，轻轻点出了自己出使的行程和内心的感受。"意不佳"三字，如同沉重的铅块，奠定了这一组诗的基调，透露出诗人内心的沉重与不满。昔日，淮河曾是国内的河流，它静静地流淌在祖国的怀抱中，承载着无数的故事与希望。然而，如今，它已经成为国家的边界线，隔开了南北，将原本的一体分割成两个部分。这种转变，对于深爱着这片土地的杨万里来说，无疑是巨大的打击。他站在淮河边，望着那宽阔的河面，心中充满了复杂的情感。眼前的景象，让他无法不想到国家的现状，想到那些被外敌侵占的土地，想到那些生活在水深火热中的人民。他的心中充满了对当前局势的极度不满，对南宋王朝政策上妥协投降的愤怒，对国土沦陷于不顾的悲哀，对人民苦难的无助。杨万里用诗歌作为情感的载体，将自己的愤怒、不满、悲哀和无助都融入诗句之中。他的诗，如同一面镜子，映射出了那个时代的社会风貌和民族精神，也让我们更加深入地理解了他的内心世界。

第二首诗，杨万里巧妙地运用了欲抑先扬的手法，将读者的情感引领至高潮后再进行转折，使得诗歌的张力与深度得以突显。一开始，他提到了南宋初年那些力主抗金、屡建功勋的名将们，如刘锜、岳飞、张浚、韩世忠，以及奠定南宋基业的宰相赵鼎。这些人物，在南宋的历史上留下了浓墨重彩的一笔，他们的英勇与忠诚，赢得了后世的赞誉与敬仰。然而，诗人在第三句中突然笔锋一转，描述了如今"长淮咫尺分南北"的奇耻大辱，这种强烈的对比，使得读者的情感瞬间从敬仰转为愤怒与不满。淮河，这条曾经滋养着中华民族的大河，如今竟然成了南北的分界线，这无疑是国家的耻辱，民族的悲哀。诗人不禁要问，为何会出现这样的结果呢？那些曾经为国家立下赫赫战功的名将们，那些为国家奠定基业的宰相们，他们的努力与付出，难道都白费了吗？为何如今的朝廷，竟然会让国家陷入这样的境地？"欲怨谁"

一语，更是发人深思。诗人没有直接指出责任在谁，但这样的疑问，却使得全诗充满了婉转的讽刺与批评。他希望通过这样的方式，让更多的人意识到问题的严重性，去思考造成这一切的原因，去寻找解决之道。整首诗，虽然语言婉约，但其中蕴含的深意与情感却十分强烈。它曲折地道出了诗人对造成山河破碎的南宋朝廷的不满之情，同时也寄托了诗人对国家的深深忧虑与期望。

第三首诗，杨万里由眼前的景物起兴，巧妙地运用了虚实相生的写法，将自己的情感与眼前的景象紧密地结合在一起，使得诗歌的意境更加深远。前两句中，诗人描绘了淮河两岸舟船背驰而去的情景。这些船只，如同国家的南北两岸，被无情的现实分隔开来，即使波痕相接，也难以做到真正的交融。这种景象，让诗人深感痛苦与无奈，他心中的那份沉重与感慨，凝聚在了"亦难为"这三个字之中。这三个字，不仅是对眼前景象的描述，更是对国家南北分离的深沉感喟。后两句，诗人将视线转向了那些在水面翱翔的鸥鹭。这些自由的生灵，没有国家的界限，没有南北的隔阂，它们可以在天空中自由飞翔，享受生命的美好。诗人通过对鸥鹭的描绘，表达了自己对国家统一、人民自由往来的期望。他希望有一天，国家能够重新统一，人民能够自由地往来于南北之间，就像那些鸥鹭一样，无拘无束，自由自在。整首诗，虚实相生，情景交融，既描绘了眼前的景象，又表达了诗人的深沉情感。它不仅仅是对淮河两岸景象的描绘，更是对国家命运、人民生活的深沉思考。通过这首诗，我们可以感受到杨万里对国家统一的渴望，对人民幸福的期盼。

第四首诗，杨万里以其深沉的笔触，刻画了中原父老对南宋朝廷的深深向往和对金朝统治的深切痛恨。前两句中，诗人巧妙地用一个"莫"字，排除了所有泛泛的应酬客套话，直接切入主题。他描绘了原父老们见到南宋的帝王使者时那种备感亲切的情感。他们纷纷围上前来，诉说着自己不堪忍受金朝压迫之苦，那声音充满了无尽的痛苦与无奈。他们的眼神中，流露出对南宋朝廷的深深向往，仿佛看到了希望的曙光。在三四两句中，诗人笔锋一转，写到了南飞的鸿雁。这些鸿雁，每年一度南归，但它们却不解人意，无法代替那些遗民们传达对故国的思念之情。这里的鸿雁，既是自然界中的一个意象，也象征着那些无法传达人们心声的事物。诗人借此表达了中原父老们内心的痛苦与无奈，他们渴望向南宋朝廷传达自己的心声，但却无能为力。

二、陆游的诗歌创作

陆游，生于1125年，逝于1210年。他字务观，号放翁，祖籍越州山阴，即今日的浙江省绍兴市。他的一生，历经坎坷，但始终怀揣着对国家的深情厚谊，用诗歌抒发着内心的感慨与热血。在陆游的幼年时期，由于时局的动荡，他经历了颠沛流离的生活。这样的经历，不仅给他的身体带来了疲惫，更在他的心灵深处留下了深重的创伤。然而，正是这样的经历，塑造了他坚韧不拔的性格，也激发了他对国家和民族的深沉情感。在宋高宗时期，陆游曾参加礼部考试，期望能够为国家效力。然而，由于秦桧的排斥，他的仕途并不顺畅。尽管如此，他并未放弃对国家的热爱与追求。孝宗初年，他终于获得了进士的身份，这本应是他实现抱负的起点，然而，由于他坚持抗金的立场，却遭到了投降派的排斥，多次被贬黜。在这样的困境中，陆游的爱国之情、报国之情只能通过诗歌表达出来。他的诗歌，充满了对国家的忧虑与期盼，对民族的自豪与呼唤。每一句诗，都是他心中热血的流淌，都是他对国家的深情告白。66岁之后，陆游基本上都赋闲在家，过着清苦平静的田园生活。然而，他的爱国热情并未因此而减退。在悠长的闲居岁月中，他依然关心时局，与抗战派人士多有来往，用诗歌记录着国家的兴衰，抒发着对国家的深情。宁宗嘉定二年（1209年），陆游抱着"死前恨不见中原"的遗恨，与世长辞。

陆游一生笔耕不辍，创作了大量的诗歌。他的诗歌内容极为丰富，几乎囊括了当时社会生活的方方面面，然而其中最为人称道的，便是他那深沉而炽热的爱国诗篇。

南宋王朝时期，爱国与卖国、抗战与投降的斗争始终如影随形，规模之大、斗争之激烈，在历史上都堪称罕见。在这样的背景下，陆游的爱国诗显得尤为珍贵。他的诗歌中，充满了对投降派的强烈谴责，对沦丧区人民的深切同情和关心，以及对收复失地的坚定信念。《关山月》一诗，便是陆游爱国诗中的代表作之一：

> 和戎诏下十五年，将军不战空临边。
>
> 朱门沉沉按歌舞，厩马肥死弓断弦。
>
> 戍楼刁斗催落月，三十从军今白发。
>
> 笛里谁知壮士心，沙头空照征人骨。
>
> 中原干戈古亦闻，岂有逆胡传子孙。
>
> 遗民忍死望恢复，几度今宵垂泪痕。

全诗十二句，四句一韵，层次分明，情感丰富。诗中，陆游以细腻的笔触，描绘了后方、前线、沦陷区不同人物的不同生活画面，展现了一个时代的风云变幻和人民的悲欢离合。在诗中，陆游借一位老战士之口，对统治者以一纸和议抛弃半壁江山、苟且偷生的无耻行径进行了痛斥。他倾诉了爱国将士和沦陷区人民的满腔悲愤，表达了对国家命运的深深忧虑。同时，他也对广大渴望恢复家园的下层士兵和人民给予了热情的赞扬，展现了他深厚的人民情怀。诗中，权贵的耽于享乐与"壮士"的内心悲愤、"遗民"的失望泪眼同时出现，构成了强烈的对比。这种对比，不仅增强了诗歌的批判效果，也使得诗歌的情感更加深沉、更加动人。

此外，陆游在诗歌中还深深地流露出以身许国的坚定决心。这份决心，如同磐石般坚定不移，无论他遭遇多少排挤与打压，或是年老体衰、疾病缠身，都未能动摇他为国家献身的信念。这种决心，在他的诗作《示儿》中得到了淋漓尽致的体现：

> 死去元知万事空，但悲不见九州同。
>
> 王师北定中原日，家祭无忘告乃翁。

《示儿》这首诗，是陆游临终前写给儿子的遗嘱，诗中却并未涉及家事及父子间的私情。他深知生命即将走到尽头，然而心中的那份爱国之情却愈发浓烈。在这首诗中，他嘱托儿子："王师北定中原日，家祭无忘告乃翁。"这简短而深沉的诗句，凝聚了他一生的期盼与遗愿。他期望有朝一日，国家的军队能够北上收复失地，完成国家的统一大业。而到那时，他希望儿子在家祭之时，能够告诉他这个好消息。这样的嘱托，不仅表达了他对国家的深情厚谊，更展现了他以身许国的决心与信念。

总的来说，陆游的古典诗歌创作正如《唐宋诗醇》卷四二所赞誉的那样，他将满腔的感激与悲愤、忠诚与爱国情怀，都倾注于诗歌之中。每当他饮酒至酣畅之时，情感便如瀑布般跌宕起伏，流淌出淋漓的诗意。而无论是渔舟穿梭的江面，还是樵夫行走的小径，无论是茶香袅袅的碗盏，还是炉烟缭绕的静室，无论是雨天的朦胧，还是晴日的明媚，甚至是一草一木，都能引发他的无限情思，化作诗篇，寄托他的深意。陆游的诗歌创作，无疑是这一时期诗坛上的一座巍峨丰碑，矗立不倒，熠熠生辉。

三、赵师秀的诗歌创作

赵师秀，生于1170年，逝于1219年，字紫芝，号灵秀，乃宋朝宗室之后。他原本是汴京人士，然而随着历史的变迁，南渡之后，他便徙居至永嘉。在光宗绍熙元年，即1190年，赵师秀凭借自己的才华与努力，成功考取了进士，从而踏入了仕途。然而，他的宦迹却并不显著，最终只官至高安推官。尽管他的官职并不显赫，但他在文学上的造诣却是不容忽视的。赵师秀的诗作被集结成《清苑斋集》一卷，这是他留给后人的宝贵遗产。

值得一提的是，赵师秀特别推崇晚唐诗人贾岛与姚合，这两位诗人的诗作风格独特，深受赵师秀的喜爱。他还曾编有《二妙集》，将贾岛与姚合的诗作集结在一起，并视他们为诗中的"二妙"，足见他对这两位诗人的推崇之情。

此外，赵师秀还非常注重五律这一诗歌体裁。他编有《众妙集》，其中收录了许多优秀的五律作品，展示了他对这一体裁的热爱与关注。

赵师秀作诗时，深受贾岛、姚合两位诗人的影响，将他们视为自己的诗歌创作之宗。他不仅在诗作中汲取了贾岛、姚合的精髓，更在诗歌理念上与他们保持了高度的一致。在评价徐照的诗作时，赵师秀曾这样称赞道："君诗如贾岛，劲笔斡天巧。"（《哀山民》，《永嘉四灵诗集·清苑斋诗集》）这句话既表达了他对徐照诗歌风格的认可，也揭示了他自己作诗时所追求的境界。

与贾岛、姚合一样，赵师秀的作品中，五律占据了重要的地位。他的五律诗作如《龟峰寺》便是一个很好的例证：

> 石路入青莲，来游出偶然。
>
> 峰高秋月射，岩裂野烟穿。
>
> 萤冷粘棕上，僧闲坐井边。
>
> 虚堂留一宿，宛似雁山眠。

在这首诗中，赵师秀通过细腻的笔触，描绘了龟峰寺清幽的景色，将读者带入了一个充满禅意与静谧的世界。他笔下的景物仿佛都拥有了生命，静静地诉说着隐逸生活的枯寂与淡泊。

在艺术表现上，赵师秀非常注重精雕细琢，力求每一个字、每一个句都能达到完美的境地。这种对字句的锤炼，使得他的诗歌在表达上更加精准、生动，与贾岛、姚合的诗风有着异曲同工之妙。然而，过分注重炼字琢句也使得赵师秀的诗篇在整体意境上略显破碎，不够完整。尽管如此，这并不影响他在诗歌创作上的成就与地位，他的诗作依然以其独特的风格和韵味，赢得了后人的赞誉与传颂。

写隐逸生活的《约客》也是一篇不可多得的佳作：

> 黄梅时节家家雨，青草池塘处处蛙。
>
> 有约不来过夜半，闲敲棋子落灯花。

这首诗以其细腻的笔触和深邃的意境，描绘了一幅隐逸生活的生动画面，堪称佳作。诗中所展现的生活气息浓郁，仿佛让人置身于那个特定的环境和时令之中。诗的前两句，诗人巧妙地点明了环境和时令，将读者带入了江南梅雨季节的夏夜之景。黄梅熟透，雨水淅沥，池塘水满，蛙声阵阵。这些生动的细节，不仅勾勒出一幅清晰的画面，更给读者带来一种身临其境之感，仿佛能够闻到梅雨的清香，听到蛙声的喧嚣。然而，诗人并未止步于此。他通过热闹的环境反衬出夜的"寂静"。这种寂静并非死寂无声，而是在蛙声、雨声中显得更加深沉、悠远。这种反衬的手法，使得诗歌的意境更加深远，也更能凸显出诗人内心的情感。诗的后两句，诗人点出了人物和事由。他曾在某个时刻"约客"来访，然而客人却迟迟未到。诗人耐心地等待着，但随着时间的推移，他的内心也逐渐变得焦急起来。这种焦急并非强烈的情感爆发，而是通过"闲敲"棋子这一细节得以体现。笃笃的敲棋声在寂静的夜晚中回荡，仿佛能够听到诗人的心跳声。而长长的灯花被震落，更是反映出诗人内心的焦躁与不安。

整首诗以隐逸生活为背景，通过细腻的描绘和深入的情感表达，展现出了诗人内心的世界。它不仅是一首描绘自然景色的佳作，更是一首抒发情感、表达人性的诗篇。

在长达几十年的宋金对峙期间，两国之间维持着一种相安无事的表面和平。这种和平的背后，却是朝廷偏安一隅，满足于眼前的苟安，失去了昔日奋发图强的精神。同时，统治阶级对于主战派的压制也愈发严厉，使得那些怀有壮志的士人感到无处施展才华。

在这样的背景下，有才华横溢的诗人也逐渐对世事心灰意冷。他们原本怀揣着满腔热血，希望能为国家、为民族尽一份力，但现实的种种无奈却让他们倍感失望。于是，他们转而走向田园，寄情于山水之间，寻求心灵的慰藉。赵师秀便是其中之一，他的《秋日偶书》便是这一时期心境的典型代表：

> 官事何曾晓，闲名苦要签。
> 大书公吏恐，直语众人嫌。
> 俸少贫如故，医慵病却添。
> 秋风墙下菊，相对忆陶潜。

在这首诗中，他描绘了秋日田园的宁静与美好，借景抒情，表达了自己对世俗纷扰的厌倦和对田园生活的向往。诗中的每一个字、每一句都充满了诗人对自然的热爱和对生活的独特感悟。

通过这首诗，可以看到赵师秀在困境中所选择的生活方式。他虽然无法改变整个社会的现状，但却可以通过自己的诗歌创作，表达对美好生活的追求和对自由精神的向往。

四、文天祥的诗歌创作

文天祥，生于1236年，逝于1283年，字履善，又字宋瑞，号文山，籍贯江西吉安。他的一生波澜壮阔，充满了英勇与坚韧，是中国历史上一位杰出的民族英雄和爱国诗人。在理宗宝祐四年，即1256年，文天祥以卓越的才华和深厚的学识，成功考取了进士，这标志着他正式步入仕途。他历任刑部郎官、知瑞州、赣州等职务，以其公正无私、勤政为民的作风，赢得了百姓的尊敬和爱戴。然而，文天祥所处的时代并不太平。元军渡江，侵略中原，国家危在旦夕。面对外敌的入侵，文天祥毅然决然地起兵抵抗，他率领军队奋勇杀敌，誓死保卫家园。由于他的杰出表现，后来他被任命为右丞相，成为国家的重要领导人。即使身居高位，文天祥也并未忘记自己的初心和使命。他出使元营，希望能通过和平的方式解决争端，却被元军扣留。尽管身处险境，他却并未屈服，而是寻找机会镇江脱险。脱险后，他在温州拥立端宗，继续转战东南，为国家的复兴而努力奋斗。不幸的是，在广东海丰五坡岭，文天祥被元军俘虏。他被囚于大都近四年，期间遭受了无数的折磨和羞辱。然而，他始终坚守自己的信仰和原则，宁死不屈。最后，他慷慨就义，用自己的生命诠释了什么是真正的忠诚和勇敢。

文天祥的诗歌创作与其波澜壮阔的人生经历紧密相连，正是那些跌宕起伏的经历，促使他的诗歌创作达到了巅峰。他的创作生涯以元人攻陷临安为分界线，明显分为前后两个阶段。在前期，文天祥的诗歌多为应酬之作和题咏之作，这些诗作虽然也展现出他的才华和学识，但相对而言，还没有形成他独特的风格和主题。然而，随着元军的入侵和国家的危亡，文天祥的诗歌主题和风格发生了明显的转变。他的诗歌开始主要表达强烈的爱国精神和坚贞不屈的民族气节。这些诗作充满了对国家的深深眷恋和对人民的深厚情感，展现了文天祥作为一位民族英雄的崇高形象。其中，最为著名的就是传诵千古的《过零丁洋》：

> 辛苦遭逢起一经，干戈寥落四周星。
>
> 山河破碎风飘絮，身世浮沉雨打萍。
>
> 惶恐滩头说惶恐，零丁洋里叹零丁。
>
> 人生自古谁无死？留取丹心照汗青！

这首诗写于文天祥被俘的第二年，当时汉奸张弘范强迫他招降抵抗将领张世杰。面对这种胁迫，文天祥毅然写下了这首《过零丁洋》。诗中的"人生自古谁无死，留取丹心照汗青"等铮铮铁语，体现了诗人坚贞不屈、视死如归的崇高气节。这首诗不仅成为文天祥的代表作，更成为后代爱国志士为国捐躯、英勇献身的钢铁誓言和座右铭。

在被押解北上燕京的漫长旅途中，文天祥身处困境，但心中的信念与豪情却从未减退。他深知自己身陷囹圄，但仍以笔为剑，以诗为盾，继续抒发自己的爱国情怀。在这段艰难的岁月里，文天祥写下了《怀孔明》和《刘琨》等诗篇。他深情地歌颂了这些历史上忠肝义胆的英雄人物，他们的忠诚与坚毅，成为文天祥心中的楷模和支柱。他通过这些诗篇，表达了自己坚定的爱国志节，即使身处逆境，也绝不屈服。这些诗篇不仅仅是文天祥个人情感的宣泄，更是他生命历程的见证。每一句诗都蕴含着深深的民族情感，每一滴墨都饱含着中华民族的血和泪。这些诗篇以其磅礴的气势和深沉的情感，成为中华民族精神的重要载体。

第三节 元代古典诗歌的创作

元代的诗歌创作在中国的诗歌历史上占据了一个不可忽视的地位。尽管具体的诗歌数量难以精确计算，但可以肯定的是，其创作的作品多达数万首。元代的诗歌虽然未能如唐宋那般在成就和风格上大放异彩，仍旧诞生了众多值得赞誉的诗人，其诗歌作品内涵丰富，思想深邃。元代诗人普遍提倡"宗唐"，即仿效唐代的诗风，倾向于崇尚唐而轻视宋的诗歌创作风格，以流畅奇特为创作追求。观察元代诗歌的发展脉络，大体上可将其分为初、中、晚三个时期，每个时期的诗人无论在风格还是思想倾向上都有明显差异，这些差异共同丰富了元代的诗歌创作。在元代初期，突出的诗人包括耶律楚材、刘因、赵孟頫等；中期则以虞集、杨载、范梈、揭傒斯等"四大家"为代表；而到了晚期，杨维桢、萨都剌等人的作品代表了那一时期的诗歌风貌。限于篇幅，本节主要对刘因、虞集、杨维桢的诗歌创作进行研究。

一、刘因的诗歌创作

刘因，生于1249年，逝于1293年，字梦吉，号静修，河北容城人士。他的一生，既平凡又非凡，既充满了学术的追求，又充满了对自由生活的向往。三十四岁那年，他因才华出众，被朝廷征召入朝，担任赞善大夫一职。然而，不久之后，他便辞去了官职，选择回归田园，过起了淡泊名利的生活。后来，朝廷再次征召他担任集贤学士，但他依然选择了拒绝。这种不慕名利的态度，赢得了元世祖的极高赞誉，他称刘因为"不召之臣"，这是对刘因人格魅力的极高肯定。

刘因不仅是元代的一位杰出理学家，更是一位具有代表性的诗人。他的诗歌，既有深厚的理学底蕴，又充满了对生活的热爱和对自然的赞美。他的诗作，语言简练，意境深远，表达了他对人生、对社会的独特见解。

刘因虽然一度在元朝出仕，但在他的内心深处，南宋始终是他的故国。这种复杂的情感，使他在诗歌中常常婉转地表达出家国之思，抒发对故国的思念与哀愁。当元师伐宋时，刘因深感忧虑，他写下了《渡江赋》，哀叹宋王朝的命运多舛，力陈宋不可伐的立场。他的文字中充满了对故国的深情厚谊，对历史的沉痛反思。而在他的许多诗中，更是借景抒情，托物寓意，表达对宋王朝的深深怀念。其中，《观梅有感》便是他的一首代表作：

> 东风吹落战尘沙，梦想西湖处士家。
>
> 只恐江南春意减，此心元不为梅花。

这首诗写于元师灭宋、攻占杭州之后，刘因站在梅花前，目睹着故国的沦丧，心中涌起无尽的感慨。他担心汉族的文化传统、文物制度在这场战火中遭到毁灭，这种担忧与焦虑在他的诗中得到了深刻的体现。他的文字中流露出深厚真挚的民族感情，寓意深长，含蓄浑成，读来令人动容。

刘因在咏史诗的创作上展现出了卓越的才华。他的咏史诗多以议论为主，受到了苏轼、元好问等前辈诗人的深刻影响，然而，在继承传统的同时，刘因的咏史诗又颇具新意，展现出了他独特的思考与见解。《白沟》便是他咏史诗中的一篇佳作，以下为节选诗句：

> 宝符藏山自可攻，儿孙谁是出群雄？
>
> 幽燕不照中天月，丰沛空歌海内风。

> 赵普元无四方志，澶渊堪笑百年功。
>
> 白沟移向江淮去，止罪宣和恐未公。

这首诗通过对历史的深入回顾，深刻地揭示了北宋王朝对外一贯妥协苟安，最终丧失中原的沉痛教训。刘因在诗中不仅仅停留在对历史事件的叙述上，更是通过对历史事件的分析与议论，发前人之所未发，提出了自己对历史进程的独特看法。

在这首诗中，刘因运用生动的笔触，将历史的画面呈现在读者面前。他通过对历史人物的描绘及对历史事件的叙述，使读者能够身临其境地感受到那个时代的风云变幻。同时，他又通过深入的议论，引导读者去思考历史背后的深层次原因，从而更加深刻地理解历史的进程与意义。

有时，刘因的情绪会变得深沉而复杂，仿佛是一种难以言表的情感在内心翻涌。这种情感，既像是对于时光流转的感慨，又像是对于历史沧桑的怀思，它难以用言语来精确描述，却能在他的诗篇中得以体现。这些诗篇，如同一种情感的磁场，能够深深感染到读者，让读者在阅读时也不禁陷入一种莫名的惆怅之中。以《易台》一诗为例：

> 望中孤鸟入消沉，云带离愁结暮阴。
>
> 万国山河有赵燕，百年风气尚辽金。
>
> 物华暗与秋容老，杯酒不随人意深。
>
> 无限霜松动岩壑，天教摇落助清吟。

刘因在这首诗中展现出了他深沉而复杂的情感世界。诗中的每一个字、每一句，都仿佛是他内心深处的呐喊与倾诉。仔细阅读这首诗，却难以确定他到底是在感时还是在怀古。他眼前的山河，那巍峨的山峦、那浩渺的江河，以及这山河所经历的历史沧桑，都在某一时刻，一齐涌上心头，使他产生了无以名状的愁绪与失落。这种情感，既是对于时光流逝的无奈与惋惜，又是对于历史变迁的感慨与怀念。它不仅仅是一种个人的情感表达，更是一种对于人类命运与历史的深刻思考。刘因通过这些诗篇，让我们看到了他内心世界的广阔与深邃，也让我们感受到了他对于生命与历史的敬畏与感慨。

二、虞集的诗歌创作

虞集，生于1272年，逝世于1348年。他字伯生，号道园，祖籍仁寿。在文人的圈子里，他素有"邵庵先生"的美称，这一称号不仅彰显了他的学识渊博，更体现了他在文坛上的卓越地位。虞集出身名门望族，是南宋丞相虞允文的五世孙。然而，历史的风云变幻，宋朝的覆灭使得他的家族也历经了迁徙的艰辛。最终，他们定居在了临川崇仁，如今位于江西省境内。虞集从小就展现出了非凡的聪明才智。据传，他在三岁时便能识字看书，对于文字有着天生的敏感和好奇。到了四岁时，他更是展现出了惊人的记忆力与领悟力。每当母亲为他讲授《论语》《孟子》《左传》等经典之作，以及欧阳修、苏轼等名家的文章时，他总能聚精会神地聆听。更令人惊讶的是，他听完之后便能流畅地背诵下来，这足以证明他对于学问的热爱与天赋。进入元朝以后，虞集的才华得到了更广泛的认可。他先后担任了大都路儒学教授、国子助教、太常博士、集贤院修撰等职务。在这些职位上，他不仅充分发挥了自己的学识与才能，更为元朝的文化繁荣做出重要贡献。他致力于推广儒学教育，培养了一批又一批的优秀人才；他积极参与朝廷的文化活动，为元朝的文化建设出谋划策。

虞集的诗歌，宛如一幅幅细腻入微的画卷，大都呈现出一种承平祥和的气象。他的诗风典雅而精切，每一字每一句都经过深思熟虑，格律圆熟而严谨，尽显其深厚的文学功底。以《送袁伯长扈从上京》这首诗为例：

> 日色苍凉映赭袍，时巡毋乃圣躬劳。
>
> 天连阁道晨留辇，星散周庐夜属橐。
>
> 白马锦鞯来窈窕，紫驼银瓮出蒲萄。
>
> 从官车骑多如雨，只有扬雄赋最高。

在这首诗中，诗人巧妙地运用了许多生动的意象和修辞手法，将情感与景物融为一体，使得整首诗既具有画面感，又饱含深情。诗中，"天连"一词被用来形容阁道，不仅凸显了阁道的高耸入云和险峻陡峭，更给人一种与天相接的壮阔感。而"星散"一词则用来比喻周庐，生动形象地描绘了周庐的分布之广，如同星星点点散布在夜空之中。

值得一提的是，诗中的"天"和"星"还巧妙地运用了双关的修辞手法。一方面，它们指的是实际的景物，即天空和星星；另一方面，它们又分别暗指皇帝和臣子。这种双关的运用，不仅使得诗歌的意境更加深远，也增加了诗歌的含蓄性和韵味。整首诗情感真挚，意境深远，充分展现了虞集诗歌的典雅精切和圆熟严谨的特点。

虞集在律诗创作方面的成就较高，他无论是在五言律诗还是七言律诗的创作上，都展现出了极高的造诣。他的律诗格律严谨，每一句都符合韵律的规范，给人以和谐之美；同时，他的诗歌意境浑融，情感深沉，让人读后仿佛置身于一个广阔而深邃的世界之中。在虞集的律诗中，典故的运用也十分精准。他能够恰到好处地引用历史典故，使得诗歌的内涵更加丰富，意境更加深远。这种精准的运用不仅展现了他的博学多才，也体现了他对历史的深刻理解和感悟。例如，《挽文山丞相》：

> 徒把金戈挽落晖，南冠无奈北风吹。
>
> 子房本为韩仇出，诸葛安知汉祚移。
>
> 云暗鼎湖龙去远，月明华表鹤归迟。
>
> 何须更上新亭望，大不如前洒泪时。

在这首诗中，虞集深情地歌颂了英雄人物以身殉国的壮举，同时也表达了他对故国丧失的深深惋惜。他的笔触沉郁而苍劲，字里行间都充满了对历史的感慨和对英雄的敬仰。

虞集在严整的艺术形式中巧妙地融入自己深沉的历史感慨，使得整首诗既具有形式上的美感，又饱含情感上的震撼。读来令人心潮澎湃，深感诗人对历史变迁的敏锐洞察和对英雄人物的崇高敬意。

三、杨维桢的诗歌创作

杨维桢，生于1296年，逝于1370年。他字廉夫，号铁崖，原籍会稽，即今日的浙江绍兴。在泰定四年，即1327年，他成功考取了进士，从此步入了仕途，官至江西儒学提举。为官期间，杨维桢展现出了他关心人民疾苦的一面。他深知百姓的苦难，因此努力治理地方，为人民谋福利。他的政绩卓著，深受百姓的爱戴。然而，元朝的灭亡给杨维桢的人生带来了转折。明太祖朱元璋曾召他编修礼、乐、书志，这是对他才华的极高认可。然而，杨维桢却不愿出仕新朝，他辞归故里，选择了隐逸的生活。在文学上，杨维桢有着卓越的成就。他擅长乐府诗的创作，受唐代诗人李贺的影响较深，他的作品充满了奇特的想象力和瑰丽的意象，被誉为"铁崖体"。除了乐府诗，杨维桢在其他文学领域也有着不俗的表现。他的作品集《铁崖古乐府》和《东维子集》流传至今。

杨维桢的古乐府诗追求构思之奇特，造句之突兀，展现出其非凡的想象力和独特的艺术风格。他的思维跳跃性极大，使得诗歌内容充满了瑰奇情怀的感受，令人读后回味无穷。在杨维桢的词类诗中，最能代表其特点的莫过于《鸿门会》一诗：

> 天迷关，地迷户，东龙白日西龙雨。
> 撞钟饮酒愁海翻，碧火吹巢双猰貐。
> 照天万古无二乌，残星破月开天余。
> 座中有客天子气，左股七十二子连明珠。
> 军声十万振屋瓦，拔剑当人面如赭。
> 将军下马力排山，气卷黄河酒中泻。
> 剑光上天寒彗残，明朝画地分河山。
> 将军呼龙将客走，石破青天撞玉斗。

这首诗取材于历史上著名的刘项鸿门宴，但杨维桢并未拘泥于具体情节的叙述，而是通过描绘气氛声势来把握这一双雄聚会的精髓。他运用夸张的手法，将场景描绘得光怪陆离、雄奇飞动，给人一种标新立异、夸饰怪诞之感。

《鸿门会》一诗不仅是杨维桢的得意之作，更是他文学才华的集中体现。他的学生吴复曾赞叹道："酒酣时常自歌是诗。"可见这首诗在当时的影响力之大，也足以证明杨维桢在诗歌创作上的卓越成就。

相较于杨维桢的古乐府诗，他的竹枝词在民众中享有更广泛的喜爱，历来也获得了较高的评价。这些竹枝词作品，如《西湖竹枝词》和《海乡竹枝词》，以其清新明爽的风格和通俗活泼的语言，展现了浓厚的民歌风味，深受人们的喜爱。

在《西湖竹枝词》中，杨维桢巧妙地运用了竹枝词的形式，将西湖的美景与人文风情描绘得栩栩如生。他以简洁明快的笔触，勾勒出了西湖的湖光山色，以及湖畔人们的生活场景，使得读者仿佛置身于那美丽的西湖之畔，感受到了那份宁静与美好。

而《海乡竹枝词》则展现了杨维桢对海乡生活的深入观察和细腻描绘。他通过竹枝词这一形式，将海乡的渔家风情，海洋的浩渺，以及渔民们的辛勤劳作展现得淋漓尽致。这些作品不仅富有生活气息，更透露出杨维桢对海乡人民的深厚情感。

胡应麟在《诗薮》外篇卷六中对杨维桢的竹枝词给予了高度评价，称之"俊逸浓爽，如有神助"。这一评价准确地概括了杨维桢竹枝词的艺术特色，也凸显了他在文学创作上的卓越才华。

第五章

重呈昔日风
明代古典诗歌的创作探究

明代，作为中国历史上的一个重要时期，其政治、经济、文化等方面都发生了深刻的变革。这一时期的诗歌创作，也在继承前人优良传统的基础上，展现出了新的风貌和特点。明代的诗人们，在继承唐宋诗歌的精髓的同时，又融入了明代特有的社会风貌和时代精神，创作出了一批批具有鲜明时代特色的古典诗歌作品。

第一节　不拘一格的"吴中四杰"

　　明初时期，吴地文化极度繁荣，孕育出了众多知名诗人。这批诗人齐聚一堂，形成了著名的吴中诗派，其中尤以"吴中四杰"为其代表人物。这"四杰"由高启、杨基、张羽、徐贲组成，他们的生活多放荡自由，行为不拘一格，不愿追随传统的官场生涯，而是倾向于尽情享乐，追求生活的现实价值。

　　在诗歌创作上，吴中四杰并不模仿先代风格，也不受传统形式的限制，他们的取材广泛，风格多变，诗中不乏浓烈的浪漫主义色彩。他们在诗作中善于运用绚丽多彩的辞藻，而且擅长多种诗体，包括七言歌行、五言古体、七言古体、五言近体及七言近体等，展现了诗歌创作的多样性。

一、高启的诗歌创作

　　高启，出生于1336年，离世于1374年。他字季迪，号槎轩，又自号青丘子，故乡长洲，即今日的江苏省苏州市。高启自幼便展现出非凡的才华，他警敏聪慧，博学多才，尤其在诗歌创作上展现出了惊人的天赋和深厚的造诣。在元代末年，社会动荡不安，张士诚占据吴地，高启也不幸被迫在其部下饶介的幕府中担任幕僚。然而，他并未因此放弃对诗歌的热爱与追求，反而在逆境中更加坚定了自己的文学信念。明代建立后，高启的才华得到了更广泛的认可。洪武二年（1369年），他被朱元璋召去参与《元史》的编修工作，并受任为翰林院国史编修官，后更被提拔为户部右侍郎。这是高启政治生涯的巅峰，也是他文学才华得到充分发挥的时期。然而，高启的仕途并未一帆风顺。他以"逾冒进用""年少未谙理财之任"为由辞官，这一决定引起了朱元璋的不满和记恨。洪武七年（1374年），高启不幸被朱元璋借故腰斩于南京，这一悲剧性的结局令人扼腕叹息。

　　高启一生都倾注于诗歌的研习与创作之中，他的才华与努力凝结成了多部珍贵的诗集，如《吹台集》《江馆集》《凤台集》《姑苏杂咏》和《娄江吟稿》等，共计诗作两千余首。这些诗集不仅展现了他深厚的文学功底，更见证了他对诗歌艺术的执着追求和无私奉献。

高启在诸体诗的创作上均有着深厚的造诣，其中乐府诗、歌行、五古和律诗尤为出色。他的乐府诗，不仅继承了现实主义的优良传统，更以其真挚的感情和质朴的语言，生动形象地反映了当时农村的生活情趣、生产风俗及农民所遭受的压迫和剥削。如《养蚕词》：

> 东家西家罢来往，晴日深窗风雨响。
>
> 三眠蚕起食叶多，陌头桑树空枝柯。
>
> 新妇守箔女执筐，头发不梳一月忙。
>
> 三姑祭后今年好，满簇如云茧成早。
>
> 檐前蝶车急作丝，又是夏税相催时。

这首诗以细腻的笔触，描绘了农村蚕忙季节妇女们辛勤劳动的情景。诗中，妇女们起早贪黑，不辞辛劳地照料着蚕宝宝，她们的双手因长时间劳作而变得粗糙，但她们的眼中却充满了对丰收的期待。诗人通过对这一场景的描绘，展现了一幅充满浓郁地方色彩的风俗和劳动生活的画面。然而，诗中的最后一句却揭示了一个残酷的现实。妇女们辛勤劳作的成果，最终会被统治者以赋税的形式无情地掠夺走。这不仅让农民们感到痛心疾首，更引发了他们对统治者的强烈不满。高启通过这首诗，深刻揭示了当时社会的阶级矛盾和农民所遭受的苦难，表达了他对农民命运的深切同情。

高启的歌行情感奔放豪宕，语言凌厉多姿，颇得李白歌行的神韵。例如《登金陵雨花台望大江》：

> 大江来从万山中，山势尽与江流东。
>
> 钟山如龙独西上，欲破巨浪乘长风。
>
> 江山相雄不相让，形胜争夸天下壮。
>
> 秦皇空此瘗黄金，佳气葱葱至今王。
>
> 我怀郁塞何由开，酒醉走上城南台；
>
> 坐觉苍茫万古意，远自荒烟落日之中来。
>
> 石头城下涛声怒，武骑千群谁敢渡？
>
> 黄旗入洛竟何祥，铁锁横江未为固。
>
> 前三国，后六朝，草生宫阙何萧萧。

英雄乘时务割据，几度战血流寒潮。

我今幸逢圣人起南国，祸乱初平事休息。

从今四海永为家，不用长江限南北。

在这首诗中，高启以金陵雨花台为视角，俯瞰长江的壮丽景色。他登高远眺，金陵的全景尽收眼底，历史与现实的交织在眼前展开。他联想起金陵的辉煌历史，感叹着时事的变迁，通过今昔对比，歌颂了朱元璋统一中国的伟大功绩。高启在诗中不仅表达了对朱元璋的赞美，更暗示了他对明代统治者的期望。他希望统治者能够吸取历史的教训，励精图治，使国家繁荣昌盛，不再发生战争。这种深沉的历史感和强烈的家国情怀，使得这首诗充满了苍凉沉郁的气息。然而，高启并没有让这种苍凉沉郁的情绪笼罩全诗。相反，他在诗中融入了豪迈之气，使得全诗在表达深沉情感的同时，又不失奔放豪宕的风采。全诗一气呵成，语言优美，情感丰富。它不仅展现了高启歌行的独特魅力，更体现了他作为一位杰出诗人的深厚文学功底和敏锐的历史洞察力。

高启的五古，无疑是他诗歌创作中的一颗璀璨明珠，这些诗作大多倾诉了人生的怅惘与忧伤，展现出一种真实而质朴的情感特色。在他的笔下，五古不再是单调乏味的文体，而是充满了生活的色彩和人性的温度。例如，在《闻钟》一诗中，高启写道："惆怅未眠人，空斋几回听。"短短两句，便勾勒出一位深夜未眠、心中充满惆怅的诗人形象。空荡的斋室，回荡着钟声，诗人独自聆听，心中的忧伤与寂寞如同这钟声一般，久久不散。又如《春日言怀》中的"人事诚多乖，忧来卧闲房"，高启以简洁的笔触描绘了人生的多变与无常，以及由此带来的忧伤情绪。当忧愁袭来时，诗人选择躺在安静的房间里，独自面对内心的波澜。这种真实的情感表达，让人深感高启对生活的深刻洞察和对人性的细腻刻画。此外，高启的五古中还经常出现对人生苦短的感叹。如"两事不可齐，人生苦难足"，他直言人生的种种不如意，表现出对人生无常的无奈与感慨。而"不向此乡居，飘零复何处"则更是道出了诗人漂泊无依的处境和内心的迷茫与无助。

高启的律诗可以用"清华朗润"来贴切地概括。他的律诗，不仅辞采清丽，如春风拂面，更有着清脆的音节，读起来如同珠落玉盘，声声入耳。而在高启的律诗中，尤以七律最为出色。其中，《送何明府之秦邮》一诗，便是他七律中的代表作：

> 马前风叶助离声，楚驿都荒不计程。
>
> 一令尚淹三县事，几家曾见十年兵。
>
> 夕阳远树烟生戍，秋雨残荷水绕城。
>
> 父老不须重叹息，君来应有故乡情。

这首诗中，高启不仅展现了深厚的文学功底，更体现了他对诗歌艺术的独特理解。他巧妙地运用典故，使得诗句既典雅又贴切；同时，他又善于琢句，使得整首诗浑然天成，无斧凿之痕。更难能可贵的是，高启在诗中融入了高朗的神韵，使得整首诗既平易近人，又充满了深厚的艺术内涵。

高启的诗歌在艺术手法上独具匠心，尤其善于运用典故来丰富诗歌的内涵和深度。他的《阖闾墓》一诗便是对这一特点的生动体现：

> 水银为海接黄泉，一穴曾劳万卒穿。
>
> 谩说深机防盗贼，难令朽骨化神仙。
>
> 空山虎去秋风后，废榭乌啼夜月边。
>
> 地下应知无敌国，何须深葬剑三千。

在这首诗中，高启巧妙地浓缩了阖闾墓的建造过程，以及与之相关的"虎丘剑池"传说，使得诗歌的容量得以极大扩展，同时更加鲜明地传达出诗人的感情。

高启运用典故的手法极为自然流畅，没有丝毫突兀之感。他巧妙地将典故融入诗歌的叙述之中，使得诗歌既有历史的厚重感，又不失文学的艺术性。

二、杨基的诗歌创作

杨基，生于1326年，逝于1378年，字孟载，号眉庵，他的祖籍是世嘉嘉州，也就是现在的四川乐山。然而，他一生大部分时光都在吴中度过，那里成为他文化熏陶与诗歌创作的摇篮。元代末年，政治动荡，社会不安。杨基曾一度入张士诚的幕府，然而，他并未长久停留，不久后便辞别而去，选择了更为自由的生活方式。之后，他又客居在饶介的府上，与志同道合之士交往，共同研讨诗文，度过了一段难忘的时光。明代初年，杨基的才华得到了朝廷的认可，他被任命为荥阳知县，开始了他的仕途生涯。他勤政爱民，深得百姓爱戴。后来，他又累官至山西按察使，成为一方大员，为国家的安定与繁荣贡献了自己的力量。官场之中，风云变幻，杨基也不幸遭到了谗言的陷害，被夺去了官职。他被迫穿上谪服，从事劳役，这对于一位曾经风光无限的官员来说，无疑是巨大的打击。最终，杨基在工所中病逝。杨基著有《眉庵集》。

杨基的诗歌语言清新自然，意境深远，同时又透露出一种峭拔挺拔的气势，使人读之回味无穷。这种独特的诗风，既源于他个人的性格特质，也与他所处的时代环境密不可分。杨基生性敏感，自恃清高，对于外界的变化和刺激总是有着敏锐的感知。他生活在元明易代的动乱时期，那是一个社会动荡、政治混乱的时代，人们的生活充满了不确定性和苦难。在这样的背景下，杨基的一生也充满了坎坷和波折。他经历了官场的沉浮，感受了世态的炎凉，这些经历都深深地烙印在他的心灵深处，成为他诗歌创作的源泉。

因此，杨基的诗歌中常常表现出他当时的生活遭际及复杂心态。他的诗作不仅记录了他个人的遭遇和感受，也反映了那个时代的社会风貌和人们的普遍心态。例如，《征赴京》一诗，就描绘了诗人被迫离开家乡、奔赴京城的无奈和悲凉；而组诗《感怀》和《江村杂兴》则更深入地展现了诗人在动荡时代中的复杂心态和对生活的深刻思考。其中，《感怀》其一更是形象而生动地表达了诗人因无法完成一番事业而产生的叹息、无奈之情。诗中，杨基以深情的笔触描绘了自己怀才不遇、壮志难酬的处境，表达了对时局的无奈和对未来的迷茫。这种情感深深地触动了读者的心灵，使人们对那个时代的社会现实和诗人的个人遭遇有了更深刻的认识和理解。

杨基的咏物诗也非常有特色，其中尤以咏花和咏柳的诗篇最为出色。这些诗作不仅展现了他敏锐的观察力和细腻的描绘手法，更深入地揭示了他独特的心境与情感。花与柳，作为自然界中常见的景物，常常成为文人墨客笔下的灵感之源。杨基亦不例外，他善于从细微之处入手，捕捉花与柳的神韵，进而抒发自己的情感。他的咏花诗，常常描绘花的娇美与艳丽，以花喻人，表达对美好事物的赞美与向往；而他的咏柳诗，则更注重表现柳的柔美与飘逸，通过柳的形象，传达出自己对生活的感悟与思考。在咏柳的诗篇中，杨基尤其擅长运用细腻的笔触，描绘出柳树的形态与神韵。他笔下的柳树，或婀娜多姿，或飘逸灵动，仿佛具有了生命与情感。在《新柳》一诗中，他更是将自己的心情与柳树的形象融为一体，通过描绘柳树的嫩绿与生机，表达自己对生活的热爱与向往。值得一提的是，杨基在咏物时并非简单地描摹物象，而是善于将自己的情感与心境融入其中。他在细致入微地描绘物象的同时，也在默默地抒发自己的内心感受。这种情感与物象的交融，使得他的咏物诗更具深度和内涵，也让读者在欣赏诗作的同时，能够感受到诗人内心的波澜与情感。

杨基的律诗在明代诗坛上独树一帜，以其意境开阔雄浑、诗中有画的特点而备受赞誉。如《岳阳楼》：

春色醉巴陵，阑干落洞庭。

水吞三楚白，山接九嶷青。

空阔鱼龙气，婵娟帝子灵。

何人夜吹笛，风急雨冥冥。

《岳阳楼》一诗以岳阳楼为背景，由画入景，巧妙地描绘了洞庭湖的壮丽景象。诗中，杨基运用丰富的想象力和细腻的描绘手法，将洞庭湖的波涛汹涌、气象壮阔展现得淋漓尽致。读者仿佛能够置身于岳阳楼上，俯瞰着整个洞庭湖，感受到那磅礴的气势和无尽的壮美。

更为难得的是，杨基在描绘景色的同时，还注重情感的表达。他通过细腻入微的笔触，将自己对洞庭湖的热爱与向往融入其中，使得整首诗充满了真挚的情感。这种情感的真切自然，使得读者能够深深地感受到诗人的内心世界，产生共鸣。

因此《岳阳楼》一诗受到了众人的高度称赞。明代诗论家胡应麟在《诗薮续编·国朝上》中称赞此诗"壮丽欲亚孟浩然"，将其与唐代著名诗人孟浩然相提并论，足见其艺术成就之高。而清代诗论家沈德潜则在《明诗别裁集》中称赞此诗"应推五言射雕乎，起结尤入神境"，对其艺术价值给予了极高的评价。

三、张羽的诗歌创作

张羽，生于1333年，逝于1385年，字来仪，后来更字附凤，号静居。他原籍元末明初的浔阳，即现今的江西九江，是一位才华横溢的文人。他与高启、杨基、徐贲这三位杰出的文人并称为"吴中四杰"，他们四人的诗文造诣极高，名扬四海，共同推动了吴中文坛的繁荣。此外，张羽还与高启、王行、徐贲等九位才子，被时人誉为"北郭十才子"，他的才华与成就，在明初的文坛上占有一席之地。张羽早年便随父亲宦游于江浙一带，饱览了江南的山水风光，也深受江南文化的熏陶。后来，他与徐贲相约侨居吴兴，担任安定书院的山长，致力于教育和文化的传承。再后来，他又迁徙至吴中，即现今的江苏苏州，那里的文化氛围更加浓厚，为他提供了更广阔的创作空间。洪武初年，张羽应召入京，担任了太常丞这一要职。他不仅在政治上有所建树，更在诗文和绘画上展现了卓越的才华。他的诗深思冶炼，朴实含华，每一字每一句都经过精心推敲，寓意深远。他的山水画则宗法米氏父子，既有米友仁的温润秀雅，又有米芾的豪放不羁，展现了他独特的艺术风格。张羽好著述，他的文辞典雅，既体现了深厚的文化底蕴，又展现了他独特的审美观念。他的隶书更是取法唐人韩择木，笔力雄健，字形端庄，堪称一绝。他的著作《静居集》四卷，收录了他的诗文和画作，是后人研究他艺术成就的重要资料。

张羽的诗才横溢，但在近体与古体诗的创作上，他显然更擅长于古体诗。而在古体诗中，他又以七言歌行体最为出色，其次是五言古诗。对于张羽的五言古体诗，我们可以感受到其总体风格低昂古拙，深沉而富有韵味。然而，有时可能因追求古朴而稍显生涩，不如高启的伉健有力，也不及杨基的俊逸洒脱。因此，在五言古体诗这一领域，张羽的总体成就还需排在高启和杨基之后。

尽管如此，张羽的五言古体诗仍不乏佳作。以他的《赋得曲院风荷赠别》一诗为例：

> 露叶漾涟漪，风凉水院时。
>
> 翠轻愁欲断，珠圆不自持。
>
> 低昂随芰盖，翩翻卷钓丝。

　　　　　盘折惊鱼游，规荡宿禽疑。

　　　　　为语莲舟女，聊将赠别离。

　　这首诗写得细腻生动，将"风荷"的神韵描绘得淋漓尽致。特别是"翠轻愁欲断，珠圆不自持。低昂随芰盖，翩翻卷钓丝"这四句，情景交融，借景语传情语，既描绘出了风荷的婀娜多姿，又巧妙地扣住了赠别的主题，令人读后回味无穷。在这四句中，"翠轻愁欲断"一句，以"翠轻"形容荷叶的轻盈翠绿，而"愁欲断"则巧妙地借用了拟人手法，将荷叶在风中摇曳的姿态赋予了人的情感，仿佛荷叶也在为离别而忧愁。"珠圆不自持"一句，则是用"珠圆"来形容荷叶上滚动的露珠，而"不自持"则再次运用了拟人手法，生动地描绘了露珠因风而滚动、欲坠未坠的情景。"低昂随芰盖"一句，描绘了荷叶随着风势低昂起伏，与周围的菱叶相映成趣。"翩翻卷钓丝"一句，则是以细腻的笔触描绘了荷叶在风中翻卷，仿佛连钓丝都被带动起来的生动画面。这四句诗不仅描绘了风荷的美丽形象，更通过巧妙的拟人手法和情景交融的写法，传达出了离别之情。它们不仅扣题巧妙，而且富有诗意和感情色彩，不失为一首杰作。

　　张羽的歌行体诗作，往往展现出一种低昂相济、才气并驰的特质，笔力雄放，音节谐畅，犹如江河奔流，一泻千里，又似高山峻岭，起伏跌宕。以他的《长洲行送黄茂宰之官长洲》一诗为例：

　　　　　昔我扬帆向东海，吊古直上姑苏台。

　　　　　洞庭水树净如发，一片吴江天际来。

　　　　　长洲逶迤覆绿水，金沙荡漾阙光起。

　　　　　不见夫差荡桨归，空有芍药似西子。

　　　　　阊门大道多酒楼，美人如雪楼上头。

　　　　　争唱吴歌送吴酒，玉盘纤手进冰羞，劝人但饮不须愁。

　　　　　伍员吹箫，去国成名。鸱夷一去，流恨无声。

　　　　　要离已矣，高坟峥嵘。樵儿踯躅，芳草春生。

　　　　　何如三让人，孤名如水清。亦有挂剑翁，生死见交情。

　　　　　薄俗轻然诺，乾坤长战争。两贤不可作，令我泪沾缨。

　　　　　君发金陵腊未残，君到吴门春已还。

　　　　　邑人讼少清且闲，还同谢朓看青山。

开元寺里题诗处，访我旧墨苍苔间。

倘过皋桥烦借问，恐有高人梁伯鸾。

这首诗从结构上看，可分为多个段落，每个段落都有其独特的节奏和情感色彩。诗的前一部分，张羽运用了舒缓的七言句式，描绘出一幅幅明爽阔远、绚丽迷人的景象。他笔下的景色如诗如画，人物如花似玉，仿佛将读者带入了一个梦幻般的世界。然而，在这美丽的背后，张羽又巧妙地融入远贤近佞、荒淫失国的故事，用细腻的笔触刻画出统治者轻歌曼舞、穷奢极欲而不知亡国有日的昏庸情状。随后，张羽又运用了四言、五言的句式，使得诗的节奏顿时变得急促。他通过这些紧凑的句式，抒发了英雄已死、国势已去、峥嵘殿阁、一变沧桑的历史兴亡之慨。他的情感在这一刻达到了高潮，悲愤难抑之情溢于言表，令人感受到他内心的痛苦和无奈。在诗的结尾部分，张羽再次回到了七言的句式，使得诗的节奏又变得舒缓畅朗。他点题送别，将情感收束得恰到好处，既表达了对友人的深情厚谊，又展现了自己的豁达和洒脱。整首诗读来，低昂古拙，沉郁雄放，既有激昂慷慨的豪情，又有深沉内敛的韵味。它典型地反映了张羽歌行体的特点，既有华丽的辞藻和优美的意境，又有深沉的情感和深刻的思想。

此外，张羽的歌行体中有不少题书题画诗，他的《余将军篆书榻本歌》《题赤城霞图送友归台》《画山水行》《钱舜举溪岸图》等诗作，常带有一种酣畅淋漓的笔触，如同醉意盎然的草书或是意态自如的泼墨，凭借其非凡才气而光彩夺目。在题画方面，张羽的《画云山歌》与《望太湖》两篇诗作是其描绘自然景观的佳构，它们展现了浑然天成的气势和奇异的风貌，洋溢着浓郁的浪漫主义色彩，被视为题画诗和写景诗中的典范之作。

四、徐贲的诗歌创作

徐贲，生于1335年，逝于1380年，是明初一位才华横溢的画家和诗人。他字幼文，祖籍巴蜀之地，即现今的四川。起初，他居住在毗陵，也就是现在的江苏常州，但后来迁居至平江城北，并自号北郭生。在元末张士诚抗元的时期，徐贲被招为僚属，然而他与张羽一同选择避居湖州蜀山，即现在的浙江吴兴，以躲避战乱，寻求心灵的宁静。

洪武七年，即1374年，徐贲因才华出众被推荐入朝为官。洪武九年春天，他奉命出使晋、冀两地，随后被授予给事中的官职。他在官场中历任御史、刑部主事、广西参议等职位，最终官至河南左布政使，显示出他卓越的政治才能和深厚的学识。

除了政治才能，徐贲在文学和绘画领域也有着极高的造诣。他的诗作情感真挚，意境深远，著有《北郭集》六卷。这部诗集由吴人张习编次，后收入《四库全书》。其中，五古及乐府诗二卷，七古、五七言律诗及绝句各一卷，充分展示了他的文学才华和丰富的情感世界。

徐贲的诗作展现出三大鲜明的特点，这些特点共同构成了他独特的诗歌风貌，也使他在明初诗坛上独树一帜。

首先，徐贲的诗作体密思深，他善于借物言志，通过细腻入微的描绘和巧妙的比喻，将内心的幽深情怀娓娓道来。他的诗歌虽然看似平淡，却蕴含着深刻的思考和感悟，给人以无尽的遐想。这种体密思深的风格，使得徐贲的诗歌具有一种含蓄而深沉的美感，令人回味无穷。

其次，徐贲的诗歌律法谨严，他在创作时既非率意为之，也非刻意雕琢，而是严格按照诗歌的韵律和格式进行创作。这使得他的诗歌既具有规范性，又充满了自然流畅的美感。他的诗歌中没有出现任何诗病，每一句都经过精心打磨，既符合诗歌的韵律要求，又能够准确地表达出他的情感和思想。

最后，徐贲的乐府诗和五言古体诗都达到了很高的水平。他的乐府诗继承了季迪的传统，既保持了乐府诗的质朴和真实，又注入了自己的思考和感悟，使得诗歌更加生动有力。而他的五言古体诗则与张、杨等大家不相上下，他在古体诗的创作上同样表现出色，善于驾驭长篇大论。

徐贲的诗作虽然具有诸多优点，但也不能忽视其中存在的两个明显的短处。

第一，诗人缺乏才气，这在一定程度上影响了诗歌的灵气。才气是诗人在创作过程中能够展现出独特创意和灵感的重要因素。然而，在徐贲的诗作中，我们有时能够感受到一种略显平淡的氛围，缺乏那种令人眼前一亮的惊艳之感。这可能是因为诗人在创作时过于注重技巧和形式，而忽略了才气的发挥，使得诗歌在表达深度和独特性上有所欠缺。

第二，徐贲的笔法较为平直，缺乏曲折跌宕的变化。在诗歌创作中，笔法的运用对于营造诗歌的意境和情感表达至关重要。然而，徐贲的诗歌在笔法上显得较为单一，缺乏足够的起伏和变化。这使得诗歌在叙述和表达上显得较为平淡，难以引起读者的强烈共鸣。虽然他的诗歌在结构和技巧上无可挑剔，但缺乏了那种引人入胜的曲折变化，使得整体作品在吸引力上略显不足。

徐贲的五言古诗，无疑是他诗歌创作中的一大亮点，其风格温丽典雅，精密幽深，让人读后深感其深邃与细腻。而在他的众多五言古诗中，《晋冀纪行十四首·沁水县》无疑是其中的代表作：

> 一水随山根，宛转流出迥。
>
> 滩声绕县门，孤城数家静。
>
> 风土殊可怪，十人五生瘿。
>
> 土屋响牛铎，壁满残日影。
>
> 行迟欲问宿，连户皆莫肯。
>
> 亭长独见留，半榻亦多幸。
>
> 呼童此晚炊，粝饭谷带颖。
>
> 野蔌不可得，敢望肉与饼。
>
> 途行乃至此，俭素当自省。

这首诗通过细腻的笔触，生动地描绘了沁水县的风土人情，使人仿佛置身于那个时空之中，历历如见。诗中充满了对当地百姓的怜悯之情，也透露出诗人自身的惆怅之感。这种情感与景象的交融，使得诗歌更加生动有力，深深地打动了读者的心灵。

除了《晋冀纪行十四首·沁水县》这首佳作，徐贲的五言古诗中还有诸多令人称道的篇章，如《蜀山》与《菜薖为永嘉余唐卿右司赋》等。这些诗作都采用了赋体的铺排手法，通篇布满形象，使得情感深寓其中，读来令人回味无穷。

《蜀山》一诗，以蜀地的山川为背景，通过细腻的描绘和丰富的想象，展现出了蜀山的壮丽与神奇。诗人以赋体的手法，层层铺排，将蜀山的景色描绘得栩栩如生，仿佛让人置身其中。同时，诗中还融入了诗人的情感，使得整首诗既具有画面感，又充满了情感色彩。

而《菜薖为永嘉余唐卿右司赋》一诗，则以菜薖这一普通食材为切入点，通过赋体的铺排手法，将菜薖的形态、色泽、味道等特点展现得淋漓尽致。诗人不仅赞美了菜薖的美味，更通过这一普通食材，表达了对生活的热爱和对自然的敬畏。整首诗情感真挚，意境深远，让人读后不禁为之动容。

第二节　台阁体与茶陵派的诗歌创作

一、台阁体的诗歌创作

在永乐与弘治年间，文坛上出现了一种新的文体风尚，被称为"台阁体"。这一文体风格深刻体现了当时"台阁重臣"的文风和诗风，成为当时文坛的一股重要潮流。而在这股潮流中，杨士奇、杨荣、杨溥三位杰出的文人，被誉为"三杨"，成为"台阁体"的代表人物。

（一）杨士奇的诗歌创作

杨士奇，生于1366年，逝于1444年，名寓，但世人更熟知的是他的字——士奇。他来自泰和，这个地方如今隶属于江西省，是一片文化繁荣、人才辈出的土地。杨士奇的一生可谓传奇，他的仕途之路充满了辉煌与荣耀。在建文初年，杨士奇便以卓越的才华进入翰林，开始了他的仕途生涯。他历经四朝，历任内阁大臣，为朝廷出谋划策，为国家的繁荣稳定贡献了自己的力量。他的才华与智慧得到了皇帝的高度认可，被赞誉为太平宰相。杨士奇不仅政绩斐然，他的学问和道德也为世人所称颂。他精通经史子集，善于诗词歌赋，是当时文坛的佼佼者。他的道德品质更是令人敬仰，他为人谦逊、正直，深受同僚和百姓的尊敬。在他去世后，朝廷为了表彰他的卓越贡献，赠予他太师的荣誉，并赐予他"文贞"的谥号。

杨士奇作为台阁体诗的杰出创作者，不仅地位崇高，而且成就卓越，堪称台阁体诗坛的领军人物。他的诗歌作品，以其独特的艺术风格和深刻的思想内涵，赢得了广泛的赞誉和深远的影响。杨士奇的台阁体诗，以其雍容娴雅、平正安和的诗风而著称。他的诗歌语言优美，意境深远，既体现了诗人深厚的文学功底，又展现了他从容不迫、温文尔雅的气质。在诗歌的构思和表达上，杨士奇注重整体结构的平衡与和谐，首尾呼应，条理清晰，给人以舒适平稳的阅读感受。他的诗歌中充满了对太平盛世的向往和赞美，表达了他对国家和民族繁荣发展的热切期盼。钱谦益在《列朝诗集小传》中对杨士奇的诗歌给予了高度评价："大都词气安闲，首尾停稳，不尚藻辞，不矜丽句，太平宰相之风度，可以想见。"

杨士奇的诗歌，在内容层面主要聚焦于展现社会的太平盛世与浮华景象，其目的在于引领整个国家的文化风气走向积极乐观的一面。这一特点在他的诗作《元夕观灯诗》其一中有着极为鲜明的体现：

> 春到人间夜不寒，银灯金烛映华阑。
>
> 太平处处清光好，第一蓬莱顶上看。

在这首诗中，杨士奇巧妙地将季节的转换与国家的繁荣联系起来。冬季刚刚过去，初春的气息渐浓，乍暖还寒的时节里，诗人却感受到了与众不同的温暖。这并非单纯因为自然界的温度变化，而是源于他对国家富饶与平安的深深体悟。在诗人的眼中，这春天的夜晚并不寒冷，因为"银灯金烛映华阑"。那璀璨的灯火，那金碧辉煌的光影，仿佛将整个夜晚点亮，温暖了每一个角落。诗人进一步以人间与仙境的对比，表达了他对国家太平盛世的赞美。他笔下的人间，如同蓬莱顶上的仙境一般，景色宜人，气象万千。在这样一个充满生机与活力的国度里，人们又怎么会感受到寒冷呢？相反，他们被这份富饶与平安所包围，心中充满了温暖与希望。

杨士奇的诗歌也广泛涉及个人生活与人际交往的方方面面。无论是描绘同僚上任的壮志雄心，朋友卸下战甲归隐田园的悠然自得，还是与友人间的诗歌酬唱和赠送别离之作，都是其诗歌中的重要组成部分。这些作品不只是表达了个人的情感，更重要的是通过诗歌来维系和加深了与同仁或友人之间的情谊。在杨士奇与其朋友间的诗歌交流中，与陆伯阳的赠答尤为频繁，包括《杂诗三首赠陆伯阳》《同陆伯阳作》《和陆伯阳池上梅花》《古意答陆伯阳》《吴教授席上同路保养汲井咏》《题陆伴读伯阳草书后》等作品，反映了两人之间深厚的友谊和密切的文学交流，他们通过诗歌互相赠答，频繁地进行文学上的交流和情感上的沟通。

　　杨士奇在诗歌创作时，深受王、孟、高、岑、韦等前辈诗人的影响，尤其推崇他们诗作中那种"清粹典则，天趣自然"的风格。这种推崇不仅体现在他的诗歌理论上，更在他的诗歌实践中得到了充分体现。因此，杨士奇的诗歌往往呈现出一种清丽、悠闲、朴素、雅淡的特色，给人以清新脱俗之感。以他的《西畴耕读》一诗为例：

> 幽栖寡世营，结庐在西墅。
>
> 充室惟诗书，开门绕田圃。
>
> 方春九扈鸣，俶载向南亩。
>
> 高原燥宜黍，下隰湿宜稌。
>
> 种植既得时，耘籽亦无苦。
>
> 况当长养节，霖霖承膏雨。
>
> 朝耕暮还息，潜心以稽古。
>
> 上窥姚姒余，下掇姬孔绪。
>
> 亹勉究微言，优游启玄悟。
>
> 所得欣日新，逍遥自容与。
>
> 年登秋获竟，穰穰溢我庾。
>
> 击鼓荐牺牛，欢娱报田祖。
>
> 傍舍数老人，言行皆邹鲁。
>
> 相与知帝力，讴歌颂明主。
>
> 陶然墟里间，终岁同乐处。

　　诗中描绘了一个幽静且与世无争的安详和谐画面，仿佛将读者带入了一个远离尘嚣的田园世界。在幽静的田野边，有一座古朴的房子，室内堆满了诗书，室外则是广袤的田园。在这里，鸟语花香，人与自然和谐共生。农民们按时令节气种植作物，精心培育，朝耕暮息，期待着来年的丰收。而专心读书、研究学问的人们，也在这种宁静的环境中获得了心得，喜悦与畅快溢于言表。

这首诗不仅展现了杨士奇对陶渊明淡雅之趣与归隐之情的深刻理解，更通过细腻的描绘和生动的场景，传达出他对和谐安详生活的向往和追求。这种祥和气象，不仅体现了杨士奇作为一位宰相的"安闲之气"，也彰显了他作为一位诗人的人文关怀和审美情趣。

类似的诗歌还有杨士奇的《题孙给事画》，这首诗不仅继承了杨士奇一贯的清丽、悠闲的诗风，更通过细腻的描绘和生动的场景，展现了一幅天趣自然的自适图。在诗中，诗人巧妙地将自然山水与人物的内心情感相结合，使得整首诗充满了灵动与生机。"山水谐素心，幽居托林樾。"这两句诗开篇即点明了主题，诗人以山水为伴，以林樾为居，与自然和谐共处，内心纯净无杂念。这里的"素心"一词，既指诗人内心的纯净与高尚，也暗含了与自然山水相契合的意境。"日暮澹无营，超然孤兴发。"诗人进一步描述了自己在日暮时分的闲适与超然。此时，夕阳西下，万物归于宁静，诗人也放下了世俗的纷扰，心境变得澄明而高远。在这种宁静的环境中，诗人的孤独之感并非寂寥，反而是一种超脱世俗、自由自在的愉悦。"时携绿绮琴，坐待青天月。"诗人在这幽居的环境中，不时地携带着心爱的绿绮琴，静坐于林樾之间，等待着青天的明月升起。这里的"绿绮琴"和"青天月"都是诗人心灵的寄托，也是他对美好生活的向往和追求。

整首诗以朴素淡雅的语言风格，描绘了诗人超然自适的心态和山林幽居的画面。无论是"素心"还是"旧暮"，无论是"幽居"还是"青天月"，都体现了诗人对自然与生活的深刻感悟和独特理解。

（二）杨荣的诗歌创作

杨荣，生于1371年，逝于1440年，字勉仁，最初名为子荣，祖籍建安，今属福建之地。他的一生，可谓是文武双全，政绩卓著。在永乐十六年至二十二年间，即1418年至1424年，杨荣担任了当朝的首辅，权倾一时，为国家的繁荣稳定贡献了自己的智慧和力量。因他居地所处，人们亲切地称他为"东杨"，这一称呼既体现了人们对他的尊敬，也凸显了他在当地的重要地位。杨荣以武略见重，尤其在谋划边防事务上展现出非凡的才能。他深知边防安全是国家安宁的基石，因此倾注大量心血于边防事务的筹划与实施。他的边防策略既富有远见，又切实可行，有效地维护了国家的边疆安全。除了在政治和军事方面的卓越成就，杨荣还展现出非凡的文才。他的诗文作品情感真挚，意境深远，具有很高的艺术价值。他的《杨文敏集》更是集其诗文之大成，展现了他的文学才华和深厚的文化底蕴。

杨荣的诗歌作品丰富多样，涵盖了四言古诗、五言古诗、五言律诗、五言排律、五言绝句、歌行、七言律诗、七言排律、七言绝句等多种体裁。他的诗歌创作大多应制而作，以咏歌太平、颂扬圣德为主题，风格典雅雍容，结构严谨，展现出一种四平八稳的气度。例如，杨荣的《元夕赐观灯》一诗：

> 海宇升平日，元宵令节时。
>
> 彩云飘凤阙，瑞霭绕龙旗。
>
> 歌管春声动，星河夜色迟。
>
> 万方同燕喜，千载际昌期。

这首诗以元宵节皇帝赐大臣观灯为背景，描绘出一派升平祥瑞的气氛。诗中通过对灯会盛况的描绘，展现了举国欢庆、繁荣昌盛的景象。然而，尽管诗歌在形式上工丽华贵，但在内容上却显得缺乏深度和新意，显得平庸乏味。

著名的《神龟诗》是杨荣的一首四言体诗歌，他巧妙地用诗歌的形式歌颂了天下太平的盛景：

> 于昭皇祖，圣神文武。德合乾刚，功超前古。肇基江左，虎踞龙蟠。
>
> 鸿图巩固，宗社奠安。际天极地，罔不臣服。朝贡以时，献琛执玉。
>
> 卉裳椎髻，接踵梯航。南金大贝，厥篚相望。狩狨我皇，绍继大统。
>
> 一遵成宪，天锡智勇。念形羹墙，永言孝思。陵庙奕奕，未树穹碑。
>
> 圣德神功，纪于史氏。载勒贞珉，以诏后世。贞石既获，厥跌是求。
>
> 爰启爰斸，龙潭之丘。有昂者龟，若瞻若顾。忽焉以呈，神物斯护。

其傍璀璨，果得巨石。相趺是宜，弗爽毫尺。惟皇孝诚，孚于神明。

有感斯应，神祇效灵。濯以温泉，莹如紫玉。陈之丹陛，韫之宝椟。

窿然其分，间错以文。匪雕匪琢，气凝絪缊。臣庶聚观，宛然天成。

欢呼踊跃，幸睹嘉祯。帝曰嘻哉，匪予之力。神瑞之应，皇考之德。

载蠲吉日，献于孝陵。陈之閟宫，纪之金縢。昔闻神龟，负书出洛。

夏后取则，洪范是作。今逢圣明，文命诞敷。获此奇瑞，异世同符。

颂声洋溢，洽乎四海。福祚绵绵，亿千万载。

这首诗并非凭空高唱颂歌，而是在叙事的过程中，细腻地交代了事情的原委，使得诗歌既有了丰富的内涵，又充满了生动的情感。在诗中，杨荣描绘了太宗皇帝为了昭示太祖开国定国的伟大功德，决定为其寻找一块良石作为墓碑的经过。开采工人们在龙潭山麓之阳终于找到了一块神龟形状的巨石，这块石头栩栩如生，仿佛真的神龟降临人间。杨荣以此为契机，赞美了皇帝的英明和圣德。他认为，正是因为皇帝的英明领导，才使得天降瑞物，以示圣朝的兴盛。这种天人合一的思想，既体现了杨荣对皇帝的深深敬仰，也表达了他对天下太平的热烈期望。

整首诗的语言简洁明快，行笔从容不迫。杨荣用精练的文字，生动地描绘了神龟石的神奇和皇帝的英明，使得全诗充满了赞美之情。同时，他也通过这首诗，向世人展示了明代社会的繁荣稳定，以及人们对美好生活的向往和追求。

杨荣的诗歌创作在台阁体领域里，其台阁气相较于杨士奇而言，显得更为浓厚。这种台阁气不仅体现在他的大部分诗作中，甚至连他的一些山水诗也带有较重的歌功颂德的倾向。这并非说他的山水诗缺乏自然之美或艺术价值，而是指在这些作品中，他常常不自觉地融入对国家繁荣、社会安定的赞美和颂扬。然而，值得一提的是，杨荣在题写山水画的诗作中，却能够展现出一种较为清新、自然的风格。这些诗作往往能够真实而生动地描绘出大自然的美景，山水之间的壮丽与灵动仿佛跃然纸上。同时，在这些诗作中，杨荣也能够抒发一些自我的感情，表达他对大自然的热爱与敬畏，以及对生活的独特感悟。以《题王侍讲山水》一诗为例：

> 木落霜气清，秋山净如洗。
>
> 天空万籁寂，地迥孤云起。
>
> 深溪湛寒绿，对此清心耳。
>
> 安得扫苍苔，横琴写流水。

杨荣在这首诗中充分展示了大自然的美景及他内心的欣慰之情。诗中，他通过对山水的细腻描绘，展现出了大自然的雄伟与秀丽。同时，他也通过诗歌表达了自己对这幅山水画作的喜爱与赞赏，以及对大自然的敬畏与感激。这首诗比起其他台阁题材的诗作，更显得生动、有生气，也更能够打动读者的心灵。

（三）杨溥的诗歌创作

杨溥，生于1372年，逝于1446年，字弘济，祖籍石首，今属湖北之地。建文二年，即1400年，杨溥通过科举考试，成功登进士第，被授予翰林编修的职位。他的才华得到了朝廷的认可，从此开始了他的仕途生涯。永乐初年，杨溥被任命为太子洗马，负责侍奉太子朱高炽，即后来的明仁宗。他忠诚勤勉，尽心尽力地辅佐太子，赢得了太子的信任和尊重。永乐二十二年（1424年），仁宗即位，杨溥被提拔为翰林学士，他的政治地位得到了进一步的提升。他继续以卓越的才能和勤奋的工作态度，为朝廷贡献着自己的力量。明宣宗即位后，杨溥入内阁，与杨士奇、杨荣等人共同负责国家大事的决策和处理。他们齐心协力，共同为国家的繁荣稳定做出了巨大的贡献。宣德九年（1434年），杨溥升任礼部尚书，他的职责更加重大。明英宗即位后，杨溥继续与杨士奇、杨荣等人同心协力，辅佐新君。他们共同致力于国家的治理和发展，使得明朝在这一时期达到了鼎盛。正统三年（1438年），杨溥升任太子少保、武英殿大学士，他的地位和威望达到了顶峰。正统九年至十一年（1444—1446），杨溥担任当朝首辅，成为明代的一位贤相。正统十一年（1446年），杨溥因病去世，享年七十五岁。他的离世给朝廷带来了巨大的损失，人们深感痛惜。朝廷为了表彰他的功绩和品德，赐予他"文定"的谥号。

杨溥的诗歌作品丰富多样，从题材上来看，可以划分为应制诗、题物诗、赠别诗、咏怀诗和写景诗等多个类别。这些诗歌不仅展现了他的文学才华，也反映了他的生活经历和情感世界。

应制诗是杨溥诗歌中的一大类，这类诗歌多是在友人间酬唱应答或奉皇上之命所作，主要以反映馆阁生活、歌功颂德、润饰太平为主。例如《万寿圣德诗》《麒麟诗》《奉使出德胜门》《瑞雪诗应制》《直弘文馆》《丙辰除日》《拜孝陵》《赐观九龙池》《元旦早朝》《正统五年元旦早朝·贺喜雪》等，都是杨溥的应制诗佳作。这些诗歌以歌颂皇帝圣德或丰年盛景为主，体现了杨溥对朝廷的忠诚和对国家的热爱。题物诗则是杨溥诗歌中的另一大类，这类诗歌包括对图画、书房、住宅、松树及花中四君子梅兰竹菊等物件的描绘和赞美。其中，写竹咏梅的诗最为突出，这反映了杨溥对竹子高风亮节和梅花傲立霜雪、独自飘香品质的深深欣赏。这些诗歌不仅展现了杨溥对自然美的敏锐感知，也表达了他对高尚品质的追求和崇尚。在这里，我们着重分析一下杨溥的咏物诗《题雪竹》：

> 冉冉岁云暮，百草时已零。
> 此君独何似，雪际尤棱层。
> 翻思艳阳日，此屋管弦声。
> 但见繁华好，谁识此君清。
> 幽人有深趣，相好在平生。
> 披图忆安道，写我千古情。

这首诗以雪竹为题材，通过对竹子在雪中的形态和气质的描绘，高度赞扬了竹子清高、脱俗的品性。诗人以竹子自喻，表达了自己不愿随波逐流，坚守高洁情操的决心。整首诗语言简淡雅致，意境深远，给人一种清新脱俗之感。

在杨溥的诗歌创作中，赠别诗亦占有相当的分量。这些诗作大多诞生于友人致仕归隐、回乡省亲或告老还乡之际，字里行间流淌着杨溥对友人的深厚情谊与良好祝愿。他通过诗歌，向友人传达着保持高尚节操、励精图治、建立卓越政绩的期望，鼓励友人成为廉洁奉公、有所作为的清明之官。如

《送刘批知县之任》一诗中，杨溥写道："科名士所重，循良古亦稀。"他以科举功名之重要，勉励友人珍惜荣誉，同时强调循良即贤能的重要性，希望友人能够成为古代贤良之士，为百姓谋福祉。而在《送徐训导》一诗中，他则以"玉琢始成器，渊深斯有澜"为喻，告诫友人只有经过磨炼才能成为有用之才，只有学识渊博才能有所成就。

此外，杨溥的咏怀诗亦是其诗歌创作中的一大亮点。这类诗歌重在抒发他的内心感受，表达他的个人情怀。他善于运用疏朗雅淡的语言，真挚地表达自己的情感。如《离家泻怀》一诗，他抒发了离家之际的复杂情感，既有对家乡的眷恋，又有对未来的期许。而在《赦后感怀四首》中，他则表达了对国家赦免政策的感慨，体现了他的政治敏锐与人文关怀。

除了赠别诗和咏怀诗，杨溥还有一些描写景色的诗歌，同样展现出他独特的艺术风格。他的写景诗文笔恬淡优美，又不失疏朗洒脱之气。其中，《题杨少傅五清卷》一诗便是其写景诗的代表作。在这首诗中，他以细腻的笔触描绘了自然景色的清新与宁静，表达了自己对大自然的热爱与向往。

二、茶陵派的诗歌创作

在明代初期，台阁体诗文往往内容单一，主题多围绕"颂扬帝王德政，赞美太平盛世"。以李东阳为领军人物的茶陵诗派，开始努力打破台阁体的限制，拓展诗歌的表现范围。他们的创作不再局限于描绘宫廷生活，而是包括了对个人情感的真挚表达，并尝试反映更广泛的社会现实，关注底层民众的生活和苦难。茶陵诗派在诗歌理论上倡导学习盛唐李杜之作，高度评价李白、杜甫的创作，以此抵制台阁体的单薄无力。他们倾向于复古，但同时反对简单的模仿抄袭，强调诗人个性的展现和诗歌规律的遵循。由于李东阳是该派别的核心人物，接下来主要就其诗歌创作进行研究。

李东阳，生于1447年，逝于1516年，字宾之，号西涯，祖籍湖南茶陵，出生在北京。自幼聪颖过人的他，十八岁时便一举中得进士，顺利进入翰林院，开始了他长达三十年的翰林生涯。在翰林院的日子里，李东阳以其卓越的才华和勤奋的工作态度，赢得了众人的赞誉。他深入研究经史子集，不断锤炼自己的文学功底，逐渐在文坛崭露头角。他的诗文作品清新脱俗，意境深远，深受人们喜爱。弘治七年，李东阳迎来了他仕途上的重要转折点。他成功步入内阁，历任礼部右侍郎、三阁大学士等重要职位，成为朝廷中的馆阁重臣，直至宰相。在任期间，他勤勉尽职，为国家的繁荣稳定贡献了自己的力量。他善于调和各方势力，化解矛盾，为朝廷的和谐稳定发挥了重要作用。除了在政治上的卓越表现，李东阳还是一位杰出的文学家。他的诗文作品数量众多，题材广泛，涵盖了咏史、怀古、写景、抒情等多个方面。他的诗文语言优美，意境深远，具有很高的艺术价值。他的著作《怀麓堂集》更是成为后人研究明代文学的重要资料。

李东阳的一生，并非始终安居于京城的繁华之中。他曾三次离开熟悉的京师，踏上外出的旅程，目睹了社会的变迁与民生的疾苦。这些经历深深触动了他，使他写出了许多饱含深情、关注民生的佳作。在这些作品中，长篇七句《风雨叹》尤为引人注目：

壬辰七月壬子日，大风东来吹海溢。

峥嵘巨浪高比山，水底长鲸作人立。

愁云压地湿不翻，六合惨淡迷乾坤。

阴阳九道错黑白，乌兔不敢东西奔。

里人仓皇神屡变，三十年前未曾见。

东村西舍喧呼遍，牒书走报州与县。

山胚谷汹豺虎嗥，万木尽拔乘波涛。

州沉岛没无所逃，顷刻性命轻鸿毛。

我方停舟在江皋，披衣踞床夜复昼。

忽掩青袍涕沾袖，举头观天恐天漏。

此时忧国况思家，不觉红颜坐凋瘦。

潼关以西兵气多，芦笳吹尘尘满河。

安得一洗空干戈？不然独破杜陵屋，

犹能不废啸与歌。世间万事不得意，

天寒岁暮空蹉跎。呜呼奈尔苍生何！

这首诗不仅内容充实，情感真挚，而且格调高尚，气象阔大。李东阳在诗中运用了遒劲有力的笔触，展现了他深厚的文学功底和独特的艺术风格。

他通过细腻的描绘和生动的比喻，将风雨交加、民生凋敝的景象展现得淋漓尽致，使读者仿佛置身其中，感受到了那份沉重与无奈。诗中"天寒岁暮空蹉跎。呜呼奈尔苍生何！"的呼喊，更是震撼人心。这不仅仅是对社会现实的控诉，更是对天下苍生的深深忧虑。李东阳以诗为媒，抒发了他忧国忧民的情怀，展现了一位文人应有的良知与担当。

《明诗别裁集》对李东阳的诗歌给予了高度评价，称其"永乐以后诗，茶陵起而振之，如老鹤一鸣，喧啾俱废"。这一评价不仅肯定了李东阳在明代诗坛上的重要地位，也揭示了他诗歌的独特魅力和深远影响。他的诗歌不仅振兴了永乐以后的诗坛，更为后来的李攀龙、何景明等人继承和发展，共同推动了明代诗歌的繁荣与发展。

第三节　前后七子的文学复古实践

明代中期，得益于社会经济、政治和文化的繁荣及统治者较为开明的文化政策，士大夫阶层的自信心得到显著提升，精神状态亦十分振奋。这一时期的知识分子普遍怀有对封建理想的向往和对社会制度的信赖，自觉地承担起维护封建伦理道德的角色。在这样的背景下，文学界掀起了一阵追求复古的风潮，由李梦阳、何景明领衔的"前七子"和王世贞、李攀龙为首的"后七子"成为这股思潮的代表。

一、李梦阳的诗歌创作

李梦阳，生于1472年，逝于1530年。字天锡，号空同子，祖籍庆阳，今甘肃一带。明孝宗弘治六年（1493年），李梦阳一举夺得陕西乡试第一，次年更是顺利中进士，从此开始了他的仕途生涯。最初，他出任户部主事，后迁为郎中，以其勤勉尽职和出色的才能，逐渐在朝廷中崭露头角。然而，李梦阳并非那种只知迎合上意、明哲保身的官僚。他心怀天下，对朝政的腐败现象深恶痛绝。弘治十八年（1505年），他毅然上书，直言不讳地抨击朝政的种种弊端。这一举动触怒了孝宗皇帝，李梦阳被判入狱，并罚俸禄三个月。然而，这并未让他屈服。出狱后，他更是积极参与了韩文等反刘瑾宦官集团的斗争，再次因触怒权贵而身陷囹圄，几乎丧命。幸得康海的营救，才得以保全性命。刘瑾倒台后，朝廷开始起用故官，李梦阳得以升任江西提学副使。然而，官场的复杂与险恶让他深感疲惫，最终选择罢官回到开封，过上了相对平静的生活。嘉靖八年（1529年），这位一生历经坎坷、却始终坚持正义与理想的文人，走到了生命的尽头。

李梦阳的诗歌创作堪称诸体兼备，其中乐府诗尤为引人注目，新意盎然。他曾将一首质朴的民歌《郭公谣》编入自己的诗集，并附上了"使人知真诗果在民间"的按语。这一举动，不仅表明了他对民间文学的重视与欣赏，也体现了他的文学观念与审美取向。尽管《郭公谣》本身在技巧上并不突出，但能得到李梦阳这样的复古主义先驱的青睐，确实难能可贵，这也显示了李梦阳对于诗歌创作的开放态度和独特眼光。李梦阳的《禽言》一诗，更接近于民歌的风格，语言质朴，情感真挚。然而，与其乐府诗相比，这首诗在展现诗人本色方面却稍显逊色。这可能是因为李梦阳在创作时，更多地考虑了民歌的特点和风格，而在一定程度上忽略了自己个性的表达。在七律这一诗体上，李梦阳取得了最高的成就。他的七律作品，被王维桢赞誉为"七言律自杜甫以后，善用顿挫倒插之法，惟梦阳一人"。这一评价，无疑是对李梦阳在七律创作上的高度认可。他的七律作品，善于运用开阖变化和突兀作结的手法，使得诗境得以极大开拓，深意得以寄托，同时也展现出诗歌的崇高美。以《秋望》一诗为例：

黄河水绕汉边墙，河上秋风雁几行。

客子过壕追野马，将军铠箭射天狼。

黄尘古渡迷飞挽，白月横空冷战场。

闻道朔方多勇略，只今谁是郭汾阳？

在这首诗中，李梦阳以壮阔苍劲、纵横变化的笔触，描绘了秋日边塞的壮丽景象，表达了诗人渴望建功立业的豪情壮志。诗中最后一句"闻道朔方多勇略，只今谁是郭汾阳"的诘问，更是寓意深远，耐人寻味。这句诗不仅展现了诗人对时局的关注与担忧，也表达了他对英勇将领的崇敬与期待。这样的诗歌创作，无疑展现了李梦阳在七律这一诗体上的高超技艺与深厚底蕴。

李梦阳的诗歌，在艺术层面展现出了独特而鲜明的特点，其中最为显著的便是其诗歌所蕴含的力度和气魄。这种力度与气魄不仅体现在他的字句间，更贯穿于他的整体创作风格之中，使得他的诗歌充满了震撼人心的力量。以《石将军战场歌》一诗为例。这首诗是李梦阳在明武宗正德四年（1509年）的杰作。诗中，他生动刻画了一位血洗刀刃、战功赫赫的石将军形象。这位将军英勇无畏，他的形象仿佛就是一面旗帜，激励着人们勇往直前，保家卫国。通过赞颂石将军的英勇事迹，李梦阳表达了自己对英雄人物的崇敬与向往，同时也寄托了自己的爱国情怀。诗中的音节激昂慷慨，仿佛是一首战歌，让人热血沸腾。而他的笔力千钧，更是将石将军的形象刻画得栩栩如生，令人仿佛置身于战场之中，亲身感受着那种英勇与激情。

二、何景明的诗歌创作

何景明，生于1483年，逝于1521年，字仲默，号白坡，祖籍信阳，即现今的河南一带。弘治十五年（1502年），何景明凭借自己的才华和努力，成功中得进士，被授予中书舍人的职位。然而，他的仕途并非一帆风顺。正德初年，宦官刘瑾专权，朝廷一片混乱。何景明不满这种现状，选择了称病归家，远离了朝堂的纷争。不幸的是，他也因此遭到了免官的处分。正德五年（1510年），刘瑾倒台，朝廷开始整顿吏治，何景明得以复起。他先后担任了吏部员外郎、陕西提学副使等职位，为官一方，展现了他的才华和领导能力。然而，他对于官场的繁文缛节和争斗深感厌倦，最终选择了因病辞职，回到了自己的故乡。正德十六年（1521年），何景明去世。

在诗坛上独树一帜。他作诗取法汉唐，注重现实内容的表达，使得他的诗作充满了忧愤时事的精神。正德二年（1507年）至六年（1511年）间，宦官刘瑾专权，朝政腐败，民不聊生。何景明不愿与奸臣同流合污，便请假回到河南信阳家乡养病，不久便被免官。在家乡期间，他深入民间，目睹了百姓的苦难。繁重的徭役、苛捐杂税使得民众生活困顿，无法度日。何景明深感痛心，便将这些所见所闻融入诗中，写下了《岁晏行》这首反映民生疾苦的七言古诗：

旧岁已晏新岁逼，山城雪飞北风烈。

徭夫河边行且哭，沙寒水冰冻伤骨。

长官叫号吏驰突，府帖连催筑河卒。

一年征求不少蠲，贫家卖男富卖田。

白金纵有非地产，一两已值千铜钱。

往时人家有储粟，今岁人家饭不足。

饥鹤翻飞不畏人，老鸦鸣噪日近屋。

生男长成娶比邻，生女落地思嫁人。

官家私家各有务，百岁岂止疗一身。

近闻狐兔亦征及，列网持缯遍山城。

野人知田不知猎，蓬矢桑弓射不得。

嗟吁今昔岂异情，昔时新年歌满城。

明朝亦是新年到，北舍东邻闻哭声。

在《岁晏行》中，何景明以生动的笔触描绘了百姓的苦难生活。他详细描述了徭役的繁重、税赋的苛重，以及由此带来的民众生活的困苦。诗歌中充满了对统治者的不满和对民众的同情，展现了何景明忧国忧民的情怀。

何景明的诗作，除了反映社会现实、表达忧国忧民之情外，还有一些作品直接抒写了他的个人生活情怀，展现了他丰富而细腻的情感世界。在《答望子》一诗中，何景明倾诉了自己的身世飘零之感。他以江湖为背景，描绘了自己在动荡的时局中漂泊无依的境况，发出"江湖更摇落，何处可安栖"的感慨。这首诗不仅表达了他对故乡的思念，更展现了他对安定生活的渴望。而《得献吉江西书》则是一首叙写友情的诗篇。何景明在诗中将担忧、询问、希冀各种情绪融合在一起，展现了他与友人之间的深厚情谊。这首诗语言质朴，情感真挚，读来令人动容。《峡中》一诗则表现了何景明浓烈的怀乡情思。他在诗中描绘了峡中险峻的景象，借此抒发自己对故乡的思念之情。诗中的"夜猿啼不尽，凄断故乡心"一句，更是将他的思乡之情表达得淋漓尽致。此外，《明月篇》和《秋江词》也是何景明抒发个人情感的重要作品。《明月篇》从京师初升的明月开篇，通过丰富的想象和优美的语言，歌咏了明月普照下的悲欢离合。诗中融入了人间天上、古往今来各种神话传说和历史故事，使得整首诗意境深远，情意缠绵。而《秋江词》则以时间为线索，描绘了秋江晨景、暮景和月夜之景。诗中的景色清丽、疏淡，韵味悠然，同时景中寓情，表达了诗人对故乡的思念和逐渐老去的悲伤之情。

　　除此之外，何景明的诗作中还有一些描绘风俗人情的篇章，这些诗作以其独特的情致和细腻的描绘，令人瞩目。这些作品不仅展示了诗人对生活的敏锐观察和深入体察，也体现了他从不同生活场景中汲取创作素材的能力。在《津市打鱼歌》一诗中，何景明以江边鱼市为刻画场景，生动展现了打鱼、卖鱼、买鱼的繁忙画面。诗中描绘了渔夫们的精明能干，楚姬们的娇媚动人，以及思妇们的期盼与等待。整个画面气氛热烈，生动如画，充满了浓郁的生活气息。通过这首诗，我们可以感受到诗人对平凡生活的热爱和赞美，也可以领略到他对细节的精准把握和描绘能力。而《罗女曲》则塑造了一位多情活泼的"蛮方"少女形象。诗中的少女不仅容貌出众，更有着活泼开朗的性格。她善于歌舞，善于表达情感，使得周围的人都为之倾倒。何景明以清新的笔调，俊朗的语言，生动地描绘了这位少女的形象，使得她跃然纸上，仿佛就在我们眼前。通过这首诗，我们可以看到诗人对人物形象的刻画能力，以及对情感表达的细腻处理。

　　这些描绘风俗人情的诗作，不仅展示了何景明善于观察生活、汲取创作素材的能力，也体现了他对人性、情感的深刻洞察。

三、王世贞的诗歌创作

　　王世贞，生于1526年，逝于1590年，字元美，号凤洲，又号弇州山人，祖籍太仓，即现今的江苏兴化一带。他自小便展现出了非凡的聪明才智，读书过目不忘，这种天赋使得他在学术道路上得以飞速前行。明世宗嘉靖二十六年（1547年），王世贞凭借自己的才华和努力，成功中得进士，这标志着他正式步入了仕途。他最初被授予刑部主事的职位，随后又迁任员外郎、郎中，一步步攀升至刑部尚书的高位。然而，仕途的荣光并未让他忘记初心，他始终保持着对文学的热爱和追求。在仕途的巅峰时期，王世贞因病辞归，回归到了他深爱的文学世界。尽管离开了官场，但他的心却从未离开过那片他热爱的土地和人民。在生命的最后几年里，王世贞虽然饱受病痛的折磨，但他的精神却愈发坚定。他用自己的笔触记录下了对人生的感悟和思考，这些文字不仅是他个人的心声，更是对后世的启示和鼓舞。

王世贞对盛唐诗歌的热爱与推崇可谓溢于言表。然而，他并非一味地模仿古人，而是强调诗歌应以格调为核心，同时注重将格调和才思巧妙地融合在一起。他反对那种单纯从形式上模仿古人的做法，认为真正的诗歌应该达到"气从辞畅，神与境合"的境界，即语言流畅、情感真挚，同时又能体现出诗人的独特气质和深刻思考。

在王世贞的诗作中，尽管可以感受到一些拟古的痕迹，但他的诗歌却并非刻板地模仿古人。相反，他的诗歌气势雄厚、锻炼精纯、构思精妙，而且常常蕴含着丰富的变化。这种变化并非刻意为之，而是源于他对生活的深刻体验和对诗歌艺术的独特理解。以《伤卢枏》一诗为例：

> 北风摧松柏，下与飞藿会。
>
> 词人厄阳九，卢生亦长逝。
>
> 桐棺不敛胫，寄殡空山寺。
>
> 蝼蚁与乌鸢，耽耽出其计。
>
> 酒家惜馀负，里社忻安食。
>
> 孤女空抱影，寡妾将收泪。
>
> 著书盈万言，一往恐失坠。
>
> 唯昔黎阳狱，弱羽困毛鸷。
>
> 幸脱雉经辰，未满鬼薪岁。
>
> 途穷百态攻，变触新语至。
>
> 词场四五侠。往往走馀锐。
>
> 大赋少见赏，小文仅易醉。
>
> 醉后骂坐归，还为室人詈。
>
> 我昔报生札，高材虚见忌。

> 自取造化馀，何关世途事。
>
> 呜呼卢生晚，竟无戮身地。
>
> 哭罢重吞声，皇天有新意。

　　这首诗充分展示了王世贞诗歌的艺术魅力。诗中，他以真实而感伤的笔触，生动地描绘了卢柟生前的困厄遭遇及死后的凄凉境况。字里行间都透露出他对这位生前不得志且过早夭折的才士的深切同情。整首诗的感情真挚自然，既体现了诗人的格调，又展现了他的才思。这种真挚的情感和深刻的思考，使得这首诗完全不同于其他刻板拟古的诗作，而是充满了生命力和感染力。

　　王世贞的诗歌，从题材内容来看，可谓取材广博，丰富多彩。他的诗作不仅关注现实的社会生活，更深入地挖掘并表达了自己的真情实感。每一首诗都如同一面镜子，映射出他所处的时代与社会的种种面貌。在《钧州变》一诗中，他以尖锐的笔触深刻揭示了贵族藩王的残暴荒淫。通过描绘那些身居高位却道德败坏者的丑恶行径，他表达了对社会不公与腐败的强烈不满。这种对社会现实的关注与批判，体现了他作为一位文人应有的良知与责任。而《袁江流钤山冈当庐江小吏行》则是对严嵩父子横行不法、累累罪行的无情揭露。在这首诗中，他以生动的语言和鲜活的形象，展现了那些权臣的丑态与罪行，表达了对他们肆无忌惮、危害社稷的愤怒与谴责。《大地变》一诗反映了山西一带发生的地震。他通过对自然灾害的描绘，表达了对受灾百姓的深切同情，同时也借此提醒人们要敬畏自然、珍惜生命。在《黄河来》这首诗中，他既表达了对受到迫害的正直臣僚的同情，又抨击了当朝政治统治的腐败。他通过对社会黑暗面的揭示，表达了对正义与公平的渴望与追求。而《过长平作长平行》则通过对战争的残酷性进行反复咏叹，希望达到"使穷兵黩武者知戒"的目的。他深知战争的破坏力与伤害性，因此在这首诗中，他强烈呼吁人们要珍视和平、避免战争。

四、李攀龙的诗歌创作

　　李攀龙，生于1514年，逝于1570年，他的一生充满了荣耀与坎坷。字于鳞，号沧溟，是历城（现今的山东）人，自幼便显露出过人的才华和志向。嘉靖二十三年（1544年），他凭借自己的才华和努力，成功中得进士，从此开启了仕途生涯。最初，李攀龙被授予刑部主事的职位，他在这个岗位上尽职尽责，以公正严明的态度处理案件，赢得了人们的尊敬。后来，他历任刑部郎中、陕西提学副使、河南按察使等职务，无论身处何地，他都坚守职责，努力为百姓谋福祉。隆庆四年（1570年），李攀龙的母亲去世，这对他来说是一个沉重的打击。他因哀伤过度，身体逐渐衰弱，没过多久也离开了人世。

李攀龙在复古上主张严守古法，他推崇汉、魏古诗和盛唐近体，追求诗歌的古典韵味和格律之美。然而，这也使得他的古乐府及古体诗大多有明显的临摹痕迹，有时甚至过于拘泥于古法，缺乏创新和突破。因此，他的诗作曾受到王世贞的批评，被指责为"临摹帖"，艺术价值不高。然而，我们也不能因此就全盘否定李攀龙的诗歌成就。事实上，尽管他的部分诗作有模拟之嫌，但他也有一些篇章较为真实地刻画自己的精神世界，有独到的艺术特色。比如他的《和许殿卿春日梁园即事》，这首诗以三句一韵的形式，通过流宕婉转的笔势，极写诗人激荡洒脱的游乐心境，别具情致，展现了他对自然美景的热爱和对生活的热情。又如他的《岁杪放歌》，这首诗更是吐露出了诗人不随时俗、洁身自爱的孤傲执拗的情怀。诗中他写道："何人不说宦游乐，如君弃官复不恶。何处不说有炎凉，如君杜门复不妨。纵然疏拙非时调，便是悠悠亦所长。"这种不随波逐流、坚守自我的精神，正是李攀龙诗歌中最为动人之处。

李攀龙的诗歌创作丰富多彩，各种诗体皆备，但其中尤以讲求格调声律的七律、五律、七绝写得最有特色，这些诗作不仅音韵和谐，更富有艺术感染力，读来令人心潮澎湃，回味无穷。《杪秋登太华山绝顶》是李攀龙在任陕西提学副使期间，登上华山之巅后有感而发的一首诗作：

> 缥缈真探白帝宫，三峰此日为谁雄？
> 苍龙半挂秦川雨，石马长嘶汉苑风。
> 地敞中原秋色尽，天开万里夕阳空。
> 平生突兀看人意，容尔深知造化功。

这首诗不仅展现了华山的雄伟壮观，更融入了诗人对世事沧桑的深沉感慨。在诗的首联，李攀龙用生动的笔触赞叹华山的高峻，将华山的雄伟气势展现得淋漓尽致。他笔下的华山，仿佛是一座屹立在天地之间的巨峰，气势磅礴，令人敬畏。颔联中，诗人则描绘了秦川的雄浑景象。他通过细腻的描绘，将秦川的广袤与壮美展现得栩栩如生，仿佛让读者能够身临其境，感受到那种壮阔的气势。到了颈联，诗人转而状写秋末夕阳下中原的辽阔。他巧妙地运用色彩和光影的变化，将中原大地的辽阔与壮美描绘得淋漓尽致，令人陶醉。在尾联中，诗人咏华山的不平凡。他通过对华山的赞美，表达了对自然的敬畏与对人生的思考。全诗在气魄雄伟、雄浑沉着的绘景笔致中透出深沉悠长的世事沧桑之感，境界十分阔大。

《和聂仪部明妃曲》是一首歌咏王昭君出塞和番的诗作：

天山雪后北风寒，抱得琵琶马上弹。

曲罢不知青海月，徘徊犹作汉宫看。

此诗以王昭君为题材，展现了她对故国的深深思恋之情，然而其手法却异常独特，以蕴藉取胜，不直接倾诉情感，而是通过细腻的描绘和微妙的情感流露，让读者在字里行间感受到昭君的哀怨与思念。诗中着重刻画了王昭君弹琵琶之后的心境。她全神贯注地弹奏着，每一个音符都充满了对故国的思念与回忆。随着乐曲的流淌，她仿佛置身于旧日的汉宫之中，那里的繁华与热闹，那里的欢笑与泪水，都一一浮现在眼前。她的心中充满了对过去的眷恋与不舍，对家乡的思念与期盼。当乐曲弹罢，昭君如梦初醒，却发现自己仍然身处异国他乡。她对着明月徘徊，心中充满了无尽的怅惘与哀愁。那明月，仿佛是故国的使者，带来了家乡的消息与问候，却又让她更加思念远方的亲人。

整首诗风格自然，语言流畅，情感真挚而深沉。它没有过多的修饰与雕琢，却通过细腻的描绘和微妙的情感流露，将昭君的内心世界展现得淋漓尽致。读者在品味这首诗时，仿佛能够感受到昭君那如痴如醉的心绪，那对故国的深深眷恋与思念。

第四节 公安派与竟陵派的诗歌创作

一、公安派的诗歌创作

明代万历年间，诗歌界经历了一场激烈的复古与反复古的较量。在这场斗争中，诗歌革新得以持续推进，并逐渐深化。其中，一个引人注目的诗派——公安诗派，应运而生，他们鲜明地反对复古诗派的主张。公安诗派坚信，仅仅在形式上模仿古人，诗歌会渐渐失去生机，走向衰败。他们持有一种乐观的发展观，认为诗歌会随着时间的推移而不断进步，每一代都会超越前代，因此无须过分崇古抑今。他们主张"诗穷新极变"，即要敢于打破陈旧的规则和习俗，勇于"独抒性灵"，展现诗人独特的个性和情感。公安诗派的代表人物有袁宗道、袁宏道和袁中道三兄弟。

（一）袁宗道的诗歌创作

袁宗道，生于1560年，逝于1600年。字伯修，号玉蟠，出生于湖广公安（今属湖北公安县）。万历十四年（1586年），袁宗道凭借自己的才华与努力，成功中得进士，这一成就标志着他正式步入了仕途。此后，他历任翰林院编修、春坊右庶子等职务，这些职位不仅让他有机会接触到国家的最高决策层，更使他在政治和学术上有了更深的造诣。然而，命运对袁宗道并不宽容。万历二十八年（1600年），他因病在北京逝世，享年四十岁。

袁宗道，作为公安派的创始者与领军人物之一，坚决反对那种将诗歌创作拘泥于盛唐风格的陈旧观念。他主张诗歌应顺应时代，抒发个人真实情感，而非被古人的框架所束缚。他的诗歌创作涉猎广泛，从咏物言志到送别怀友，从礼佛参禅到写景述怀，从羁旅乡愁到题画论艺，再到赠答唱和，无所不包。尽管这些诗作可能并未涉及重大的社会议题，但它们无一不是袁宗道自适精神的生动体现。袁宗道的诗歌取材新颖，善于从日常生活中捕捉灵感，无论是眼前的景物还是身边的小事，都能成为他笔下的素材。他的表现手法直抒胸臆，本色自然，用简洁明快的语言描绘出生活的真实面貌和内心的情感状态。他的诗歌淋漓尽致地展现了自己的个性，与公安派所倡导的

"性灵说"的诗歌创作主张相契合。以《食鱼笋》一诗为例，袁宗道展现了他独特的诗歌风格：

> 竹笋真如土，江鱼不论钱。
>
> 百年容我饱，万事让人先。
>
> 交态归方识，冰心老自坚。
>
> 雨窗歌绿树，宜醉更宜眠。

这首诗中，没有繁复的意象堆砌，也没有深奥隐晦的诗味追求。他所描写的，不过是日常生活中食笋这一小事，而所抒发的，则是他个人适意、娴雅的情感思绪。这种清新自然的诗风，给人一种耳目一新的感觉，让人能够轻松地感受到诗人的内心世界和生活态度。

袁宗道是一位思想非常复杂的人。他虽然仕途顺利，身居高位，享受着权力和荣耀的滋润，但他的内心却并未被这些所蒙蔽。他主张"士贵通达世务，晓畅经济"，有着匡扶社稷、振兴国家的雄心壮志。他的性格直爽，骨子里透着一股不屈不挠的傲气，这使得他对晚明时期黑暗污浊的官场充满了厌恶，他渴望改变这种污浊不堪的状况，为民除害，为国除弊。然而，袁宗道的心中又有着归隐田园的消极避世思想。他向往那种远离尘嚣、自在逍遥的生活，希望能够在山水之间找到心灵的寄托。这种矛盾的心态使得他在吏与隐之间困苦挣扎，成为一个典型的文人形象。这种内心的挣扎和矛盾，在袁宗道的诗作中得到了深刻的体现。他的很多诗作都不由自主地流露出欲隐难遂的悲苦之音和矛盾无奈的复杂心态。例如他的《信阳道中即事》一诗，便是他在任翰林时所写：

> 眼底青山爱颜真，何妨日日对嶙峋。
>
> 今朝卷慢无山色，惆怅还如别故人。

在这首诗中，他表达了对山色景物的特殊喜爱之情，展现了他随性求真、直抒胸臆的艺术手法。同时，通过这首诗，我们也可以看出他在为官之时对田园生活的深深向往。他渴望能够摆脱官场的束缚，回归自然，享受那种无拘无束的生活。

此外，袁宗道也是一个内心平和恬淡的人，这种心态也反映在他的诗歌中。他的诗歌往往体现出一种"清润和雅"的诗风，给人一种清新、润泽、和谐、雅致的感觉。这种诗风在他的赠答述怀、记事言情一类的诗作中得到

了鲜明的体现。以《憩有斐亭》为例，这首诗便充分展现了袁宗道诗歌的
特色：

> 山下无人踪，山上无鸟语。
>
> 惟余一片云，见我来游此。

这首诗的格调清逸，遣词造句平易中见秀润，用笔近于白描，构图清丽
明快。诗中所描绘的景象与诗人闲适超逸的心境十分和谐熨帖，使得整首诗
充满了恬静与安详的气息。这首诗不仅体现了袁宗道诗歌"清润和雅"的风
格特点，也展现了他诗歌创作的艺术魅力，让人在阅读中能够感受到他内心
的平和与恬淡。

（二）袁宏道的诗歌创作

袁宏道，生于1568年，逝于1610年，字中郎，又字无学，号石公，又号
六休，他出生于湖广公安（今属湖北）。在袁氏三兄弟中，他排行第二，然
而他在公安派中的地位却是无可替代的中坚力量。万历二十年（1592年），
袁宏道凭借自己的才华和努力，成功考中进士，这是他人生的一个重要转折
点。此后，他历任吴县县令、顺天教授、礼部主事、吏部主事等职务，这些
职位不仅让他有机会深入了解国家的政治运作，更让他在实践中锤炼了自己
的政治智慧和领导才能。万历三十八年（1610年），袁宏道因病去世，年仅
四十二岁。

袁宏道在诗歌创作的过程中，不仅继承了公安诗派的诗歌创作理论，更
是身体力行地对其进行实践，展现出了他深厚的文学功底和独到的艺术见
解。他以细腻的笔触和敏锐的洞察力，将个人的情感与社会的现实巧妙地融
合在诗歌之中，使得每一首诗都充满了生活的气息和时代的烙印。以《戏题
斋壁》一诗为例：

> 一作刀笔吏，通身埋故纸。
>
> 鞭笞惨容颜，簿领枯心髓。
>
> 奔走疲马牛，跪拜羞奴婢。
>
> 复衣炎日中，赤面霜风里。
>
> 心若捕鼠猫，身似近膻蚁。
>
> 举眼尽无欢，垂头私自鄙。

> 南山一顷豆，可以没馀齿。
>
> 千钟曲与糟，百城经若史。
>
> 结庐甀箪峰，系艇车台水。
>
> 至理本无非，从心即为是。
>
> 岂不爱热官，思之烂熟尔。

在这首诗中，袁宏道巧妙地运用了侧面描写的手法，生动地展现了自己为官时的辛苦和所受的屈辱。他通过细腻的描绘，让读者能够深切地感受到他那种因压抑的仕宦生涯而感到的苦闷和无奈。同时，他也借此表达了自己对自由田园生活的向往和渴望，展现出了他内心深处对自由和自然的追求。

在诗歌创作上，袁宏道还注重创新，不断突破传统的束缚，探索新的诗歌表达方式。他的诗歌风格"变板重为轻巧，变粉饰为本色"（《四库全书总目提要》），常常能够直抒胸臆，表达出对现实社会的痛心感慨，或者展现出自己寄栖山水的愉悦心情和生活琐事中的逸致闲情。这种直抒胸臆的表达方式，使得他的诗歌更加贴近生活，更加深入人心。以《猛虎行》一诗为例：

> 甲虫蠹天平，搜利及丘空。
>
> 板卒附中官，钻簇如蜂拥。
>
> 抚按不敢问，州县被呵斥。
>
> 槌掠及平人，千里旱沙赤。
>
> 兵卫及邮传，供亿不知几。
>
> 即使沙沙金，官支已倍蓰。
>
> 矿徒多剧盗，嗜利深无底。
>
> 一不酬所欲，仇决如狼豕。
>
> 三河及两浙，在在竭膏髓。
>
> 焉知疥癣忧，不延为疮痏。

袁宏道在诗中直接表达了对宦官恶行的严厉斥责和尖锐抨击。他毫不畏惧地指出宦官们是"剧盗"，是"如狼豕"的猛兽，他们的行为对社会的危害极大。同时，他也警示封建统治者，如果不及时制止宦官的恶行，终将引发大的灾难。这种敢于直面现实、敢于批判的勇气，使得他的诗歌具有了深刻的社会意义和历史价值。

风趣性和诙谐性是袁宏道诗作的独特魅力，他善于运用幽默诙谐的语言和生动的比喻，将生活中的点滴细节和情感体验展现得栩栩如生。他甚至在诗作中常常使用"戏题""戏柬""戏别"等字眼，以此标明诗作的轻松幽默性质，使得读者在阅读时能够感受到一种轻松愉快的氛围。

这类诗作往往写得通俗、俚浅，语言直白易懂，不刻意追求华丽辞藻和深奥意境。这种风格实际上也是袁宏道有意打破意象密集、意蕴含蓄的盛唐诗风的一种尝试。他希望通过更加直白、生动的语言，将生活中的真实情感和体验传递给读者，让读者能够更加直接地感受到诗歌所表达的情感和意境。

在《戏题君山》一诗中，袁宏道充分展现了他的风趣和诙谐。他将自然景物进行了拟人化处理，使得山峦、湖水都仿佛具有了人的情感和性格。这种处理方式不仅使得诗歌更加生动有趣，也让读者在阅读时能够感受到一种喜剧的风味。诗人以轻松幽默的笔触，描绘出了一幅美丽的自然画卷，同时也表达了自己对大自然的热爱和向往。

（三）袁中道的诗歌创作

袁中道，生于1570年，逝于1623年，字小修，号柴紫居士，亦号凫隐居士。他自小便展现出非凡的文学才华，十几岁的他便完成了长达五千余言的《雪赋》和《黄山赋》这两篇赋作，其辞藻华丽，意境深远，令人叹为观止。成年后的袁中道，更是热爱漫游，他遍访名山大川，足迹遍布大江南北。他的游历不仅丰富了他的阅历，也为他的文学创作提供了源源不断的灵感。明神宗万历四十四年（1616年），他考中进士，步入仕途，担任徽州府教授，之后更累官至礼部郎中。然而，仕途并非他所愿，他的内心仍然向往着那份自由与宁静。后来，袁中道因病乞休，离开了繁华的官场，回到了他钟爱的山水之间。他的生活虽然简朴，但他的内心却充满了满足与宁静。他继续他的文学创作，将自己的所见所感，所思所悟，都融入笔墨之中。明熹宗天启六年（1626年），袁中道因病逝世。著有《珂雪斋集》。

袁中道在诗歌创作的早期阶段，与其兄袁宏道持相同的主张，他坚信诗歌创作应该"以意役法，不以法役意"，即诗歌的形式应该服从于内容，而不是让内容受限于形式。他追求的是诗歌的韵致与变化，力求在作品中展现出清浅、俚俗、直抒胸臆的风格。这种创作理念在他的诗作中得到了充分体现，例如《哭田生》其二这首诗，便直率而清晰地表达了他对逝去朋友的深切怀念之情，情感真挚，毫不掩饰。然而，这首诗的诗味相对较淡，略显直白，缺乏一些含蓄与韵味。

随着时间的推移，袁中道逐渐认识到了公安诗派的不足之处，他开始意识到诗歌创作并非仅仅直抒胸臆那么简单，还需要在诗句的锤炼、诗歌的构思、诗歌的韵味与含蓄上下更多的功夫。于是，他的诗歌创作开始发生转变，更加注重诗歌的艺术性和表现力。以《山中晓行》这首诗为例，可以看出袁中道在诗歌创作上的这种转变：

> 秀壁牵人住，途崎步转轻。
> 初曦千叶影，浩露一山声。
> 颇厌桃花俗，偏怜石骨清。
> 风柯与谷鸟，相对话无生。

诗中，他巧妙地运用了"秀壁""途崎""轻"等词汇，不仅描绘出了山中的美丽景色，更通过这些词汇的运用，一下子烘托出游者愉悦的心情。在这种心情的驱使下，游者看到了别具一格的山中景色，仿佛每一处风景都充满了情趣。接着，诗人进一步表达了自己对石骨的喜爱，胜过对桃花的喜爱，原因是石骨显得更为清朗。最后两句则运用了拟人的手法，将风中的树叶与山谷中的鸟儿拟人化，让它们进行对话，以此结束全诗，引人无限遐想。

这首诗明显是经过袁中道精心整理和加工而成的，无论是诗句的锤炼、诗歌的构思，还是诗歌的韵味与含蓄，都展现出了他诗歌创作的新变化。

袁中道后期的诗作，大多聚焦于他的游历生活和闲适心境，字里行间流露出一种轻松飘逸、自然闲适的基调。这种基调在他的诗作《听泉》其一中得到了完美的体现：

> 一月在寒松，两山如昼朗。
> 欣然起成行，树影写石上。
> 独立巉岩间，侧耳听泉响。
> 远听语犹微，近听涛渐长。
> 忽然发大声，天地皆萧爽。

清韵入肺肝，濯我十年想。

在这首诗中，袁中道描绘了一个静谧而美好的夜晚。月光皎洁，如同银色的绸缎洒满大地，给这个夜晚增添了一抹神秘而宁静的色彩。寒意渐渐侵入，但这并没有影响诗人的心情，他反而独自一人，悠然自得地徜徉在山岩间。在这个宁静的夜晚，诗人侧耳倾听，那潺潺的山泉流水声传入耳中，仿佛是大自然的低语，诉说着它的秘密。诗人被这美妙的声音所吸引，他尽情地领略着大自然的妙趣，享受着这份来自大自然的馈赠。

全诗情景交融，意境优美。诗人用细腻的笔触描绘出夜晚的静谧、月光的皎洁、山岩的崎岖及山泉的潺潺。这些元素相互交织，构成了一幅美丽的画卷，让人仿佛置身于其中，感受到了大自然的魅力和诗人内心的宁静与愉悦。

这首诗也充分地体现了袁中道陶醉于自然之中的悠闲愉悦心情。他通过诗歌表达了自己对大自然的热爱和向往，同时也传达出了一种追求自由、闲适生活的哲学思考。

二、竟陵派的诗歌创作

公安派因反对复古风潮、崇尚个性表达而名垂青史。而随后兴起的竟陵派，在公安派渐显颓势之际崭露头角。他们继承了公安派"独抒性灵"的核心主张，同样旗帜鲜明地反对模拟古人的陈词滥调。然而，竟陵派并不满足于仅仅复制公安派的路径，他们试图以一种"幽深孤峭"的独特风格，对公安派作品中可能存在的俚俗与浮浅进行纠偏。在竟陵派看来，"性灵"并非单纯的情感流露，而是应深入学习古人诗词中蕴藏的精神内涵。他们追求的"性灵"，更多地体现为"幽情单绪"与"孤行静寄"这样深沉而内敛的情感表达。这种对"性灵"的独特理解，使竟陵派的诗歌创作呈现出一种与众不同的风貌。然而，这种"幽深孤峭"的风格追求，也在一定程度上导致竟陵派的诗歌创作陷入了刻意雕琢字句、语言佶屈聱牙、内容艰涩隐晦的困境。他们在追求独特风格的同时，过于注重形式上的创新，而忽略了诗歌应有的自然流畅与情感真挚，这在很大程度上限制了他们的诗歌创作。竟陵派的代表诗人钟惺和谭元春。

（一）钟惺的诗歌创作

钟惺，生于1574年，逝于1624年，字伯敬，号退谷，湖广竟陵人，即今天的湖北天门。他的一生充满了曲折与传奇，从一位普通的士子到身居高位的官员，再到因故辞官归乡，他的经历充满了起落与变迁。万历三十八年（1610年），钟惺通过不懈努力，终于考中进士，这是他人生中的一大转折。初入仕途，他被授予行人的职位，虽然职位不高，但他却尽心尽力，尽职尽责。后来，他又改授为工部主事，开始接触更为复杂的政务。万历四十四年（1616年），钟惺的仕途又有了新的进展，他被授予南礼部仪制司主事的职位。这个职位让他有了更多的机会展示自己的才华和能力。不久后，他又迁为祠祭司郎中，累官至福州提学佥事。在这些职位上，他始终保持着清廉正直的品格，深受人们的尊敬和赞誉。然而，就在他的仕途看似一片光明之时，命运却给了他一个沉重的打击。不久之后，钟惺因丧父而辞官回乡。这次变故让他的心灵深受触动，他开始重新审视自己的人生和价值观。在回乡的日子里，他过上了简朴而宁静的生活，将更多的精力投入到文学创作和学术研究之中，直至去世。

钟惺在诗歌创作的过程中，以其独特的个性，将对时事的深刻议论巧妙地融入诗中，使得诗歌不仅具有优美的韵律，更富含深邃的思想内涵。他性好议论，善于观察社会现象，挖掘问题本质，这种特点在他的诗作中得到了充分体现。以《邸报》一诗为例，钟惺以诗歌的形式对自己眼中的朝政官场做出了深入述评：

日余生也晚，前事未睹记。刻乃处下流，朝章非所识。
三十余年中，局面往往异。冰山往崔嵬，谁肯施螳臂？
片字犯鳞甲，万里御魑魅。目前祸堪怵，身后名难计。
迩者增谏员，戆铎略已备。褒诛两不闻，人人争慕义。
请剑等寻常，折槛何容易。撩须料不嚘，探颔何须睡。
众响忽如一，一辞申数四。己酉王正月，邮书前后至。
数十万余言，两三月中事。野人得寓目，吐舌叹且悸。
耳目化齿牙，世界成骂詈。哓哓自哓晓，愦愦终愦愦。

雄主妙伸缩，宽容寓裁制。并废或两存，喧墨无二视。

下亦复何名，上亦复何利。议异反为同，途开恐成闭。

机彀有倚伏，此患或不细。遘此不讳朝，杞人弥忧畏。

在这首诗中，作者首先批判了张居正擅权逞势的行为，指出其闭塞言路的做法对国家政治生态的破坏。诗人通过生动的描绘和犀利的笔触，将张居正的权谋与霸道展现得淋漓尽致，使读者对其行为产生了深刻的认识。接着，钟惺又将笔触转向当时令人触目惊心的党争问题。他围绕"国本"问题，即立皇太子和巩固皇太子地位的问题，进行了深入的剖析。在这个问题上，东林党与内阁大体处于对立地位，而内阁则大体附和神宗的意见。诗人通过诗歌的形式，将这一复杂的政治斗争呈现得淋漓尽致，使读者能够感受到当时朝廷中的紧张氛围和激烈的斗争。

钟惺在诗歌创作的过程中，除了善于将时事议论融入诗中，还非常注重用硬毫健笔描绘祖国险奇的山水。他的这类诗作往往不适合大声朗读，而更适合一个人平心静气地反复咀嚼，细细品味，以体会诗人的匠心独运和诗作的韵味悠长。以《江行俳体》（其二）为例：

五载前曾说此游，问程结伴几春秋。

艰难水陆千余里，大小关梁六易舟。

畏路刺船频裸体，乘流开柂缓梳头。

顺风一日行三日，莫待依滩怨石尤。

这首诗是钟惺运用硬毫健笔描绘山水风光的杰作。诗中，他细腻地刻画了沿途的山水景色、风物人情，将大自然的壮美与人文的温馨完美融合。无论是高耸入云的山峰，还是碧波荡漾的江水，都被他赋予了生命和灵魂，仿佛就在读者眼前展开一幅幅生动的画卷。在品读这首诗时，我们需要平心静气，慢慢品味其中的每一个字、每一句。只有这样，我们才能深刻体会到诗人的匠心独运，感受到他对美好河山的热爱之情。同时，我们也能从诗中感受到一种身处他乡却宾至如归的亲切感，仿佛自己也置身于那山水之间，与诗人一同领略大自然的鬼斧神工。

（二）谭元春的诗歌创作

谭元春，生于1586年，逝于1637年，字友夏，号鹄湾，又号蓑翁，湖广竟陵人，即今天的湖北天门。他的一生充满了波折与传奇，早年便以其出众的文采而名扬四海，然而仕途之路却并不顺畅。明熹宗天启七年（1627年），谭元春在历经多年的努力与等待后，终于以四十二岁的高龄中得了乡试，这对于他来说无疑是一次重大的突破。然而，之后的会试之路却仍然坎坷不平，他屡次参加会试，却都未能如愿以偿。明思宗崇祯十年（1637年），谭元春再次怀抱希望进京参加会试，然而命运却与他开了一个残酷的玩笑。在赴京途中，他因病不幸离世，终年五十一岁。

谭元春早期的诗歌，展现了他独特的艺术风格与深厚的情感底蕴。无论是描绘人物形象，还是咏叹自然景物，抑或是记录游历的所见所闻，他的诗作都散发着明朗的意境、真实的情感和质朴的语言。以《客夜闻布谷》为例：

> 百鸟宵正寂，鸣蛙窗未起。
>
> 布谷何处啼，关我乡园喜。
>
> 昨得湖田信，新雨润一指。
>
> 日者谅已耕，田事皆经始。
>
> 莫我出门来，事事后乡里。
>
> 赖有此声切，或入家人耳。

诗歌的前八句，谭元春巧妙地以布谷的叫声为引子，将读者的思绪引向了他对乡园的思念与想象。他先是听到布谷的叫声，那熟悉的旋律让他想起了家乡的种种喜事，仿佛那些温馨的画面就在眼前浮现。接着，他收到了家人的来信，信中提到了"新雨润一指"的信息，那是家乡雨后的清新与生机，仿佛能透过纸背，让他感受到那份来自家乡的亲切与温暖。最后，他料想家中已经为田事忙碌起来了，那种对家乡的牵挂与思念，在字里行间流淌。而诗歌的后四句，谭元春话锋一转，将笔触转向了自己客居在外的孤独与无奈。他想到自己远离家乡，无法亲自参与家乡的田事，心中不禁涌起一股淡淡的忧伤。然而，他又是幸运的，因为有布谷的叫声来传达深情，让他能够与家人保持联络，那份来自家人的关爱与支持，成为他客居异乡的最大慰藉。全诗首尾相互呼应，情感变化层次分明，从对家乡的思念与想象，到对客居生活的无奈与感慨，再到对家人的感激与牵挂，情感跌宕起伏，读后不禁使人产生一种亲切感。同时，谭元春的语言朴素晓畅，没有过多的修饰与雕琢，却能够深入人心，让人感受到他真挚的情感与深厚的文学功底。

谭元春后期的诗歌风格与钟惺有着异曲同工之妙，他们都致力于追求语言的奇崛与独特，期望在险涩之中探寻出意蕴的深厚与独特。谭元春特别注重语言的锤炼与提炼，他善于运用独特的意象和奇特的比喻，使诗歌呈现出一种幽深孤峭的艺术特色。以《太和董前坐泉》一诗为例：

> 石选何方好，波澜过接时。
>
> 应顺高下坐，待看吞吐奇。
>
> 鱼出声中立，花开影外吹。
>
> 不知流此去，响到几人知。

在这首诗中，他巧妙地运用了一系列奇特的意象，如"鱼出声中立"和"花开影外吹"等，这些意象不仅富有想象力，而且极具冲击力。这些意象的运用，不仅增强了诗歌的艺术表现力，也使其意蕴更加深厚。

此外，谭元春在诗歌中还善于运用时空的错杂来醒人耳目。他通过巧妙的构思和安排，使诗歌的时空结构错综复杂，给人以强烈的视觉冲击力和艺术震撼力。这种时空错杂的运用，不仅使诗歌更加具有张力，也使其更加具有深度和内涵。

值得注意的是，由于谭元春过于追求虚词的灵活运用和语言的奇崛，有些诗作难免存在晦涩不通的情况。这在一定程度上影响了诗歌的流畅性和可读性，使得读者在欣赏其艺术特色的同时，也不得不花费更多的时间和精力去理解和领悟其深层含义。

第六章

百家未独秀
清代古典诗歌的创作探究

清代古典诗歌的创作环境独特而多元。一方面，清朝的统治者为维护社会稳定，实行了一系列的文化政策，对诗歌创作产生了一定的影响。另一方面，随着西方文化的传入，清代文人开始接触到新的思想观念和艺术形式，这对他们的诗歌创作产生了潜移默化的影响。在这种背景下，清代古典诗歌既体现了传统的审美观念，又融入了新的时代元素，呈现出一种独特的艺术风貌。

第一节　清初遗民诗

清朝入关后，施行了严苛的封建统治与民族压迫，这一举措激起了全国范围内风起云涌的反抗浪潮，各地的抗清斗争持续长达四十年之久。正是在这样的历史背景下，汉族的民族意识逐渐觉醒，文人墨客的创作才情也被极大地激发，为文学注入了崭新的活力。这一时期的诗歌，多富有民族精神与忠君思想，那些身为遗民的诗人们，他们的沉痛作品深刻反映了那个时代的核心旋律。在这段波澜壮阔的岁月中，无数诗人以笔为剑，创作出了众多充满时代精神的诗歌佳作。卓尔堪的《明遗民诗》便是一个杰出的代表，它收录了超过四百位作者的近三千首诗歌，其中尤以顾炎武、黄宗羲、王夫之三人的作品最为气节高尚，他们的诗歌不仅技艺精湛，更体现了那个特殊时代的精神风貌。

一、顾炎武的诗歌创作

顾炎武，生于1613年，逝于1682年，他来自江苏昆山的亭林镇，起初的名字叫绛。明朝灭亡之后，为了寄托自己对国家的深沉情感，他毅然改名为炎武，字宁人。在学术界，他因学识渊博、品德高尚而被尊称为亭林先生。明朝覆灭后，顾炎武怀揣着对国家的忠诚和对民族的热爱，曾在家乡一带积极投身于抗清斗争之中。他率领乡民，挥舞着旗帜，与清军展开了殊死搏斗。然而，由于种种原因，抗清斗争最终未能取得胜利。面对失败，顾炎武并未灰心丧气，而是选择了背井离乡，周游各地，秘密串联志同道合的志士，企图寻找机会再次崛起。在流浪的岁月里，清政府曾多次尝试收买顾炎武，希望他能放弃抵抗，归顺朝廷。然而，顾炎武始终坚守着自己的信仰和原则，多次拒绝了清政府的诱惑。正因为他的坚定立场，清政府开始对他进行严密的监视，甚至以文字狱为借口将他囚禁。然而，即便身处囹圄之中，顾炎武也始终保持着不屈不挠的精神，他用自己的行动和诗歌表达了对国家的忠诚和对民族的热爱。顾炎武的一生充满了传奇色彩，他用自己的生命诠释了什么是崇高的民族节操。他的诗歌和事迹激励着一代又一代的中华儿女，为国家的繁荣和民族的复兴而努力奋斗。

顾炎武的一生，不仅致力于学术研究，更以诗歌为媒介，抒发自己深沉的民族情感和坚定的爱国思想。他留下了四百多首诗歌，每一首都像是他心中流淌出的热血与激情。在这些作品中，反清复明和坚守气节成为他诗歌中最为鲜明的色彩。

《精卫》这首诗，可以说是顾炎武政治情感的集中体现：

> 万事有不平，尔何空自苦；
>
> 长将一寸身，衔木到终古？
>
> 我愿平东海，身沉心不改；
>
> 大海无平期，我心无绝时。
>
> 呜呼！君不见，
>
> 西山衔木众鸟多，鹊来燕去自成窠。

在这首诗中，诗人以精卫填海的故事为喻，强烈地讽刺了那些只知追求个人安乐、缺乏国家大义的燕雀之辈。他痛斥这些人在国家危亡之际，却只顾自己的小利，忘记了民族的尊严和国家的未来。而在这首诗中，顾炎武也表达了自己坚定不移的决心。"我愿平东海，身沉心不改。"这句诗，既展现了他对国家、对民族的深深忧虑，也表达了他愿意为了国家的复兴、民族的崛起，不惜付出一切代价的决心。即使面临再大的困难，即使要付出生命的代价，他也绝不会改变自己的信念和追求。

顾炎武的诗风倾向于现实主义，他擅长以事为引，直抒胸臆，使得他的诗歌呈现出一种激越苍凉、质朴浑厚的特质。在他的作品中，我们可以看到他对社会现实的深刻洞察和对民族命运的深切关怀。《秋山》其一便是他这一诗风的典型体现：

> 秋山复秋山，秋雨连山殷。
>
> 昨日战江口，今日战山边。
>
> 已闻右甄溃，复见左拒残。
>
> 旌旗埋地中，梯冲舞城端。
>
> 一朝长平败，伏尸遍冈峦。
>
> 北去三百舸，舸舸好红颜。

> 吴口拥橐驼，鸣笳入燕关。
>
> 昔时鄢郢人，犹在城南间。

这首诗以江南人民的反清斗争为题材，深入描绘了清兵屠戮烧杀的罪行，展现了那个时代的悲惨与残酷。诗中，顾炎武以精细的构思和工致的笔触，将亡国男女的悲惨命运刻画得淋漓尽致，令人痛彻心扉。他不仅仅是在描述一个历史事件，更是在呼唤着民族精神的勃发。他希望通过这首诗，唤起人们对民族命运的关注，激发人们的爱国热情，让每一个读者都能感受到那份对国家和民族的深深忧虑与坚定信念。

随着时间的悄然流逝，顾炎武心中的希望如同泡影般一一破灭。他逐渐透过现实的迷雾，清晰地认识到了局势的严峻，明白自己的那些美好愿景，在冷酷无情的现实面前，永远都无法得以实现。这使他内心充满感伤，情绪愈发沉郁，似乎被无尽的失落所笼罩。然而，顾炎武并未因此而灰心丧气，他的意志依旧坚定如磐石，至死不渝。他深知，即便希望渺茫，也不能放弃对理想的追求和对生活的热爱。因此，他的诗篇中，虽流露出些许感伤，但更多的却是雄浑有力的笔触，字里行间充满了慷慨悲壮之情。以他的诗作《五十初度时在昌平》为例：

> 居然濩落念无成，隙驷流萍度此生。
>
> 远路不须愁日暮，老年终自望河清。
>
> 常随黄鹄翔山影，惯听青骢别塞声。
>
> 举目陵京犹旧国，可能钟鼎一扬名。

这首诗不仅是他人生阶段的一个缩影，更是他内心情感的真实写照。诗中，他借景抒情，通过对昌平景色的描绘，抒发了自己对国家命运的关切和对个人理想的执着追求。每一句诗都凝聚着他的心血和情感，读来令人动容。

综观顾炎武的诗篇，我们不难发现，他的诗歌与杜甫的诗作有着异曲同工之妙，两者在风格和内涵上都表现出了极高的相似度。顾炎武的诗歌，犹如他的人格一般崇高，深厚的学养使他的诗作质实坚苍，充满了沉雄悲壮的韵味。他的每一句诗，都仿佛是从心底深处流淌出来的，饱含着他对时代、对人生、对理想的深沉思考和感悟。这种独特的诗歌格调，使得顾炎武在当时的诗坛上独树一帜，影响深远。他的诗作不仅为一代清诗注入了新的活力，更为后人树立了笃实、高阔的榜样。他的诗歌中，既有对现实世界的深刻剖析，又有对人生理想的执着追求，这种既深刻又崇高的艺术境界，使得他的诗作在文学史上留下了浓墨重彩的一笔。

二、黄宗羲的诗歌

黄宗羲，生于1610年，逝于1695年，字太冲，又字德冰，号南雷，别号繁多，如梨洲老人、梨洲山人、双瀑院长、鱼澄洞主、蓝水渔人、古藏室史臣等，学者则尊称他为梨洲先生。他出生于浙江余姚这片文化沃土，自幼便沐浴在浓厚的学术氛围之中。黄宗羲与顾炎武、王夫之并称为明末清初的三大思想家，或者更确切地说，是清初的三大儒。他们的思想深邃而独特，对后世产生了深远的影响。黄宗羲与他的弟弟黄宗炎、黄宗会更是被赞誉为浙东三黄，他们在学术上的成就，如同璀璨的星辰，在浙东地区熠熠生辉。黄宗羲在明末清初的历史舞台上，以其坚定的立场和卓越的思想赢得了人们的尊敬。在明末时期，他以反对阉党的勇敢行动而闻名于世。当清兵入关，国家陷入动荡之际，他积极投身抗清斗争，展现出了坚定的民族气节。然而，在抗清失败之后，他选择了隐居著述，将自己的思想和见解通过文字传递给后人。尽管清廷多次征召他出仕，但他都坚决拒绝，保持了清高的气节。

黄宗羲始终心怀天下，关切着国家的治乱安危。他深信学术能经世致用，以知识启迪民众，以智慧辅佐国家。在论及诗歌时，他更是主张"情者，可以贯金石，动鬼神"，强调诗歌必须扎根于现实，以真挚的情感打动人心。黄宗羲对宋诗有着深厚的情感，他十分推崇宋诗的质朴与深沉。为了弘扬宋诗的魅力，他曾与吴之振等人共同选辑《宋诗钞》，将那些被岁月掩埋的佳作重新呈现在世人面前，极大地扩大了宋诗的影响。黄宗羲的诗歌风格也深受宋诗影响，他的诗歌沉着朴素，没有过多的华丽辞藻，却充满了真挚的感情和高尚的情操。每一首诗都是他对现实世界的真实写照，是他对人生、对国家的深沉思考。以《山居杂咏》为例：

锋镝牢囚取决过，依然不废我弦歌。

死犹未肯输心去，贫亦岂能奈我何！

> 廿两棉花装破被，三根松木煮空锅。
>
> 一冬也是堂堂地，岂信人间胜著多。

这首诗充分展现了黄宗羲的内心世界和人格魅力。在诗中，他描述了自己在山间的隐居生活，虽然环境艰苦，但他却保持着乐观的心态，对抗逆境的顽强意志。他坚守着自己的道德操守，不为世俗所动，展现出了崇高的民族气节。同时，他也表达了对正义的追求和对未来的坚定信念，这种乐观主义的精神令人敬佩。

黄宗羲善于借古喻今，通过古今的对比来抒发自己的情感，以此表达对现实世界的深刻思考。在黄宗羲的众多诗作中，《钓台》一诗尤为引人注目：

> 曾注西台恸哭记，摩挲老眼见崔嵬。
>
> 当时朱鸟魂间返，今日谁人雪后来。
>
> 江上愁心丝百尺，平生奇险浪千堆。
>
> 欲修故事如皋羽，同志方吴安在哉!

在这首诗中，黄宗羲站在钓台之上，思绪万千，情感激荡。他联想到了南宋时期，谢翱登上严子陵钓台，哭祭民族英雄文天祥的悲壮场景。这一历史事件，在黄宗羲心中激起了强烈的共鸣。他同样感受到了那种为民族大义而舍生忘死的豪情壮志，同时也体会到了历史的沉重和现实的残酷。此外，黄宗羲还联想到了郑成功、张苍水等反清复明英雄北征失败的事迹。这些英雄们的失败，让他深感反清复明之路的艰难与曲折。然而，黄宗羲并没有因此而气馁，他反而从中汲取了力量，坚定了自己的信念。他预感到反清复明的难度会越来越大，但他依然保持着不屈不挠的斗志，表达出了一种不甘失败的不屈意志。

总体来说，黄宗羲的诗歌不仅是其个人情感的抒发，更是其身处逆境而不低头的顽强精神的体现。每一首诗都如同他生命中的一段历程，充满了坚忍与执着。他在诗中表达出的那种不屈不挠的精神，正是他面对人生困境时的真实写照。

三、王夫之的诗歌

王夫之，生于1619年，逝于1692年，字而农，号薑斋，别号一壶道人。作为明末清初的杰出思想家，王夫之与顾炎武、黄宗羲并驾齐驱，被誉为明末清初三大思想家，或更准确地说，是清初三大儒。他们三人的思想相互辉映，共同推动了中国古代思想的进步与发展。王夫之在明崇祯年间一举成为举人，这足以彰显他的学识与才华。然而，他并未因此满足，反而选择了更为艰辛的道路——追随永历桂王举兵抗清。在那个风云变幻的时代，他毅然决然地投身到抗清斗争的洪流中，用自己的行动诠释了家国情怀与民族大义。然而，历史的车轮滚滚向前，南明最终未能抵挡住清军的铁蹄。面对这一残酷的现实，王夫之选择了隐遁归山，将自己的满腔热血与智慧转化为文字，埋首于著述之中。他将自己的思想、见解与感悟通过文字传递给后世，为后人留下了宝贵的思想财富。

王夫之生于被誉为"屈子之乡"的湖南衡阳。这片土地上，屈原的英魂仿佛仍在游荡，他的诗篇如同汨罗江的水一般，流淌在王夫之的血脉之中。王夫之深受楚辞的影响，楚辞中那些瑰丽奇特的想象、奔放炽热的情感，都在他的心灵深处留下了深深的烙印。王夫之对《离骚》的热爱，几乎到了步武其后的地步。他深深地理解并体会到了屈原那种用美人香草寄托抒怀的诗意。在王夫之的诗作中，可以看到他借舒草之心"不死"，来喻示自己坚韧不拔之志。他就像那株永不凋零的香草，无论遭受多少风雨的侵袭，都依然保持着生机与活力。王夫之的诗中，不仅表达了对故国的深深眷恋，更寄托了他恢复故国"春色"的理想。他以诗为剑，以字为锋，用那铿锵有力的笔触，书写着自己对故国的思念与期盼。他的诗，如同春风拂面，温暖而充满力量，让人在阅读的过程中，感受到了他那种不屈不挠的精神。在《绝句》一诗中，王夫之更是将这种情感发挥到了极致：

> 半岁青青半岁荒，高田草似下田荒。
>
> 埋心不死留春色，且忍罡风十夜霜。

他用简洁明快的语言，勾勒出一幅幅生动的画面，让人仿佛置身于那个充满战乱与艰辛的时代。他的诗，不仅是对过去的回忆，更是对未来的憧憬。他坚信，只要人们心中怀有坚定的信念，就一定能够战胜一切困难，迎来属于自己的春天。

王夫之渴望能以自己的智慧和力量为国家带来光明和希望。然而，他所生活的时代，南朝政权日渐腐朽，内部矛盾重重，而清代的政权则在逐渐巩固中展现出强大的生命力。这样的历史背景，使得王夫之满腔的复国希望变得遥不可及，他的心中充满了无奈与失落。面对这样的现实，王夫之誓不剃发，坚守自己的信仰和尊严。他选择潜藏深山，远离尘世的喧嚣，与大自然为伴。在深山中，他欣赏着大自然的美景，感受着大自然的恩赐，但这一切并没有让他忘记自己的抱负和使命。相反，大自然的美丽景色更加激发了他内心深处的爱国之情。他时时萦绕于怀的是对国家的深深眷恋和担忧。他思考着如何能够为国家做出贡献，如何能够唤醒民众的觉醒，共同抵御外敌的侵略。在《落日遣愁辛卯》一诗中，王夫之将自己的情感和思考表达得淋漓尽致：

> 落日群峰外，青空邀晚红。
> 晴山添雪色，远树缓霜鸿。
> 心放闲愁后，生凭大化中。
> 天年聊物理，楚国想遗风。

他借落日之景，抒发自己内心的忧愁和无奈。他用诗意的语言，描绘出落日的壮美与悲凉，以此映射出他内心的复杂情感。在诗中，他表达了对国家的深深忧虑和对未来的迷茫，同时也展现了他坚定的信念和不屈的精神。

由于亲身经历了家破国亡的惨痛，王夫之深深感受到了亲人离合的悲痛，这使得他心中充满了遗民的悲愤之情。他坚决反对凶残的民族压迫，对于任何形式的侵略和压迫都持有强烈的反感。这种强烈的民族情感，使得他的爱国情怀如同屈原一般深沉而坚定。在王夫之的诗作中，这种爱国情怀得到了充分的体现。例如《杂诗四首》之四：

> 悲风动中夜，边马嘶且惊。
> 壮士匣中刀，犹作风雨鸣。
> 飞将不见期，萧条阻北征。
> 关河空杳霭，烟草转纵横。
> 披衣视良夜，河汉已西倾。
> 国忧今未释，何用慰平生。

诗中，他描绘了一个身怀绝技、心怀天下的英雄，却因为时局的动荡和国家的衰落，无法施展自己的才华，无法为国家和人民做出贡献。这种无奈和悲愤，通过王夫之的笔触，跃然纸上，让人感同身受。

第二节　江左三大家的诗歌创作

在清初的诗坛，除了那些坚守遗民立场的诗人，还有一批在明亡后选择改仕新朝的诗人。其中，钱谦益、吴伟业、龚鼎孳便是这一群体的代表。他们均来自江东，早在明末便已在诗坛崭露头角，被誉为"江左三大家"。他们的诗作共同之处在于深刻展现了作为"贰臣"的心理负担。他们经历了朝代的更迭，内心充满了沧桑的感触与负罪之感，这种复杂的情感在他们的诗作中交织呈现。同时，他们的诗歌还受到了庾信赋文与杜甫诗歌的深刻影响，形成了一种凝练、萧瑟、沉郁而老成的独特风格。值得一提的是，这三位诗人在诗中频繁运用"六朝"或"南朝"这一诗歌语汇，透露出对那个时代的深厚情感。与中晚唐诗人歌咏南朝的诗相比，他们的诗作更具切肤之痛，仿佛能够穿越历史的尘埃，直抵那个动荡时代的核心，让人深感其情感之真挚与深沉。

一、钱谦益的诗歌创作

钱谦益，生于1582年，逝于1664年，字受之，号牧斋，晚年又自称蒙叟、绛云老人、东涧遗老等，祖籍江苏常熟，因此人们亲切地称他为虞山先生。钱谦益曾是东林党的重要成员，积极参与政治活动，为国家的繁荣富强贡献了自己的智慧和力量。同时，他也是复社后期的关键人物，以其卓越的学识和领导力，引领着一代又一代的文人墨客。然而，在清兵渡江、兵临城下的关键时刻，钱谦益做出了一个令世人震惊的决定——归顺清廷。他被清廷授予礼部侍郎管秘书院事的职位，并充任修明史副总裁，这一身份的转变无疑给他的人生带来了重大的影响。归顺清廷后，钱谦益内心充满了矛盾和痛苦。他深感自己丧失了大节，因此又与南明政权的抗清力量暗中联系，秘密参加反清活动。他试图通过这种方式来弥补自己的过错，但内心的愧疚和忏悔却如影随形，让他无法释怀。为了寻求世人的谅解和内心的平静，钱谦益一再忏悔自赎，努力在文学创作中寻找寄托和慰藉。他的著作《初学集》《有学集》《投笔集》等，不仅展现了他卓越的文学才华，更体现了他内心的挣扎和追求。

钱谦益的诗歌创作生涯，以他仕清为节点，可鲜明地划分为前后两个阶段。在前期，他深受仕途的波折与明朝内忧外患的困扰，这些经历深深地烙印在他的诗歌之中。他的诗作中，常常流露出对时局的感叹与对命运不公的愤慨。例如，《费县三首》以细腻的情感和生动的描绘，展现了他在官场中的种种遭遇与内心的挣扎；《乙丑五月削籍南归十首》则表达了他被削职南归时的失落与无奈，每一首都充满了失意者的感喟；而《狱中杂诗三十首》更是他在狱中写下的心声，每一首都充满了清正之士的孤愤与对国事的深深忧虑。此外，钱谦益还曾写下《葛将军歌》这样的作品，以歌颂市民领袖葛成。在这首诗中，他不仅赞美了葛成的英勇与正义，更将他与那些为反抗阉党而牺牲的苏州五义士相提并论，以此彰显他们为国家、为民族做出的巨大贡献。这样的诗歌，不仅体现了钱谦益对英雄人物的敬仰与赞美，也展现了他对国家命运的深切关注与忧虑。

后期，钱谦益的人生经历了翻天覆地的变化。他亲眼见证了故国的沧桑巨变，自身也历经了从荣耀到屈辱的荣辱浮沉。这些巨大的变故深刻地影响了他的诗歌创作，使得他的诗作中多了一份对亡明的深深悼念，一份对新朝暴行的严厉指斥，以及对反清复明活动的热烈歌颂。以《金陵秋兴八首次草堂韵》其一为例：

> 龙虎新军旧羽林，八公草木气森森。
> 楼船荡日三江涌，石马嘶风九域阴。
> 扫穴金陵还地肺，埋胡紫塞慰天心。
> 长干女唱平辽曲，万户秋声息捣砧。

这首诗可以说是钱谦益后期诗歌的代表作。诗中，他以欣喜若狂的心情描绘了水师的军威和民众的支持，字里行间流露出强烈的反清复明愿望。诗歌气势宏大，慷慨昂扬，仿佛可以感受到他内心深处的那份激昂与坚定。然而，随着军事斗争的失利，钱谦益的愤激之情愈发不可遏止。他连续使用了十三韵，详细地记录了郑成功与南明永历政权的军事斗争，以及他和柳如是等人参与的抗清活动。这些诗歌不仅是他个人情感的宣泄，更是对那个时代反清复明斗争的真实写照。他的诗歌如同一部"诗史"，为我们展现了那段波澜壮阔的历史画卷。

钱谦益在诗歌创作中也深入地表达了自己仕清之后复杂而微妙的心情。其中，《西湖杂感二十首》其二便是他心情的生动写照：

> 潋艳西湖水一方，吴根越角两茫茫。
>
> 孤山鹤去花如雪，葛岭鹃啼月似霜。
>
> 油壁轻车来北里，梨园小部奏西厢。
>
> 而今纵会空王法，知是前尘也断肠。

这首诗中，钱谦益以细腻的笔触，轻轻勾勒出了西湖那如诗如画的景色。湖面波光粼粼，仿佛承载着历史的波澜；杨柳依依，似乎在诉说着往事的缠绵。每一处景致，都仿佛与他内心的情感相互呼应，共同构筑了一个充满回忆与感慨的世界。在诗中，钱谦益通过对往事的回忆，展现了自己内心的波澜起伏。他或许想起了曾经的荣耀与辉煌，又或许回忆起了那段充满痛苦与挣扎的岁月。这些往事如同西湖的湖水一般，时而平静如镜，时而波涛汹涌，让人无法平静。"知是前尘也断肠"，这句诗更是直接表达出了钱谦益内心的悲叹。他深知，那些往事，如同断肠之痛，永远无法割舍。这种悲叹不仅是对过去的怀念与遗憾，更是对现实的无奈与挣扎。

整首诗中，钱谦益的情感如同西湖的湖水一般深沉而复杂。他既怀念着过去的美好，又痛苦于现实的无奈；既想要摆脱过去的阴影，又无法割舍对故国的眷恋。这种复杂的心情，使得他的诗歌充满了深沉的哀愁与无尽的感慨。

二、吴伟业的诗歌

吴伟业，生于1609年，逝于1672年，字骏公，号梅村，祖籍江苏太仓。他曾师从复社领袖张溥，深受其影响，成为复社的重要骨干成员。崇祯四年（1631年），他一举中得进士，并被授予翰林院编修之职，自此开启了他的仕途生涯。在随后的岁月里，吴伟业的仕途可谓一帆风顺，他步步高升，最终官至宫詹学士，成为朝廷中的重臣。然而，在南明时期，他因担任少詹事一职，与权奸不和，深感朝政腐败，于是毅然辞官归隐，回到了自己的故乡。清兵南下后，吴伟业选择继续隐居，不问世事，致力于文化事业。他以复社名宿的身份主持东南文社，吸引了一大批有志之士，共同致力于文学、学术的繁荣，因此在当时享有极高的声望。然而，顺治十年（1653年），因娴亲朝荐，吴伟业被迫应诏出仕，被授予秘书院侍讲之职，后又升任国子监祭酒。虽然他在清朝为官，但内心始终保持着对明朝的忠诚与怀念。三年后，他以丁母忧为由南归，从此便不再出仕，直至终老。

吴伟业对梅花情有独钟，这种深情源自他内心深处对高洁、清雅品质的向往。他深知梅花虽在寒冬中绽放，却独有一种傲骨与坚韧，这种精神正是他所追求和敬仰的。某年，吴伟业从明代大诗人王世贞之子王士骐那里购得一处幽静的别墅。这处别墅环境雅致，尤其是一株株梅花树点缀其间，每当冬春之交，梅花盛开，暗香浮动，宛如仙境。吴伟业被这里的景致深深吸引，他仿佛看到了自己理想的隐居生活。于是，吴伟业将这处别墅命名为"梅村"，并在此度过了大部分的隐居生活。他每日与梅花为伴，或赏花、或吟诗、或品茗，享受着那份闲适与散淡。在他的笔下，梅花不仅仅是自然界的一种花卉，更是他情感的寄托和精神的象征。在隐居期间，吴伟业曾写下《梅村》一诗：

枳篱茅舍掩苍苔，乞竹分花手自栽。

不好诣人贪客过，惯迟作答爱书来。

闲窗听雨摊诗卷，独树看云上啸台。

桑落酒香卢橘美，钓船斜系草堂开。

诗中记录了他在这片梅海中的生活点滴和心路历程。他描述了梅花的娇美与傲骨，也表达了自己在风云初歇后的落寞情怀。这首诗不仅展现了吴伟业高超的诗歌才华，更体现了他对梅花、对隐居生活的热爱与向往。

在吴伟业的暮年，他的诗歌风格变得萧瑟而沉郁，深沉地反映了他对时局的无奈和对人生的感慨。许多评论家都将他的诗歌与南北朝时期的文学家庾信相提并论，认为他们的作品都展现了时代变迁下个人命运的浮沉与挣扎。其中，最为著名的莫过于他的《圆圆曲》。

这首诗以明末清初的大动荡时代为背景，生动地描绘了名妓陈圆圆的坎坷经历。陈圆圆，这位才貌双全的女子，在那个动荡的时代里，如同一片飘摇的落叶，被命运无情地吹拂。她先是被送给崇祯皇帝，后又归吴三桂，最终转被刘宗敏据为己有。在这一过程中，陈圆圆始终作为一个主线贯穿始终，然而，她却无法获得应有的人格尊严，始终作为一个附属品而存在，被命运所左右。而另一个关键人物吴三桂，则因为一己之私，引清兵入关，使得国家陷入了更大的危机之中。他的行为，不仅使他自己沦为了千古罪人，也给陈圆圆带来了更多的苦难。吴伟业通过这首诗，细致地描绘了吴三桂和陈圆圆的悲剧命运，将他们的个人命运与国家命运紧密地交织在一起。

《圆圆曲》全诗规模宏大，情节波澜曲折，富于传奇色彩。吴伟业以其卓越的诗歌才华，将一代史实和人物相辉映，使得这首诗不仅具有深刻的历史内涵，也展现了人性的复杂与多面。他通过对陈圆圆和吴三桂的描绘，表达了对那个时代的深刻反思和对人性的深刻洞察。

吴伟业的诗歌，除了展现个人情感与命运之外，更对社会现实保持着高度的关注。他的笔触触及了战乱年代人民的疾苦，深刻再现了那个特殊时期的社会生活。这些诗歌不仅是他对时代的见证，更是他对人民苦难的同情与呐喊。其中，《捉船行》便是吴伟业关注社会现实的一首代表作：

> 官差捉船为载兵，大船买脱中船行。
> 中船芦港且潜避，小船无知唱歌去。
> 郡符昨下吏如虎，快桨追风摇急橹。
> 村人露肘捉头来，背似土牛耐鞭苦。
> 苦辞船小要何用？争执汹汹路人拥。
> 前头船见不敢行，晓事篙题敛钱送。
> 船户家家坏十千，官司查点候如年。
> 发回仍索常行费，另派门摊云雇船。

君不见官舫崔峨无用处，打彭插旗马头住。

在这首诗中，他以生动的笔触记叙了清军捉拿民船载兵、勒索百姓的情景。诗中，他描绘了清军士兵如何肆意妄为，强行征用民船，不顾百姓的生计与安危。这些士兵不仅索要高昂的运费，还时常对百姓进行敲诈勒索，使得百姓生活在水深火热之中。

吴伟业通过这首诗，对这种野蛮的行径进行了深刻的批判。他愤怒地指责清军士兵的暴行，表达了对百姓遭遇的同情与悲愤。同时，他也借此揭示了战乱年代社会的残酷与不公，呼吁人们关注社会现实，共同努力改变这一局面。

总体来说，吴伟业的诗歌在其漫长的创作生涯中，随着时代变迁与个人心境的起伏，呈现出内涵深浅不一的特点。然而，无论其诗歌内容如何变化，他遣词造句的技巧始终令人称道。那绮丽高古、流转自然的词句，如同珍珠般熠熠生辉，彰显出他卓越的文学才华。正是凭借着这些精妙绝伦的表达方式，吴伟业在清代诗坛上独树一帜，成为一位无可争议的超级大将。他的诗歌不仅为后人留下了丰富的文化遗产，更在文学史上留下了浓墨重彩的一笔。

三、龚鼎孳的诗歌

龚鼎孳，生于明万历四十三年（1615年），逝于清康熙十二年（1673年），字孝升，号芝麓，祖籍安徽合肥。他的一生历经明朝与清朝两个时代，其仕途也充满了波折与变迁。明朝崇祯七年（1634年），龚鼎孳凭借自己的才华与努力，成功登进士第，开始了他的仕途生涯。他历任湖北蕲水令、兵科给事中等职，为官期间，他勤政爱民，深受百姓爱戴。然而，随着李自成攻入北京，明朝灭亡，龚鼎孳的人生也迎来了重大的转折。他选择了归顺李自成，被授予直指使的职务，负责巡视北城。这一时期，他的立场和选择或许受到了一定的争议和批评，但他也因此在乱世中保全了自己。随后，清兵入关，清朝建立。龚鼎孳再次面临选择，他选择了降清。在清朝初期，他初任吏科给事中，但仕途并不顺利，几经升降。然而，到了康熙朝后，他的官运开始通达，历任刑、兵、礼三部尚书，成为朝廷重臣。他的才华和能力得到了康熙皇帝的赏识和信任，他也因此为清朝的稳定和发展做出了贡献。龚鼎孳在任职期间，常常能够"保护善类"，即对那些有才干、有德行的人进行提携和保护，让他们得以发挥自己的才华；他又能"扶掖人才"，即对那些有潜力、有抱负的年轻人进行培养和扶持，让他们能够快速成长并为国家做出贡献。这些举措赢得了人们的尊重和信任，使他在官场中颇得人心。尽管龚鼎孳在清朝有着显赫的地位和成就，但他因曾归顺李自成和降清的经历，在乾隆三十四年（1769年）被削去谥号，并被列入《贰臣传》。这一事件无疑是对他一生功过的一次重新评价，也反映出历史对于人物评价的复杂性和多面性。

与钱谦益和吴伟业这两位文学巨匠相比，龚鼎孳的诗歌成就稍显逊色。他的诗作中，应酬之作占据了相当大的一部分，内容相对贫乏，缺乏深度和广度。

龚鼎孳在创作诗歌时，主要效仿杜甫的风格，然而他仅仅学到了杜甫诗歌的形式，却未能真正把握其神韵和精髓。因此，他的诗作往往缺乏自己的独特风格，显得平淡无奇。

尽管如此，龚鼎孳的诗歌中也不乏一些反映社会现实的佳作。例如他的《岁暮行》便是一首较为出色的诗作：

> 天寒鼓柁生悲风，残年白头高浪中。
> 地经江徼饱焚掠，夜夜防贼弯长弓。
> 荒村哀哀寡妇哭，山田瘦尽无耕农。
> 男逃女窜迫兵火，千墟万落仓箱空。
> 昨夜少府下急牒，军兴无策宽蚩鸿。
> 新粮旧税同立限，入不及格书笃庸。
> 有司累累罪贬削，缗钱难铸山非铜。
> 朝廷宽大重生息，群公固合哀愚蒙。
> 揭竿扶杖尽赤子，休兵薄敛恩须终。

这首诗仿照杜甫的《岁晏行》，以杜甫的韵脚为基础进行创作。虽然它没有杜甫原作那种深刻厚重的历史感和人文关怀，但也在一定程度上揭示了当时农村的衰败景象，以及兵荒马乱给农民带来的巨大灾难。诗中描述了农民在战乱和饥荒中挣扎求生的悲惨场景，以及官吏的催租索税给农民带来的沉重负担。

然而值得注意的是，龚鼎孳在诗中对于造成这些灾难的根源并未进行深入挖掘和批判。他更多的是将责任归咎于"少府"一类下级官吏，而对朝廷则多有溢美之词。这种处理方式使得诗歌的底蕴大打折扣，未能触及问题的本质和根源。

第三节　神韵诗与格调诗的创作

一、神韵诗的创作

在清代诗坛的璀璨星空中，王士禛是一颗耀眼的明星。他的诗歌成就斐然，为清朝的诗歌发展注入了新的活力，真正开启了清朝一代的诗歌新风。他提出的"神韵说"，不仅深化了诗论的内涵，更为诗歌创作提供了全新的视角和理念，对后世产生了深远的影响。

王士禛，生于明崇祯七年（1634年），逝于清康熙五十年（1711年），字贻上，号阮亭，又别号渔洋山人，世人常尊称他为王渔洋，谥号文简。他出身于一个书香世家，自幼便受到家庭浓厚的文化熏陶，早早地便展现出了对诗歌的浓厚兴趣与天赋。他才情横溢，年少时便能作诗，且诗作水平颇高，很快便在诗坛上崭露头角，小有名气。顺治十六年（1659年），王士禛以才华出众而被选拔为扬州推官，这是他仕途生涯的起点，也是他诗歌创作生涯的一个重要里程碑。在扬州任职期间，他的诗歌才华得到了更广泛的认可。当时的诗坛盟主钱谦益对他的诗作大加赞赏，称赞他的诗歌清新脱俗，意境深远。在钱谦益逝世后，王士禛更是凭借自己的才华和影响力，逐渐接过了诗坛领袖的重任，引领着诗歌的发展方向。《池北偶谈》《古夫于亭杂录》《香祖笔记》等作品都是他的代表作。

王士禛的诗歌创作始终贯穿着"神韵说"的理论主张，他深信诗歌应当追求那种超脱尘世、淡雅悠远的神韵之美。在诗歌的世界里，他尤为推崇那些清幽淡远、充满诗情画意的诗篇，常常将唐代诗人王维与孟浩然的诗作视作自己的典范。他深受这两位诗人影响，因此在自己的诗歌创作中，也展现出了独特的山水景物诗的魅力。

王士禛的诗歌中，以山水景物诗最为出色，如他的代表作《江上》：

> 吴头楚尾路如何？烟雨秋深暗白波。
>
> 晚趁寒潮渡江去，满林黄叶雁声多。

在这首诗中，他以描绘秋天江畔之景为主题，通过细腻入微的笔触，展现了一幅深秋江畔的美丽画卷。诗中，他从多个角度出发，勾勒出了秋天江畔的动人景致：空中，雁鸣声声，仿佛是在诉说着秋天的离愁别绪；江上，白波涌起，如同舞动的白色丝带，在秋风的吹拂下轻轻摇曳；四面，烟雨迷蒙，营造出一种朦胧而神秘的美感；地上，落叶萧萧，宛如秋日的音符，在诗人的笔下跳跃着、旋转着。

通过对这些景物的描绘，王士禛成功地将读者带入了一个深秋的江畔世界。他运用多层次的渲染手法，使得整首诗充满了强烈的艺术氛围和效果。读者在品读这首诗时，仿佛能够身临其境地感受到那深秋江畔的宁静与美丽，仿佛能够听到那雁鸣声声、看到那白波涌起、感受到那烟雨迷蒙、触摸到那落叶萧萧。

王士禛的神韵诗并非简单地客观写景，其深邃之处恰在于诗中所蕴含的情与意，它们如同幽深的泉水，流淌在景物描绘的每一个细节之中，等待着读者去细细品味。这种含蓄而深沉的表达方式，使得王士禛的诗歌充满了韵味和魅力。以他的《秦淮杂诗十四首》其一为例：

> 来年肠断秣陵舟，梦绕秦淮水上楼。
>
> 十日雨丝风片里，浓春烟景似残秋。

这首诗表面上看似在描绘秦淮河一带的景色，实则字里行间都透露着诗人对故国的深深思念。诗人通过细腻的笔触，将秦淮河的景色描绘得如诗如画，但在这美丽的画面背后，却隐藏着诗人内心的沉痛与哀愁。

在诗的结尾处，诗人巧妙地运用了比喻手法，将"浓春"比拟作"残秋"。这一比喻不仅形象生动地描绘了景色的变化，更深刻地揭示了诗人内心的情感变化。浓春本应是生机勃勃、充满希望的季节，但在诗人眼中，它却如同残秋一般萧瑟、凄凉。这种情感的反差，使得诗人的思念之情更加深沉而强烈，也令读者在阅读时能够深刻感受到诗人的内心世界。

除了以山水景物为主题的诗篇外，王士禛的诗歌创作中亦不乏登览吊古、即景抒怀的长篇古体和律诗。这些诗作往往展现出一种与山水景物诗截然不同的风格，抑扬顿挫间透露出苍劲雄浑的气势，为他的诗歌世界增添了另一重丰富色彩。

以《沔县谒诸葛忠武侯祠》为例，王士禛通过描绘对诸葛亮的敬仰与缅怀，将历史与现实交织在一起，展现了一种深沉的历史情怀。他站在武侯祠前，望着那庄严肃穆的庙宇，心中涌起无尽的感慨。他想象着诸葛亮当年运筹帷幄、决胜千里的风采，感叹着历史的沧桑与变迁。在这首诗中，王士禛以雄浑的笔触勾勒出了历史的厚重感，同时也表达了自己对英雄人物的敬仰之情。

另一首《登白帝城》则是王士禛即景抒怀的代表作。他站在白帝城上，俯瞰着脚下的江山，心中涌起一股豪迈之情。他回望着历史上的风云变幻，感叹着人生的短暂与无常。在这首诗中，王士禛通过描绘白帝城的雄伟与壮丽，表达了自己对大自然的敬畏之情，同时也抒发了自己对人生和历史的深刻思考。

二、格调诗的创作

在17世纪末至18世纪下半叶的漫长岁月里，社会呈现出一种安定祥和的景象。经济逐渐从动荡中恢复过来，并持续发展，使得人口数量迅猛增长，城市面貌焕然一新，人民的生活水平也有了显著的提升。这种繁荣稳定的局面一直持续到嘉庆朝，因此，这段时期被后人誉为"乾嘉盛世"。在这段乾嘉盛世之中，诗坛也迎来了前所未有的繁荣。诗人如雨后春笋般涌现，他们的作品如繁星点点，诗集数量之多，足以用"汗牛充栋"来形容。就连乾隆皇帝这位九五之尊，也热衷于诗歌创作，留下了众多优秀的诗篇。

与清初相比，乾嘉诗坛的一个显著变化是儒家诗教的进一步强化。在这一时期，以沈德潜为代表的格调派诗人，公开倡导儒家正统诗论，他们强调诗歌的教化功能，提倡温柔敦厚的诗风，以此规范整个诗坛的创作方向。这种儒家诗教的强化，不仅体现了当时社会对儒家思想的重视，也反映了诗人们希望通过诗歌来传播儒家道德观念、弘扬社会正能量的愿望。

沈德潜，生于康熙十二年（1673年），逝于乾隆三十四年（1769年），字确士，号归愚，是长洲（今苏州市）的一位杰出文人。他的一生丰富多彩，充满传奇色彩。自沈德潜23岁起，他便接过父亲的事业，开始以授徒教馆为生，致力于传承文化，培养英才。他用心教授，循循善诱，深受学生们的尊敬和爱戴。在这四十多年的教馆生涯中，他不仅积累了丰富的教学经验，更锤炼出深厚的学术造诣。然而，沈德潜的仕途并非一帆风顺。直到他年近古稀之时，才通过科举考试成为进士，这无疑是对他多年来坚持与努力的最好回报。幸运的是，他的诗歌创作才华得到了乾隆皇帝的喜爱与赏识。乾隆皇帝对他的诗作赞不绝口，这也使得沈德潜在官场上得到了重用，官运亨通，显赫一时。沈德潜在官场上的成就也带来了极高的社会影响力。他的诗歌与学问成为当时社会的风尚，吸引了无数文人墨客前来请教与交流。当他年高归里时，朝廷更是加赠他礼部尚书及太子太傅的衔头，以表彰他对文化事业的杰出贡献。沈德潜逝世后，朝廷更是追赠他为太子太师，赐以隆重的祭葬仪式，并赐予他"文悫"的谥号，以彰显他的学问与品德。沈德潜的著作丰富多样，其中包括《沈归愚诗文全集》《说诗晬语》《古诗源》《唐诗别裁》《明诗别裁》《清诗别裁》等。这些作品不仅展现了他的卓越才华与深厚学养，更为我们研究清代文学与文化提供了宝贵的资料。

沈德潜对于诗歌的见解独到而深刻。他强调，作为诗人，应当"学古"和"论法"，这一观点展现了他对古典诗歌传统的尊重和继承。他尤其推崇明代后七子，认为这些诗人在诗歌创作上的努力和成就，使得"诗道复归于正"，为诗歌的发展注入了新的活力。

在沈德潜看来，诗歌并非简单的文字堆砌，而是需要中正和平、温柔敦厚的情感表达，同时，他也非常注重诗歌的格律和声调。他深知，只有严谨的格律和和谐的声调，才能使得诗歌更加优美动人，更加深入人心。以他的诗作《过真州》为例，这首诗便充分展现了他的诗歌理念：

扬州西去真州路，万树重杨绕岸栽。
野店酒香帆尽落，寒塘鱼散鹭初回。

晓风残月屯田墓，零露浮云魏帝台。

此夕临江动离思，白沙亭畔笛声哀。

在这首诗中，沈德潜通过细腻的笔触，生动地描绘了真州的景色。他笔下的真州，既有山水之美，又有人文之韵，让人仿佛置身其中，感受到了那浓郁的思乡之情。整首诗意趣淡雅，犹如一幅水墨画，让人在欣赏之余，也能深深感受到诗人的情感。声韵谐朗，句法严密，使得诗歌读起来既有节奏感，又富有变化。情思含蕴，让人在品味中感受到了诗人的深深情愫。

沈德潜的诗歌作品中，多数都是歌功颂德之作，展现了他对盛世繁华的颂扬与对古代传统的尊崇。然而，在这众多的赞美之辞中，也不乏一些深刻反映民生疾苦，揭露时弊与社会黑暗的诗篇，其中最为引人注目的便是《凿冰行》：

月寒霜清水生骨，夜半胶黏厚盈尺。

鸣金四野鸠壮丁，晓打冰凌双足赤。

白椿乱下河腹开，一片玻璃细分坼。

大声苍崖崩巨石，小声戈矛互春击。

水深没髁衣露肘，手足皴裂无人色。

《凿冰行》一诗，以生动的笔触和深邃的洞察力，呈现了穷苦百姓在严寒中砸冰求生的艰辛场景。诗人通过几个细腻入微的细节描写，将砸冰人的痛苦与无奈展现得淋漓尽致。在诗中，沈德潜描绘了穷人砸冰时的情景："水深没髁衣露肘，手足皴裂无人色。"这两句诗直接使用了白描的手法，用简练而有力的语言勾勒出了穷人的惨状。他们为了生存，不得不深入冰冷刺骨的水中砸冰，水深几乎淹没了他们的脚踝，冰冷的水让他们的衣服湿透，露出了冻得发紫的胳膊。长时间在冷水中劳作，使得他们的手脚皮肤皴裂，失去了正常的血色，显得异常凄惨。这样的描写，不仅让人感受到了砸冰人的痛苦，也揭示了当时社会的不公与黑暗。在这样一个充满压迫与剥削的时代，穷人为了生存不得不付出巨大的代价，而他们的苦难与挣扎却往往被忽视和漠视。

沈德潜通过《凿冰行》这首诗，表达了他对民生疾苦的深切同情和对社会黑暗的强烈不满。他用自己的笔触，为那些生活在底层、饱受苦难的人们发声，展现了一个文学家应有的社会责任感和人文关怀。同时，这首诗也展现了沈德潜诗歌风格的多样性，他不仅能够创作出歌功颂德之作，也能够用深刻的笔触揭示社会的阴暗面，为后世留下了宝贵的文化遗产。

第四节　性灵诗与肌理诗的创作

一、性灵诗的创作

在乾隆年间，文坛上掀起了一股新的风潮，那便是与宗唐、宗宋相对立的性灵诗派的诞生。这一诗派的兴起，无疑为当时的文学界注入了新的活力与生机。而它的倡导者，便是才华横溢的袁枚。

"性灵"二字，在文学史上早已有所提及。最早可见于南朝梁代刘勰所著的《文心雕龙·原道》篇中，文中写道："惟人参之，性灵所钟，是为三才。"在这里，"性灵"原意指的是人的才智或秉性灵秀，强调的是人的内在精神与智慧。到了晚明时期，公安诗派的领袖袁宏道，对"性灵"二字有了更为深入的解读。他提出了"独抒性灵，不拘格套"的艺术主张，认为诗歌应该成为抒发个人性灵、表现真实情感的载体。这一主张，无疑是对当时盛行的复古文学风格的一种挑战与颠覆，它强调的是诗歌的创新与个性，是对诗人内心世界的真实写照。袁枚作为性灵诗派的继承者和发展者，深受袁宏道的影响。他继承了"独抒性灵"的主张，并进一步发扬光大。他认为，诗歌应该是诗人内心情感的自然流露，是对世界的独特感悟与表达。因此，他的诗歌作品往往情感真挚、意境深远，充满了个性化的色彩。在袁枚的倡导下，性灵诗派逐渐发展壮大，成为乾隆年间文坛上的一股重要力量。

袁枚，生于1716年，逝于1797年，字子才，号简斋。他出身于汉族，祖籍钱塘，即现在的浙江杭州。到了晚年，他自号仓山居士、随园主人、随园老人，这些称号都体现了他一生中的不同阶段与心境。袁枚自幼聪颖过人，才华横溢，展现出了非凡的文学天赋。青年时期，他便与年长的沈德潜一同中得进士，共同进入了翰林院，担任庶吉士一职，这无疑是对他才华的极高认可。然而，命运却并非一帆风顺。因满文考核成绩不佳，他被外放至江南地区担任知县。在任江宁县知事期间，袁枚购得了小仓山旧江宁织造园。他对这片园地进行了精心的整治与改造，将其命名为随园。随园不仅成为他生活与创作的乐园，更成为他精神寄托的所在。他托病辞去县令一职，退居随园之内，自号随园山人、仓山居士，从此不再涉足官场，专注于文学创作与享受生活。袁枚的文学成就斐然，他著有《小仓山房诗文集》《随园诗话》《随园随笔》《随园食单》等多部作品。

袁枚的诗歌思想内容，最显著的特点便是其深入骨髓的抒写性灵之追求。他擅长将个人生活中的真实感受、细腻情趣，以不受任何束缚的方式，自然而然地流淌于字里行间。他的诗歌并非简单的情感宣泄，而是对生活、对自然、对人性深入洞察后的真挚表达。在艺术手法上，袁枚坚决摒弃了拟古的倾向，他坚信每一位诗人都应有自己独特的风格与语言。因此，他的诗歌不拘一格，既有古典的韵味，又不失现代的活力。他以极其熟练的技巧和流畅的语言，将自己的思想感受与捕捉到的艺术形象完美融合，使诗歌既富有深度，又极具可读性。

袁枚追求的艺术风格是真率自然、清新灵巧。他反对矫揉造作，更不愿意为了追求形式而牺牲内容。他的诗歌往往给人一种清新脱俗的感觉，仿佛一阵清风拂过心田，让人心旷神怡。《水西亭夜坐》一诗，便是袁枚诗歌创作的典型代表：

> 明月爱流水，一轮池上明。
>
> 水亦爱明月，金波彻底清。
>
> 感此玄化理，形骸付空冥。
>
> 坐久并忘我，何处尘虑婴？
>
> 钟声偶然来，起念知三更。
>
> 当我起念时。天亦微云生。

这首诗富含韵味，意境空冥，读来令人陶醉。在诗中，袁枚通过细腻的描绘和深入的情感挖掘，将夜晚水西亭的静谧与美丽展现得淋漓尽致。他将自己的情感与眼前的景色融为一体，使得整首诗既有景又有情，既有形又有神。

袁枚的诗歌不仅体现了其独特的艺术风格，更蕴含了深刻的民主精神和市民意识。这种精神在他的作品中得到了充分展现，尤其是在他写给叔父家僮仆的《别常宁》一诗中，表现得尤为突出：

> 六千里外一奴星，送我依依远出城。
>
> 知己那须分贵贱，穷途容易感心情。
>
> 漓江此后何年到，别泪临歧为汝倾。
>
> 但听郎君消息好，早持僮约赴神京。

这首诗情感真挚，读来十分动人。袁枚在诗中不仅表达了对僮仆的深厚情感，更借此传达了他主仆平等的思想观念。他并不将僮仆视为低人一等的存在，而是将他们视为与自己平等的个体，对他们的付出与辛劳给予了充分的肯定与尊重。这种主仆平等的观念，在当时的社会背景下显得尤为难能可贵。在那个等级森严、尊卑分明的时代，袁枚能够站在一个更为平等和包容的角度去看待僮仆，这无疑体现了他深刻的民主精神。他相信，每一个人都应该得到尊重和平等对待，无论他们的身份地位如何。

袁枚生性热爱游览，他常常置身于大自然的怀抱中，用心感受山水之美，用笔墨描绘自然之景。他的写景之作，无论是模山还是范水，都显得落落不凡，展现出他独特的审美眼光和艺术才华。《同金十一沛恩游栖霞寺望桂林诸山》便是他写景诗中的佳作：

> 奇山不入中原界，走入穷边才逞怪。
>
> 桂林天小青山大，山山都立青天外。
>
> 我来六月游栖霞，天风拂面吹霜花。
>
> 一轮白日忽不见，高空都被芙蓉遮。
>
> 山腰有洞五里许，秉火直入冲乌鸦。
>
> 怪石成形千百种，见人欲动争谽谺。
>
> 万古不知风雨色，一群仙鼠依为家。
>
> 出穴登高望众山，茫茫云海坠眼前。
>
> 疑是盘古死后不肯化，头目手足骨节相钩连。
>
> 又疑女娲氏，一日七十有二变，青红隐现随云烟。
>
> 蚩尤喷妖雾，尸罗袒右肩。
>
> 猛士植竿发，鬼母戏青莲。
>
> 我知混沌以前乾坤毁，水沙激荡风轮颠。

> 山川人物熔在一炉内，精灵腾踔有万千，彼此游戏相爱怜。
>
> 忽然刚风一吹化为石，清气既散浊气坚。
>
> 至今欲活不得，欲去不能，只得奇形诡状蹲人间。
>
> 不然造化纵有千手眼，亦难一一施雕镌。
>
> 而况唐突真宰岂无罪，何以耿耿群飞欲刺天？
>
> 金台公子酌我酒，听我狂言呼否否。
>
> 更指奇峰印证之，出入白云乱招手。
>
> 几阵南风吹落日，骑马同归醉兀兀。
>
> 我本天涯万里人，愁心忽挂西斜月。

在这首诗中，袁枚以桂林群山和七星岩溶洞为描绘对象，展现了一幅奇幻而壮丽的自然画卷。他通过细腻的笔触，将桂林群山的巍峨与秀美、七星岩溶洞的神秘与奇幻，一一呈现在读者眼前。诗中，袁枚不仅描绘了山水的形态和色彩，更融入了神话传说，使得整首诗充满了神秘和浪漫的气息。他巧妙地运用比喻、拟人等修辞手法，将桂林山水与神话传说相结合，创造出一种独特而迷人的艺术境界。整首诗纵横跌宕，兴会淋漓，既展现了袁枚高超的诗歌技巧，也表达了他对大自然的热爱和敬畏之情。读来令人心驰神往，仿佛置身于那奇幻的山水之间，与诗人一同感受大自然的神奇与美丽。

袁枚的诗作常常以白描的手法，用极"简淡"的勾画，描绘出生活的点滴，却抒发出深沉而真挚的情感。这种手法既展现了他独特的艺术风格，也彰显了他对生活细节的敏锐观察和深刻体悟。以他的《苔》一诗为例：

> 各有心情在，随渠爱暖凉。
>
> 青苔问红叶，何物是斜阳？

诗人通过对苔与红叶之间的对话，巧妙地表达了自己对自然生命多样品性的欣赏与赞美。在这首诗中，袁枚以简洁明快的语言，描绘了苔藓与红叶相互映照、相互映衬的生动画面。苔藓虽不起眼，却默默生长，以其独特的绿色为大地增添了一抹生机；而红叶则以其鲜艳的色彩，为秋天增添了一抹绚烂。诗人通过这两者的对话，展现了自然生命的多样性和互补性。苔藓与红叶，虽然形态和色彩截然不同，但它们却共同构成了大自然的美丽画卷。袁枚以此表达了自己对自然生命的敬畏和欣赏，也表达了对生活中不同个体的包容和理解。

总之，袁枚的诗歌理念与创作实践，都深深地体现出他对性情至上的极力宣扬，对情欲合理性的肯定。在性与情的探讨中，他主张通过"情"来探求"性"，这一观点在《书复性书后》中得到了明确的表达。他强调情感在人性中的核心地位，认为情感是人性最真实的表达，也是文学创作最直接的源泉。因此，他极力推崇尊情，将情感视为诗歌创作的灵魂。在言志与言情的关系上，袁枚也持有独到的见解。他认为"诗言志"，这里的"志"并非单纯的思想或理念，而是包含了诗人深沉的情感与性情。他在《随园诗话》卷三中明确指出："言诗之必本乎性情也。"这一观点强调了情感在诗歌创作中的基础性和决定性作用，也揭示了诗歌的本质在于表达人性中最真实、最深沉的情感。袁枚的这些诗歌理念与主张，不仅在当时产生了深远的影响，对清代诗歌创作产生了积极的推动作用，而且对后世也产生了巨大的影响。他的诗歌创作与理论，为后世的诗人提供了宝贵的启示与借鉴，推动了中国古代诗歌的繁荣与发展。

二、肌理诗的创作

乾隆中期以后，文坛上出现了一种独特的文学现象：宗法宋诗的文学思潮与崇尚考据的学术思想发生了激烈的碰撞。这种碰撞并非简单的冲突，而是两种不同文化倾向的交融与激荡，为当时的诗坛注入了新的活力与思考。此时，以学问论诗的现象逐渐兴起。诗人们不再仅仅满足于情感的抒发和景物的描绘，而是开始将学问、知识、考据等元素融入诗歌创作之中。他们试图通过诗歌这一形式，展现自己的学识和见解，同时也为诗歌注入了更为深厚的文化内涵。正是在这样的文化背景下，肌理诗应运而生。肌理诗是一种注重诗歌内在结构和逻辑联系的诗歌形式，它强调诗歌的层次感和深度，追求诗歌的严谨性和逻辑性。这种诗歌形式不仅要求诗人有深厚的学问功底，还需要他们具备敏锐的洞察力和独特的艺术表现力。翁方纲作为肌理诗的重要代表人物，提出了"肌理说"这一理论。他认为，诗歌应该像人体的肌理一样，既有外在的美观，又有内在的结构和逻辑。他强调诗歌的层次感和深度，认为只有通过深入的学问研究和严谨的创作态度，才能创作出真正具有价值的诗歌。"肌理说"的提出，为肌理诗的创作提供了理论基础和指导方针。在翁方纲等诗人的努力下，肌理诗逐渐成了当时诗坛上的一种重要诗歌形式。

翁方纲，生于1733年，逝于1818年，字正三，又字忠叙，号覃溪，祖籍大兴，现今隶属于北京市。翁方纲自幼聪慧过人，勤奋好学，在乾隆年间一举成为进士，并官至内阁学士，展现了他的政治才华和行政能力。他精通金石、谱录、书画、辞章之学，每一领域都有独到的见解和深厚的造诣。在金石学方面，他深入研究古代碑刻、铜器铭文等，为后世提供了大量珍贵的文献资料；在谱录学方面，他广泛搜集和整理各种典籍，为学术研究提供了丰富的素材；在书画方面，他不仅欣赏品鉴，还亲自挥毫泼墨，留下了许多传世佳作；在辞章之学方面，他更是才华横溢，创作了许多脍炙人口的诗篇和散文。翁方纲的书法更是名扬四海，与同时代的刘墉、梁同书、王文治等人齐名。他的书法风格独特，既有古人的神韵，又有自己的创新，每一笔每一画都充满了生命力和艺术感。除了在学术和书法上的成就，翁方纲还是一位杰出的著作家。他著有《复初斋全集》《石洲诗话》《两汉金石记》等多部著作，这些作品不仅展现了他的学术思想和研究成果，更为后世提供了宝贵的学习资料。

翁方纲的诗作，常常融入深厚的学问与严谨的考据，使得诗歌不仅具有传统意义上的审美价值，更展现了诗人深厚的学术功底与独特的思考方式。他的《汉石经残字歌》便是这样的典型之作：

> 石经未及洪家半，尚抵吴莱籀书换。
> 龙图晋玉虽旧闻，魏公资州余几段。
> 鸿都学开后三年，皇义篇章未点审。
> 正始那误邯郸淳，隶分先估张怀瓘。
> 黄晟援据正宜审，蔡马姓名还可按。
> 六经七经孰淆讹，一字三字精剖判。
> 迩来邹平与北平，《商书》《鲁论》珍漫漶。
> 如到讲堂筵几度，我昔丰碑丈尽算。
> 表里隶书果征实，章句异同兼综贯。
> 洪释篇行记聘礼，今我诸经俨陈灿。

《春秋》严颜《诗》盍毛，只少义爻象与彖。

书云孝于复友于，鼠食黍苗三岁宦。

近人板本据娄机，追想饶州简初汗。

鄱阳石泐五百年，中郎听远焦桐爨。

岂惟西江补典故，龙光紫气卿云缦。

方今圣人崇实学，六籍中天森炳焕。

群言壹禀醇乎醇，如日方升旦复旦。

诸生切磋函雅故，不独雕琢工文翰。

宫墙斋庑探星宿，清庙明堂列圭瓒。

凤皇一羽麟一角，琪树芝华非近玩。

妍经羹必古本执，朴学幸勿承师畔。

河海方将测原委，质厚先须植根干。

越州石氏证蓬莱，余论何人续《东观》。

摩挲小阁一纪余，甫得南州映芹泮。

偏傍或禅笺传诂，参检直到周秦汉。

踟蹰凝立语学官，桂露秋香手勤盥。

在这首诗中，翁方纲对汉代的石经进行了详尽的考证，将自己的学术研究与诗歌创作完美结合。他通过对石经的细致观察与深入分析，发掘出其中蕴含的历史信息与文化内涵，并以诗歌的形式呈现出来，使读者在欣赏诗歌的同时，也能感受到汉代文化的独特魅力。

由于翁方纲在诗歌创作中过于强调义理和文理，导致他的诗作往往显得枯燥乏味，缺乏应有的诗意。这种过于偏重学术性和理论性的创作风格，与广大诗人追求情感表达和艺术美感的创作理念产生了明显的分歧，因此遭到了广泛的反对和嘲笑。其中，性灵说诗派的诗人们对翁方纲的批评尤为激烈。他们主张诗歌应该抒发内心真实的情感，表达个性和灵性，而不是简单地堆砌知识和义理。袁枚作为性灵说诗派的代表人物之一，曾在《仿元遗山论诗》中以绝句的形式对翁方纲进行了尖锐的讽刺。他写道："天涯有客太冷痴，误把抄书当作诗。抄到钟嵘《诗品》日，该他知道性灵时。"这首诗巧妙地将翁方纲比作一个误将抄书当作写诗的痴人，暗示他过于追求知识而忽略了诗歌的本质，直到读到钟嵘的《诗品》时，或许才能领悟到性灵的真谛。此外，朱庭珍也在《筱园诗话》中对翁方纲进行了批评。他认为翁方纲以考据为诗，将书卷中的知识饾饤堆砌，使得诗歌充满了死气，缺乏生动的情感和灵性。这种批评直指翁方纲诗歌创作的核心问题，即过于追求知识和义理而忽略了诗歌的艺术性和情感表达。

当然，翁方纲的诗作并非全然枯燥乏味，毫无诗意。在他的众多诗篇中，也不乏一些抒发真情实感、描绘自然美景的佳作。例如《栖霞道中示谢蕴山》，便是一首充满真挚情感和细腻描绘的诗歌：

> 尚记城东并辔归，诗情先逐晓云飞。
> 重阳细雨迟黄菊，六代精蓝冷翠微。
> 远眺合教青眼共，深谈喜未素心违。
> 洞天且莫题名姓，苔藓濛濛恐湿衣。

在这首诗中，翁方纲用细腻的笔触描绘了他在栖霞道中的所见所感。他或许是独自一人，或是与友人谢蕴山相伴，一同游览这处风景秀丽的地方。他们行走在蜿蜒曲折的小道上，周围是郁郁葱葱的树木和连绵起伏的山峦。阳光透过树叶的缝隙洒在地面上，形成斑驳的光影，给人一种宁静而美好的感觉。

翁方纲作为一位博学多才的学者和诗人，多年来主持各地学政，致力于教育事业，培养了大批优秀的学生。他的学生们遍布天下，受他影响的人数众多，他们在各自的领域都取得了不俗的成就。凌廷堪、张廷济、谢启昆、梁章钜、吴重意、阮元及翁方纲的儿子翁树培等人，都是翁方纲的得意门生，他们在学术、诗词、书画等方面都深受翁方纲的影响，继承和发扬了他的学术思想和艺术风格。翁方纲的学术派别虽然与神韵、格调等派别相比，规模与影响稍逊一筹，但其影响力仍然不可忽视。他的学说和诗歌风格在当时的文坛上占有重要的地位，对于后世的文学创作和学术研究也产生了深远的影响。随着时间的推移，翁方纲的学术派别逐渐发展壮大，与性灵派等其他文学流派形成了平分秋色的态势。特别是在南方和北方地区，翁方纲的学说和诗歌风格更是广受欢迎，形成了"南袁北翁"的文学格局。

第五节　同光体诗派的创作

　　在光绪年间，诗坛上涌现出以陈三立和陈衍为领军人物的一个独特诗歌流派。他们不仅继承了宋诗运动的精髓，更进一步地拓展了诗歌理论的边界。这一流派不仅深入研习宋代诗人的佳作，还将目光投向了韩愈、孟郊等唐代诗人的创作，展现了他们不愿墨守成规，勇于探索新领域的精神。他们打破了传统上崇唐崇宋的界限，不再局限于某一时代的诗歌风格，而是广泛汲取各个时期的精华，力求在诗歌创作中实现艺术技巧的突破。他们关注诗歌表现形式的曲折性和多层次性，善于在词句上制造僻词拗句，以此来彰显自己的独特性和新奇感。同时，这一流派的诗人还倾向于将学问融入诗歌之中，喜欢运用一些较为生僻的典故，对字句的锤炼也极为讲究，力求在诗歌中展现出翻新出奇的效果。因此，他们的诗作往往深婉拗峭，读起来耐人寻味，余味无穷。由于这一流派在光绪年间崭露头角，且其诗歌风格独特，因此被后人称为"同光体"诗派，成为中国诗歌史上的一大亮点。

一、陈三立的诗歌创作

　　陈三立，生于1853年，逝于1937年，字伯严，号散原，祖籍江西义宁，即现今的江西修水。光绪十五年（1889年），陈三立以出类拔萃的才华，成功考取了进士，并曾任吏部主事，展现了他的政治才华和行政能力。而他更为人熟知的身份，则是湖南巡抚陈宝箴之子。早年，陈三立便积极协助父亲在湖南地区招揽人才，推扬新政，提倡新学，致力于国家的改革与进步。他更是康有为、梁启超等改良派人士的支持者，积极参与并推动了"戊戌变法"这一历史性的改革运动。在此期间，他与谭嗣同、丁惠康、吴保初等人并称为"四公子"，共同为国家的未来奋斗。然而，变法运动最终失败，陈三立及其父亲因被指控"招引奸邪"而遭到革职。此后，陈三立选择了从新潮流中退出，转而参禅礼佛，以写诗来慰藉自己的心灵。清朝灭亡后，他以遗老自居，坚守着对传统文化的热爱与尊重。然而，他的爱国情怀并未因此消退。1937年，抗日战争全面爆发，北平沦陷。面对日伪政权的威逼利诱，陈三立坚决拒绝为其效忠，言辞斥逐，展现出了他坚定的民族气节。最终，他选择了绝食抗议，以死明志，捍卫了自己的尊严和国家的荣誉。陈三立著有《散原精舍诗》《散原精舍诗续集》《散原精舍诗别集》等。

陈三立被世人尊称为中国最后一位传统诗人。他的诗歌创作，深受韩愈与黄庭坚的影响，却又在此基础上独树一帜，形成了自己独特的艺术风格。在诗歌创作过程中，陈三立始终坚持避俗避熟的原则，力求生涩新奇，以达到一种精思刻练、奇崛不俗的艺术境界。他追求的自然之美，并非浅显易见，而是需要通过深入品读，方能体会其中的韵味与深意。这种境界的达成，往往需要诗人高超的技艺和深厚的学养，而陈三立恰恰具备了这些条件。他擅长运用诘屈的语言，营造出一种隐晦的意境，使读者在品味诗句的过程中，感受到一种朦胧而深邃的美。例如，他创作于光绪二十七年（1901年）的《遣兴二首》其一，便充分展现了他的这一特点：

> 九天苍翮影寒门，肯挂炊烟榛棘树。
>
> 正有江湖鱼未脍，可堪帘几鹊来喧。
>
> 啸歌还了区中事，呼吸凭回纸上魂。
>
> 我自成亏喻非指，筐床乌纂为谁存？

整首诗哀婉感伤，曲折隐晦，仿佛一幅淡墨山水画，看似简单却意蕴深远。在这首诗中，陈三立运用了大量的意象和隐喻，使得诗歌的意境更加丰富和复杂。他通过对自然景物的描绘，将自己的情感融入其中，使得读者在感受自然之美的同时，也能体会到诗人内心的情感波动。这种巧妙的艺术手法，使得陈三立的诗歌具有极高的艺术价值和审美价值。

陈三立曾积极投身于新政国事之中，对于国家的兴衰荣辱有着深切的体会。他深知国家的内忧外患，因此在他的诗中，家国之痛、民生之哀时常跃然纸上。在《十月四十夜饮秦淮酒楼，闻陈梅生侍御、袁叔舆户部述出都遇乱事感赋》一诗中，陈三立便以深沉的笔触，展现了外国侵略者的残暴行径，以及战争给中国人民带来的深重灾难：

> 狼嗥豕突哭千门，溅血车茵处处村。
>
> 敢幸生还携客共，不辞烂漫听歌喧。
>
> 九州人物灯前泪，一舸风波劫外魂。

霜月阑干照头白，天涯为念旧恩存。

诗中，他借由陈梅生侍御和袁叔舆户部的叙述，将那些惊心动魄的战乱场景一一呈现。在这首诗中，描绘了侵略者的野蛮行径，他们烧杀抢掠，无恶不作，使得无辜的百姓遭受了无尽的苦难。那些被战火蹂躏的家园，那些流离失所的百姓，都成为诗人笔下的哀歌。陈三立用沉痛的诗句，控诉了侵略者的罪行，表达了对国家命运的深深忧虑。

陈三立的诗歌中，不仅饱含了他对国家、人民的深沉关怀，同时也映射出他内心深处出世与入世的复杂矛盾心态。这一点在他的作品《黄公度京卿南海南人境庐寄书并附近诗感赋》中尤为突出：

天荒地变吾仍在，花冷山深汝奈何！

万里书疑随雁鹜，几年梦欲饱蛟鼍。

孤吟自媚空阶庭，残泪犹翻大海波。

谁信钟声隔人境，还分新月到岩阿。

诗中，陈三立通过细腻入微的笔触，勾勒出自己在政治生涯中的失落与打击。他曾怀揣着满腔热血，期望在政治舞台上施展才华，为国家、为人民尽一份力。然而，现实的残酷却让他屡遭挫折，政治上的打击使他灰心丧气，深感无力回天。这种无助和失望，让他开始倾向于佛道思想，试图从中寻找解脱和慰藉。佛道思想倡导出世，超脱尘世纷扰，这在一定程度上引导着他逐渐脱离现实生活，寻求内心的宁静与平和。然而，陈三立并非一个完全沉浸在出世思想中的人。他深知自己身为一个有着民族气节的知识分子，面对国家危难、民族存亡的时刻，他有责任、有义务挺身而出。他的内心深处，始终燃烧着一股不愿袖手旁观的热情。这种入世情怀与出世思想在他心中形成了鲜明的对比和冲突，让他陷入了左右为难的境地。

总之，陈三立的诗歌创作堪称一绝，其独特的艺术风格深受世人赞誉。他的诗作生涩拗奇，力避熟俗，每一字每一句都凝聚着诗人的心血与智慧。他刻意求新，不断挑战诗歌创作的边界，以独特的视角和深刻的思考赋予诗歌全新的生命力。

二、陈衍的诗歌创作

陈衍，生于1856年，逝于1937年，字叔伊，号石遗，祖籍福建侯官，即今天的福州。光绪年间，陈衍以其卓越的才华，成功中举，步入仕途。他思想开明，赞同变法维新，期望通过改革来推动国家的进步。然而，戊戌变法的失败，给他带来了巨大的打击。尽管如此，他并未放弃对国家的关心与付出，曾一度担任两湖总督张之洞的幕客，为其出谋划策。之后，陈衍的仕途之路继续拓展，他先后担任学部主事、京师大学堂教习等重要职务，为国家的教育事业贡献了自己的力量。清亡后，他继续在各个大学讲授，传承文化，培育后人。晚年时，他更是与章炳麟、金天翮等志同道合之士共同倡议举办国学会，致力于弘扬中华传统文化。同时，他还担任无锡国学专修学校的教授，为培养新一代的文化传承者倾注心血。在文学创作方面，陈衍著有《石遗室诗集》《石遗室诗话》32卷及《续编》10卷等作品，这些诗作与诗话不仅展现了他的文学才华，更体现了他对诗歌艺术的深刻见解。此外，他还编有《近代诗钞》《宋诗精华录》等诗集，为后人研究近代诗歌与宋诗提供了宝贵的资料。

陈衍起初深受梅尧臣、王安石等前辈诗人的影响，宗法其风，致力于追求诗歌的骨力清健与内涵深刻。然而，随着他对诗歌艺术的深入理解和个人风格的逐渐形成，他开始转向学习白居易、杨万里等诗人的创作手法，尝试以更加曲折的笔触和更加平淡的语言来表达内心的情感与思考。这种转变使得陈衍的诗歌风格焕然一新，既保留了骨力清健的特点，又增添了爽朗平淡的韵味。他善于将新词、俗语融入诗中，使得诗歌更加贴近生活，更易于被广大读者所接受和理解。这种创新性的尝试不仅丰富了诗歌的表现手法，也拓展了诗歌的题材范围。

在陈衍的众多诗歌作品中，游览诗占据了相当大的比重。这些诗歌以描绘自然景色和人文景观为主，通过细腻的观察和生动的描绘，将读者带入了一个个美丽而神秘的世界。其中，《水帘洞歌》无疑是他的代表作之一，标志着他的诗歌艺术达到了新的高度：

> 水帘之水一百丈，宽窄一丈而强焉。
>
> 绚如偃阳布忽悬，迸如晋阳决汾川。

白如玉气出于阆，又如海水立屹然。

我来雨后万道汇奔泉，观之忘返谓之连，洞彻上下与中边。

大风卷云吹之偏，忽而白龙蜿蜒下九天，忽而一群堕鹤之蹁跹。

忽而长虹俯饮于九渊，忽而白猿连背之相牵。

颇觉尽态而极妍。

不知天台之石桥、雁宕之龙湫、黄山之天都、匡庐之开先，奇观数者谁居前。

行将胜览求其全，一一尽著之于篇。

《水帘洞歌》一诗以武夷山水帘洞为描写对象，通过连用奇特的比喻和生动的描绘，将瀑布的雄奇变幻展现得淋漓尽致。诗中既有对自然景观的细腻刻画，又有对人文历史的深情缅怀，形式奇特，句式参差变化，用语雄健有力，气势磅礴恢宏。整首诗不仅展现了陈衍高超的诗歌技艺和深厚的文化底蕴，更表达了他对大自然的敬畏和对人生的深刻思考。

可以说，陈衍的诗歌创作之路是一条不断探索、不断创新的过程。他通过学习和借鉴前辈诗人的经验，结合自己的艺术实践和个人风格，逐渐形成了自己独特的诗歌艺术特征。他的诗歌作品不仅具有深刻的思想内涵和丰富的艺术表现力，更体现了他对诗歌艺术的执着追求和不断创新的精神。

第六节　清末爱国诗派的诗歌创作

在清末那个风云变幻的时代，西方列强的坚船利炮无情地轰开了中国长期封闭的国门，国家陷入了前所未有的危机之中。在这样的背景下，龚自珍、魏源等爱国进步文人志士纷纷挺身而出，以诗歌为武器，开始登上诗坛，用文字唤醒民族的觉醒。

一、龚自珍的诗歌

龚自珍，生于乾隆五十七年（1792年），逝于道光二十一年（1841年），字瑶人，号定庵，又号羽琌山民，另有别名易简，字伯定，浙江仁和（今杭州）人。他出身于一个世代为官、文风昌盛的家庭，自幼便浸润在书香之中。其外祖父段玉裁，是名噪一时的文字学家，对龚自珍的启蒙教育影响深远。龚自珍在幼年时期便展现出了非凡的才情与好学之心，早早地接触到了经学，并开始跟随外祖父段玉裁学习《说文解字》。他勤勉好学，对文字学有着浓厚的兴趣，经过不懈努力，逐渐在学术上崭露头角。然而，龚自珍的科举之路却并不顺畅。从19岁开始，他接连参加了四次乡试，历经八年的艰苦努力，才终于中得举人。但此后，他又历经了六次会试的磨砺，直到道光九年（1829年），将近40岁的他才得以登进士第。这样的经历无疑对龚自珍的人生观和创作风格产生了深远的影响，使他的诗歌中充满了对世事沧桑的感慨和对人生无常的体悟。尽管龚自珍在官场中取得了一定的成就，先后担任内阁中书、礼部主事、祠祭司行走、主客司主事等职务，但他的一生却相对贫困。或许正是这样的生活境遇，使他对社会现实有了更为深刻的认识和体会，从而在诗歌创作中表现出更为强烈的批判精神和爱国情怀。48岁时，龚自珍选择了辞官南归，或许是想逃离官场的纷扰，寻求心灵的宁静。然而，命运却并未给他太多的安宁时光。两年后，他暴卒于江苏丹阳云阳书院，结束了短暂而辉煌的一生。

龚自珍拥有反对封建专制、追求民主的精神，对于当时社会中的种种不公与束缚，他怀有深深的反感与不满。他独具慧眼，透过乾嘉盛世的虚假外表，看到了整个社会潜伏着的严重危机，这种深刻的洞察力使他成为时代的觉醒者。在诗歌领域，龚自珍更是独树一帜。他是第一个冲破清中叶以来沉闷气氛的诗人，给晚清诗坛注入了新的血液，成为首开风气的著名诗人。他的诗歌不仅情感真挚、意境深远，而且在艺术手法上也极具创新。他继承并发展了性灵派的优良传统，主张诗歌创作应自由创新，不依傍前人，甚至连格律也不太顾及。这种大胆的尝试使得他诗歌天马行空、自由挥洒，充满了超凡的意境和瑰丽的色彩。龚自珍的诗歌遣词造句富有个性特色，他善于运用各种修辞手法，使得诗歌语言既生动又富有韵味。他的诗歌不仅在当时

广受赞誉，而且对后来的诗歌创作产生了巨大的影响。以黄遵宪为代表的
"诗界革命"和以柳亚子为代表的"南社"，都受到了龚自珍诗歌的深刻影
响，他们在诗歌创作上继承了龚自珍的创新精神，推动了中国诗歌的进一步
发展。在思想领域里，龚自珍是个启蒙者，他敢于挑战权威，勇于提出新的
观点和见解。他的思想不仅在当时具有振聋发聩的作用，而且对后世产生了
深远的影响。在艺术上，他也力主创新，企图挽救日趋衰颓的旧体诗歌。他
的这种创新精神不仅体现在诗歌创作上，也体现在他的学术研究中。他致力
于推动学术的进步与发展，为后世留下了丰富的学术遗产。

　　龚自珍的诗歌创作，鲜少以单纯的自然风景为描摹对象，而是更多地将
目光聚焦于广阔的社会现实之上。他笔下所流淌的文字，多是以社会现象、
人事纷争为蓝本，借以抒发内心深处的感慨与议论。龚自珍的诗作中，所体
现的不仅是他对社会现象敏锐的洞察与独特的见解，更彰显了他作为一名进
步文人的高尚情怀与坚定立场。理想主义，无疑是龚自珍诗词中最为突出的
特点。他深信理想的力量，坚信通过不懈努力与追求，可以推动社会的进步
与变革。这种坚定的信念与追求，贯穿了他的整个诗歌创作生涯，使得他的
诗作充满了积极向上的力量与激情。龚自珍晚年所写的长篇组诗《己亥杂
诗》，便是他理想主义情怀的集中体现。这组诗共计315首，每一首都饱含了
他对进步理想的追求与执着。诗中，他或以历史为镜，反思过往的得失；或
以现实为基，描绘社会的种种弊端；或以未来为望，抒发对美好社会的憧憬
与期待。

　　在《己亥杂诗》中，龚自珍不仅展现了他卓越的诗歌才华与深厚的文学
功底，更表达了他对理想与进步的坚定信念与不懈追求。他的诗作，如同一
面镜子，映照出了他内心的世界与追求；也如同一把火炬，照亮了他前进的
道路与方向。龚自珍的《己亥杂诗》，不仅是他个人的心声与写照，更是那
个时代进步文人的共同追求与理想。

　　龚自珍对现实社会的批判，可谓深入骨髓，其深度和力度远超过以往各
个时代的诗人。他不再仅仅局限于对个别现象或局部问题的抨击，而是开始
将封建社会作为一个整体进行深刻的剖析和批判。这种全面而深刻的批判，
展现了他对社会现实的敏锐洞察和深刻思考。以他的《咏史》一诗为例：

　　　金粉东南十五州，万重恩怨属名流。

> 牢盆狎客操全算，团扇才人踞上游。
> 避席畏闻文字狱，著书都为稻粱谋。
> 田横五百人安在，难道归来尽列侯？

这首诗以"咏史"为掩盖，实则是对现实社会进行了深入的揭露和批判。在诗中，龚自珍用犀利的笔触描绘出那些掌握大权、高官厚禄的名流们的丑恶嘴脸。他们不过是些帮闲、狎客之类的无耻之徒，只顾个人利益，不顾国家大局，甚至不惜出卖灵魂和尊严来换取一时的荣华富贵。而更令龚自珍痛心的是，那些本应担当起社会责任的士大夫们，却在这专制高压的社会环境中畏缩不前，消沉颓废。他们变得只考虑个人身家性命，失去了应有的勇气和担当。在这样的黑暗社会里，哪里还会有像田横五百人那样的不屈志士的地位呢？

龚自珍深知，真正能够起衰振弊、经世济民的人才，在"戮才"的封建制度下，是根本无法存身的。这种对人才的摧残和压制，是封建社会最大的悲哀和罪恶。龚自珍通过这首诗，表达了他对封建社会的深刻痛恨和对人才的深深惋惜。

总体来说，龚自珍的诗歌以其独特的构思、丰富的想象和多样的形式脱颖而出，他的诗歌并不拘泥于传统的格律束缚，展现出一种自由奔放的创作风格。他深受屈原、李白等浪漫诗人的影响，继承了他们那种豪情万丈、挥洒自如的诗歌传统。同时，他也受到中晚唐诗风的熏陶，这种诗风强调情感的真挚与表达的直接。在龚自珍的诗歌中，他常常运用生动奇特的艺术形象，以磅礴的气势和瑰丽多姿的语言来表达他内心深处的情感。他的诗歌大多属于政治抒情诗，蕴含着丰富的社会历史内容。他并不满足于抽象地说教或刻板地叙述现实政治事件，而是善于将政治生活中的普遍现象提升到历史的高度，借此抒发自己的感慨和表达个人的愿望。然而，在艺术表现上，龚自珍的诗歌也存在一些不足之处。他有时用典过于频繁，使得诗歌显得含蓄过度，有时甚至会让人感到艰深晦涩。此外，他还偏爱使用一些较为冷僻的字眼，这也增加了读者理解其诗歌的难度。尽管如此，这些不足之处并未掩盖龚自珍诗歌的独特魅力和价值，他的诗歌依然在中国文学史上留下了深刻的印记。

二、魏源的诗歌

　　魏源，生于1794年，逝于1857年，名远达，字默深、墨生、汉士，号良图，他的故乡是风景秀丽的湖南邵阳。道光二年（1822年），魏源成功中得举人，这是他仕途生涯的一个里程碑。而后，在道光二十五年（1845年），他更是跻身进士之列。他历任内阁中书、知州等职务，以清廉公正、勤政爱民著称，深受百姓的爱戴。晚年，他毅然辞官归隐，投身于佛学的研究，法名承贯，寻求内心的宁静与解脱。魏源的学术成就斐然，他著有《海国图志》《古微堂诗集》等作品，这些作品既体现了他深厚的学术功底，也展示了他独特的思想见解。他的《海国图志》更是被誉为近代中国了解世界的启蒙之作，对中国近代思想的发展产生了深远的影响。咸丰七年三月初一（1857年3月26日），这位伟大的学者在杭州东园僧舍离世，终年63岁。

　　魏源是清代杰出的启蒙思想家、政治家、文学家，以其深邃的思想、独到的见解和开放的胸怀，在当时的社会中独树一帜。他的思想充满活力与前瞻性，不仅为当时的政治、经济、文化发展提供了宝贵的启示，更为后世的改革与进步播下了希望的种子。在内政方面，魏源主张充分发挥商人的作用，他深知商业活动对于国家经济的繁荣与发展具有不可替代的作用。他提倡放宽对商人的限制，鼓励其积极参与市场竞争，从而推动商品流通、促进市场繁荣。这一思想在当时可谓石破天惊，为后来的商业发展奠定了理论基础。在对外关系上，魏源的态度既坚决又明智。他坚决反对西方的侵略行为，捍卫国家的独立与尊严。同时，他又主张学习西方的长处，认为通过借鉴西方的先进技术和管理经验，可以提升国家的实力与竞争力。他提出的"师夷长技以制夷"（《海国图志》卷二）的方针成为当时了解世界、向西方学习的重要指导思想。这一方针不仅为当时的改革提供了方向，更为后世的现代化进程奠定了基石。

　　作为一位亲身参与过实际政事改革的启蒙思想家和文学家，魏源的诗作在清代诗坛上独树一帜。与其他诗人相比，魏源的诗作更为集中地揭露和批判了当时的政事弊端及阻挠弊政改革的保守思想。这种直言不讳、针砭时弊的风格，在当时的诗坛上是比较少见的，展现了他作为一位改革者的坚定立场和勇敢精神。《都中吟》一诗，便是魏源揭露京城政事弊端的代表作。他通过生动的笔触，描绘了京城中官员们腐败堕落、权钱交易的丑恶现象，深刻揭示了政治腐败对国家和人民的危害。这首诗不仅是对当时政治现实的批判，更是对人民疾苦的深切关怀。《江南吟》则聚焦于江南地区的政事问题。魏源以细腻的笔触描绘了江南水乡的美景，同时也不忘揭示当地政治上的种种弊端。他通过描绘官商勾结、鱼肉百姓的场景，表达了对江南地区政治生态的不满和担忧。而《古乐府·行路难》一诗，则更是魏源对政治改革受阻的悲愤与无奈的写照。他以古乐府的形式，抒发了自己在改革道路上所遇到的种种困难和挫折。诗中的"行路难"不仅是对个人遭遇的感叹，更是对整个社会政治环境的深刻反思。

鸦片战争爆发后，魏源的内心被深深触动，他对当时的政治局势表现出前所未有的关心与忧虑。这场战争不仅是对国家领土完整的挑战，更是对民族尊严的严重冲击。魏源深感国家正处于倾危之际，他无法坐视不理，于是以笔为剑，写下了一批反映鸦片战事具体内容和国家倾危形势的诗歌。其中，《寰海》（其九）便是魏源这一时期的代表作之一：

> 城上旌旗城下盟，怒潮已作落潮声。
>
> 阴疑阳战玄黄血，电挟雷攻水火并。
>
> 鼓角岂真天上降，琛珠合向海王倾。
>
> 全凭宝气销兵气，此夕蛟宫万丈明。

这首诗中，魏源以广阔的视野和深沉的情感，描绘了战争给国家带来的深重灾难。他通过生动的描绘和细腻的刻画，将战争的残酷与无情展现得淋漓尽致。同时，他也表达了对国家前途的担忧和对民族命运的关切。

魏源不仅以政论诗闻名于世，他的山水诗同样令人称道，其中《蒸湘》便是其山水诗中的佳作：

> 溪山雨后湘烟起，杨柳愁杀鹭鸥喜。
>
> 棹歌一声天地绿，回首浯溪已十里。
>
> 雨前方恨湘水平，雨后又嫌湘水奔。
>
> 浓于酒更碧于云，熨不能平剪不分。
>
> 水复山重行未尽，压来七十二峰影。
>
> 篙篙打碎碧玉屏，家家汲得桃花井。

这首诗以细腻的笔触和生动的意象，将雨后行舟蒸湘所见的景色及其独特感受传神地表现出来，展现出一种清奇的境界和鲜明的形象。诗中，魏源首先描绘了雨后的湘水，那浓烈如酒的江水在雨后显得格外清澈，波光粼粼，仿佛蕴含着无尽的生机与活力。诗人乘船而行，沿途欣赏着这如酒般醉人的江水，心中不禁涌起一股愉悦之情。接着，魏源将笔触转向衡岳七十二峰。这些山峰在雨后的映衬下，显得更加苍翠欲滴，宛如一幅幅精美的画卷。它们的倒影在湘水中摇曳生姿，仿佛构成了一面面巨大的画屏，将天地间的美景尽收眼底。

在这首诗中，魏源不仅展现了自己对自然景色的敏锐观察和细腻描绘，更通过独特的感受将读者带入了一个充满诗意和韵味的世界。他的诗歌语言优美、意境深远，既体现了对自然的敬畏和赞美，又表达了对人生的思考和感悟。

参考文献

[1]张吉茹，刘静安，吕明凤.余韵袅袅：中国古典诗歌的发展与创作研究[M].北京：中国书籍出版社，2022.

[2]赵新.中国古代诗歌发展研究[M].北京：中国大地出版社，2019.

[3]刘彩霞，路美艳.笔端造化出天巧[M].北京：中国书籍出版社，2019.

[4]师帅.枝繁叶茂余韵袅袅中国古代诗歌的发展研究[M].北京：中国书籍出版社，2020.

[5]马晓霞，徐艳，毛国宁.文化视角下的中国古代文学动态演变研究[M].中国原子能出版社，2018.

[6]师帅.中国古代文学的发展[M].北京：中国大地出版社，2019.

[7]王晓红.中国古典诗歌的发展审视[M].成都：电子科技大学出版社，2018.

[8]李路芳，李莉，闫桂萍.中国古典诗词的创作与欣赏[M].北京：中国书籍出版社，2014.

[9]马积高，黄钧.中国古代文学史（修订本）[M].长沙：湖南文艺出版社，1992.

[10]李锦煜，连慧英，薛杨虹.唐宋文学发展概观[M].北京：中国书籍出版社，2014.

[11]袁行霈，罗宗强.中国文学史（第3版）[M].北京：高等教育出版社，2014.

[12]刘宝强.清代文体述略[M].成都：电子科技大学出版社，2018.

[13]王镇远.古诗海（下）[M].上海：上海古籍出版社，1992.

[14]杨万里.中国古代诗词选注[M].上海：上海大学出版社，2015.

[15]冷成金.唐诗宋词研究[M].北京：中国人民大学出版社，2005.

[16]连小华.中国古代文学史[M].北京：中国工商出版社，2013.

[17]上海辞书出版社文学鉴赏辞典编纂中心.古诗三百首鉴赏辞典[M].上海：上海辞书出版社，2007.

[18]彭黎明，彭勃.全乐府[M].上海：上海交通大学出版社，2011.

[19]陶文鹏，韦凤娟.灵境诗心：中国古代山水诗史[M].南京：凤凰出版社（原江苏古籍出版社），2004.

[20]黄岳洲，茅宗祥.中国古代文学名篇鉴赏辞典（明清文学卷）[M].上海：汉语大词典出版社，2002.

[21]王有景.历史背景下的明代文学创作研究[M].北京：中国书籍出版社，2018.

[22]北京大学中文系古代文学教研室.中国文学史参考资料简编（上）[M].北京：北京大学出版社，1998.

[23]熊依洪.隋唐五代文学大观[M].北京：北京燕山出版社，2008.

[24]赵艳驰，杨超，彭彦录.中国古代诗歌艺术[M].长春：吉林人民出版社，2014.

[25]刘廷乾.江苏明代作家研究[M].南京：东南大学出版社，2010.

[26]王英志.元明清诗词选[M].西安：太白文艺出版社，2004.